劉墉談處世的40堂課

解憂、解惑、解人生，跨世代的人際智慧錦囊

劉墉——著

目錄

前言　劉墉老師終於開講了！

多年來總有人請我開音訊的課程，都被我推掉了。直到去年劉軒來紐約度假，先代表「十點課堂」邀請我，又為我組裝錄音器材，我才決定嘗試，這本書就是以《劉墉談處世》四十堂課的講稿編成。

我過去寫的書有勵志的、處世的、教育的、寫情的，各有不少粉絲，使我很難決定先開哪一類的課。經過再三斟酌，決定從處世談起。因為處世的範圍很廣，有社會的，也有親子的；有爾虞我詐的，也有愛恨糾結的，我可以朝不同的方向發揮。

雖然這麼想，我還是先設定了基本架構，就是從立身處世的大原則開始，因為無論時代怎麼改變，科技如何發展，每個人應該堅守的原則是不會變的。

譬如**談定位**：

無論你愛不愛跟人爭，無論你自視高不高，無論你是外向還是保守，也無論你現在得意或失意，最重要的是你要總問自己，有沒有努力學習新的東西、新的觀念？千萬不能妄自尊大、眼高手低、自以為是地在家作夢！

談角色：

處世的第一要項，就是在每個場合認清自己的位置，你是主角，還是配角？你是老大還是老么？任何場合，當你的表現欲發作的時候，先要四處看看，那是不是你的舞臺？你會不會搶了主角的戲？你會不會傷了主角的心？

談飲水思源：

你的本事是他們教的，你的弱點或者小辮子，他們最清楚。所以即使他們已經沒什麼力量，你也得小心侍候著，免得你跑得正快的時候，從後面冷不防地伸出一支拐杖。

談工作倫理：

功你拿，責任你就要擔！甚至跟你八竿子打不著的錯，是你下面人幹的，你也得概括承受，為他們擦屁股。

談到立場：

你平常可以很客觀地批評，但是真正到了關鍵時刻，還是得回到「自家人」的立場。

談職場：

新進入一個工作單位，你要觀察、要學習，卻不能躁進。你要勤快、要和善，卻不能露出野心。直到你的實力夠了，再想辦法一下子冒出頭。

談挫敗：

為了保留東山再起的一點元氣，該認輸的時候就要認輸。為了顯示你的真誠，犯了錯就要認錯。為了避免把臉撕破，理直不必氣壯，而要理直氣和。也可以給對方留一點餘地，該鬆手的時候鬆手，避免他作困獸之鬥，造成兩敗俱傷。

談朋友：

如果他成家了，你一定要去他家看看，認識他的另一半，因為他可能還是以前的那個他，加上他的另一半就不一定了。

他可以兩肋插刀，很有義氣，但「義氣」不是「意氣」，豪爽不代表信用，情理不分就容易利害不分。

談行善：

行善要量力而為，從身邊的人開始照顧。因為不對自己的親人好，卻對外人一味付出，是不對的。如果人人都能從身邊的人愛起，逐漸擴大，我們就會擁有一個愛的世界。

談人性：

以前見到媽媽問：「媽！您這臉上的老人斑，好像多了耶！我可以帶您去雷射美白。」

現在可能問：「媽！您以前常戴的那副翡翠耳環還在嗎？」

談人生規劃：

以前中了舉、當了官，可能做不了多少年，四十歲就報銷了，中間工作不過二十年。現在二十歲進入社會，六七十歲退休，中間是四五十年。四五十年的人生規劃，能跟以前的二十年一樣嗎？

既然有大原則的「戰略」，就有近身搏鬥的「戰術」。這本書裡也有不少實戰的例子，雖然看來像是小事，卻有大學問。

談送禮：

你正要睡，突然敲門，塞進一個人。還說：「太晚了！小姐一個人回家危險，幫幫忙，就在你沙發上睡！」如果你把持不住，或藉酒裝糊塗地沒拒絕，小辮子可就落在人家手上啦！

談性騷：

如果你讓對方在露出醜態之後才喊停，他會恨你一輩子。因為他既失望又失面子，傷人自尊是天下最糟糕的事！還有一點，是他不但恨你，還顧忌你，他會認為你是等著看他出糗，而且可能把這件醜事拿到外面去說，搞不好還炫耀呢！

談談判：

談判的原則是，第一，守住自己的底線；第二，獲得原來沒有的好處。如果你要守住自己的底線，你能夠一開始就從你的底線談起嗎？這樣你不會贏，只會輸，頂多維持在底線。所以談判一定要先跨過中線一大步。

談投資：

除非你是很特別的大戶，他只會推薦你買，不會提醒你賣，就算提醒，也一定等他自己那一票人先在高檔脫手之後，才會告訴你：「可以逃啦！好多人早走啦！」

談時間：

會用時間的人既給自己留空間，也給對方留空間。譬如你跟人約好六點，最好準時到，或者雖然準時到，但是在門口或車裡等著，等過了幾分鐘再進去。當對方知道你這麼做的時候，會對你特別有好印象。

談停損：

如果出錯的人認錯，上面人常常大事化小，把犯錯的人懲處一番就算了。相反的，如果死不認錯，大家硬對著幹，就只好走著瞧，都不好看了！

談打電話：

打電話之前千萬要調整情緒，再不然就得避免在情緒不穩的時候撥電話。即使有急事，非打不可，也要先調整自己，因為沒有人要莫名其妙承擔你的壞情緒。

這當中我還特別加入了三篇談憂鬱症的文章，因為憂鬱症已經成為二十一世紀的流行病，許多人懶散拖延不易相處，都可能跟憂鬱有關。碰上很難溝通的怪人，我們不能只講理，而要從諒解的角度跟他們接觸。

四十堂課包括九堂答覆聽眾來信的「解憂雜貨鋪」，播出時的反應很熱烈，也將這本書的內容擴大到職場、婚姻和親子教育的範圍。

由於書裡的文章都是以講稿編成，我盡量避免專有名詞，也很少艱深的大道理，在語氣上更像是聊天，希望在我絮絮叨叨，還帶著幾分幽默的文字間，能帶給大家一些實用的處世之道。

第1堂

給自己定位是成功的第一步

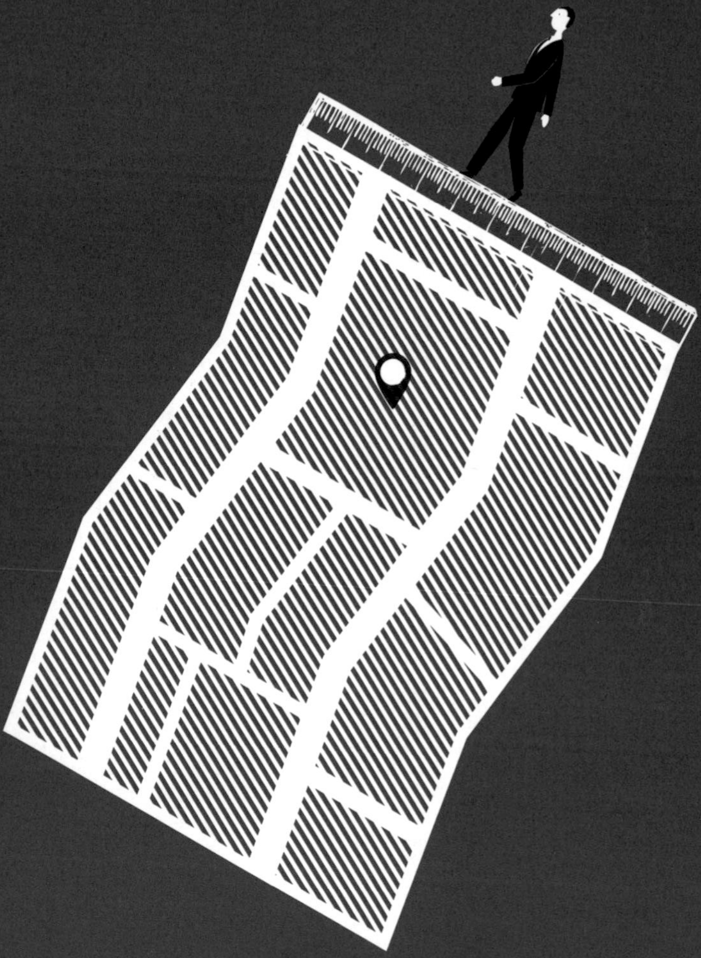

——對我比較熟悉的朋友大概知道，過去我寫了很多像是《我不是教你詐》、《人生的真相》、《你不可不知的人性》這樣的處世書，也寫了很多像是《超越自己》、《創造自己》、《肯定自己》、《靠自己去成功》這類的勵志書，還寫了《愛就註定了一生的漂泊》、《尋找一個有苦難的天堂》、《離合悲歡總是緣》這類感性的書籍。今天雖然節目的名稱是「劉墉談處世」，但是人生有戰鬥也有柔情，「處世」何嘗不包括親人愛人的相處？在情感與事業遭遇困難的時候，需要的何嘗不是勵志？所以我希望在節目中，能夠把感性與理性、剛性與柔性融合在一起。而且所有的東西都應該植根於生活，這種聊天不等於讀書，我會用最平實的語言，從大家身邊的小事說起！

就從最近一個影劇新聞談起吧！

你起價多少？

常常摔跤開黃腔，以搞怪出糗聞名的奧斯卡影后珍妮佛．羅倫斯，在多倫多影展上又發驚人之語了，她說如果人生可以重來，她會先打聽別人賺多少錢，再點頭接戲。其實她兩年前就對好萊塢男女薪資不公平發過牢騷了，意思是她剛出道的時候，不知道行情，起價太低，吃虧了好幾年。這讓我想到：

我女兒最近從研究所畢業，開始找工作。

我問她，妳打算要求多少年薪哪？妳心裡有個譜嗎？

她說當然有譜，譬如她找的第一個公司，比她想要的少了一萬塊錢，她就沒去。

我又問：妳怎麼評估自己要拿多少才恰當呢？妳怎不想想如果妳要得太多，很難有公司願意出。當然啦！要得太低也可能降了妳的身價。

這話說沒多久，她就找到合適的工作。我打聽她拿多少年薪，居然正是她想要的數字。但是她一直沒告訴我，她是怎麼給自己定價的。讓我很好奇，一問再問，終於挖出來了。

原來他們學校有個特別的部門，教學生怎麼寫履歷、找工作，譬如你的經歷就算再精彩最好也只寫一頁，寧可簡單明瞭，否則雇主可能嫌麻煩，反而擱在一邊。

學校也會教他們怎麼向雇主要求交通費、問出差搭飛機坐什麼艙等、住幾星級的旅館、食宿可以允許多少開銷。最令我驚訝的是，學校居然還說應該問公司怎麼分紅、分股，還有公司的資產是多少。

用統計數字為自己定位

我問她：年薪拿多少，學校也有建議嗎？

我女兒說：不一定是建議，是統計，統計最實在。接著打開電腦，給我看一份資料，標題是MBA Careers 2016，上面列得清清楚楚，連暑假去作實習生的平均薪水都列了，譬如Hedge Funds / Other Investments，也就是從事創業投資的行業，他們學校畢業生平均可以拿十四萬美金的年薪。

我問這資料是怎麼來的呢？我女兒說：「大家提供的啊！像是我，才跟公司簽好約，就把我的薪水報給了學校。」說完，她又補一句：「說不定我隔一陣子不送，學校還會主動來問我，找工作了嗎？找到了嗎？拿多少錢？」

我笑笑說：你們學校也管得太多了吧！

女兒居然對我一瞪眼：「這是應該的，如果大家不把消息給學校，以後的畢業生怎麼為自己定位？大家都是剛從研究所畢業，找第一份工作，怎麼知道要多少錢？要多了，找不到工作。要少了，更不行！」

我問她為什麼要少了更不行。

女兒回答：「因為會壞了行情啊！舉個例子，別人都拿十二萬年薪，如果跑出一個六萬就接了，現在資訊這麼發達，傳出去，那些大老闆會不會想：行情下跌了。所以每個畢業生為自己定位，都有很大的影響！」

我還是很好奇，追著問：那妳到底是怎麼跟公司談薪水呢？

女兒終於說了，原來她只是把學校給的那份去年畢業生就業薪資的統計報表拿給老闆看，別的什麼都沒說，就拿到了平均數。

多棒啊！多麼客觀也多麼有說服力啊！老闆看看別人給那麼多錢，就不用小鼻子小眼地猜來猜去了。也可以說學校用客觀的統計數字，為畢業生的薪水做了定位。

今天我要談的就是「為自己定位」！

你算老幾？

我們會罵人：「也不撒泡尿照照！」意思是，你算老幾？自己要清楚！今天無論我們談處世、談教育、談親子，都要先為自己定位。如果你連自己都不瞭解，不知道自己有幾斤幾兩、應該站在什麼位置，就很難恰如其分地說話、恰如其分地做事、恰如其分地為自己定價、要求薪水。

問題是學校都會為畢業生定位嗎？

上個月我特別在我的「微博」上，請教大學生這個問題。

少數人說學校有類似的做法，有人說學校自己做，卻沒把結果告訴學生，大概當作學校的參考。有人說只有大一入學的時候，會告訴他們畢業生就業的情況，大概當作鼓勵。還有人講學校做面子工程，叮囑畢業生有人打聽就業情況，一定要說找到工作了。至於把各科系畢業生就業薪水，實實在在做成報表給學生參考的，似乎少之又少。

問題是，剛畢業的學生，找第一份工作，要怎麼開口談薪水呢？

當然可以看求才的廣告，上面寫給多少錢。也可以私下打聽那單位起薪是多少，還可以問已經拿到工作的同學。

只是，你能保證同學不會為了面子，故意多說一點嗎？如果你的情報不正確，偏離了行情，會不會因此找不到願意出這價碼的公司？

人生無價，怎麼定價？

為自己定位！為自己定價！是非常難也非常簡單的事。譬如我有位美術系畢業的同學，自視很高，才從大學畢業，開畫展，就訂很高的價錢，幾十年來，雖然他的價錢一直沒變，卻沒賣出幾張畫。他有錯嗎？誰能保證他不會像大畫家梵谷，一生賣一張，死後變成天價。

藝術無價，本來藝術家就可以為自己大膽地定位。

人生也無價啊！如果你自視甚高，非多少薪水絕不屈就，又有錯嗎？

沒錯，但也可能正因為你起步不好，誤你一生。

有人賣魚翅鮑魚，有人賣牛肉麵；有人三年不開張，開張吃三年；有人薄利多銷，積少成多。無論你出售智慧財產、開店或者謀職，為自己定位，都像為人生謀劃經營的策略，這個起步太重要了！

如果你不知道怎麼做，讓我提供幾個思考的方向：

一、姿勢高的方式：

你可以像我前面提的那位同學，自認是張大千第二，相信真金不怕火燒，有一天總會遇上伯樂，於是把身價抬高，低處的一律不看。同樣的道理，如果你自認為是絕世美女，也可以眼睛往上看，不夠格的，免談！

你的這種孤高，可能確實會引人注意，好像袒著大肚皮睡覺的王羲之，被選為東床快婿。你不凡的才華和美貌，也可能確實是絕世之才，就算待在那兒不動，也能閃閃發光，然後被人發現，三顧茅廬，請你出山。

但是「不鳴則已，一鳴驚人」，你是不是應該適時展示一下？

即使你自認為才華出眾，不屑於鞠躬哈腰地求職，希望別人自己找上門，也不能一天到晚窩在家裡。因為就算武林高手深藏不露，也得偷偷地磨劍練功，吸收專業知識，別讓自己落伍。

幾乎所有自視甚高、平常不跟人打交道，後來卻能被大家捧成一顆明星的，都絕對不是眼高手低、成天空想，卻不充實自己的人。他們一定知道什麼時候該「不小心地露兩手」，或很偶然地露個面，然後把自己準備很久，最精彩的一面展現出來，令人驚豔。否則只好懷才不遇，錯過很多好工作；再不然，錯過許多好姻緣。

二、英雄不怕出身低——姿勢低的方式

如果你才能非常有限，知道不容易找到好工作，你可以自己降低身價，要求很少的薪水。騎著馬找馬，先找到工作，再盡力表現，一步一步往上爬。

即使你非常有才能，也可以用低姿勢找第一份工作。因為你相信以自己的才具，一定能冒出頭。為了冒出頭，可以先「龍游淺水」，再一點點往深水的地方游，然後有一天騰雲而起。很多大企業家，不都是從公司小弟幹起嗎？搞不好還去應徵炸雞店的店員呢！也有一些大明星是從場務場記和打燈光掃地的小弟幹起，有一天臨時缺個跑龍套的，上去填補一下，就被發現了。

英雄不怕出身低，如果你自認為是英雄，就不要怕屈就。你願意一開始的時候屈就，是因為你相信自己不會永遠屈就，總有一天冒出頭。

三、參加競賽的方式

有人說中國除了羅盤、火藥、造紙、印刷術，還有第五大發明，就是科舉制度。因為科舉公

平，可以「十年寒窗無人問，一舉成名天下知」。

愈是講人情、鑽後門、送紅包，有許多不公平的社會，公平的考試制度愈有價值。

是啊！你家再財大勢大，你還是得考高考，考不好就是考不好。今天你因為關係，在學校裡再被校長老師厚愛，明天你考不上還是考不上。

或許你說你屬於那種自視甚高，不屑於跟別人爭來爭去的那種人。問題是，如果你是藝術家，私下送作品參加展覽，就算不入選，又有幾個人知道？你是作家，用筆名發表作品，就算被退稿，有誰認得出來？而且你還是個無名小卒，你有什麼包袱？

你也可以參加各種專業證照的考試啊！我就見過一個高中都沒畢業的人，考取一堆證照，證照拿出來，大家都服氣了。尤其在今天這個網路世界，你不必跟人對著幹，透過網路就能展現你的大才。

四、從學生做起

我以前在電視公司做事，新聞部招人，其中有一項播報新聞的考試，那時候電腦還不普及，更沒有「讀稿機」，新聞稿全是記者們龍飛鳳舞寫的。試鏡的時間有限，應試的人剛拿到稿子就得上去播，當然有些人會報得吭吭巴巴，表現很差。

我當時打抱不平地說：為什麼不早早把稿子交給他們練習，再上場？

你猜新聞部的主管說什麼？他說：「我們是用人的地方，不是訓練人的地方。要訓練，自己在學校早該訓練好了。」

五、從實習生做起

學校應該跟社會無縫接軌，你在學校裡就該努力地訓練自己，不能想著進入社會再學習。最好的方法，是你可以利用暑假實習，早早出去找工作，沒錢也成。最重要的是「學」，只要你能學到真本事就值得。實習也是謀職的一種方法，在美國幾乎大家都知道，如果你大三升大四的暑假，在哪個單位實習表現得好，畢業之後很容易就會被那裡吸收。

所以只要有機會，除非你很需要賺錢，我建議你寧可找沒什麼薪水，卻有未來發展的地方實習。也別去錢拿得多，卻學不到東西、看不到未來的地方。

出去實習，還有個很大的好處是不落伍。讓我舉個例子，我是臺師大美術系畢業的，那是臺灣最頂級的美術學府，早年幾乎臺灣美術的走向，只要看師大美術系畫展的作品就能知道。但是近十幾年來我很驚訝地發現，離臺師大不遠，一個只有高中程度的美工科，十七八歲小朋友做出的東西，常常不比師大的學生差，進入社會無論在廣告、室內設計等方面常常能有非常出色的表現。妙的是，那所學校大概為了省錢，聘了很多兼差的老師。常常匆匆忙忙地從工作崗位趕去學校教兩小時課，又趕回廣告公司、建設公司上班。但是也就因此，他們把工作單位最新最現代的觀念和技巧帶給學生。

相對的，大學裡往往是高材生留校當助教，升講師、升副教授、教授，他們如果關著門，不常出去看看，在今天這個時代，很快就落伍了。落伍老師教出的學生，怎能不落伍？

最後，我要說無論你愛不愛跟人爭，無論你自視高不高，無論你是外向還是保守，也無論你現在得意或失意，最重要的是你要總問自己，有沒有努力學習新的東西、新的觀念？千萬不能妄自尊大、眼高手低、自以為是地在家作夢！

我也建議國內的高等學府，先去瞭解前一年畢業生就業的情況，大家多快找到工作？透過什麼方式？從事哪一類工作？薪水多少？福利如何？客觀地整理出來，提供應屆畢業生參考。簡簡單單一份資料，對每個社會新鮮人為自己定位，將會有多大的幫助啊！

第2堂

不搶戲的好演員，才能成為贏家

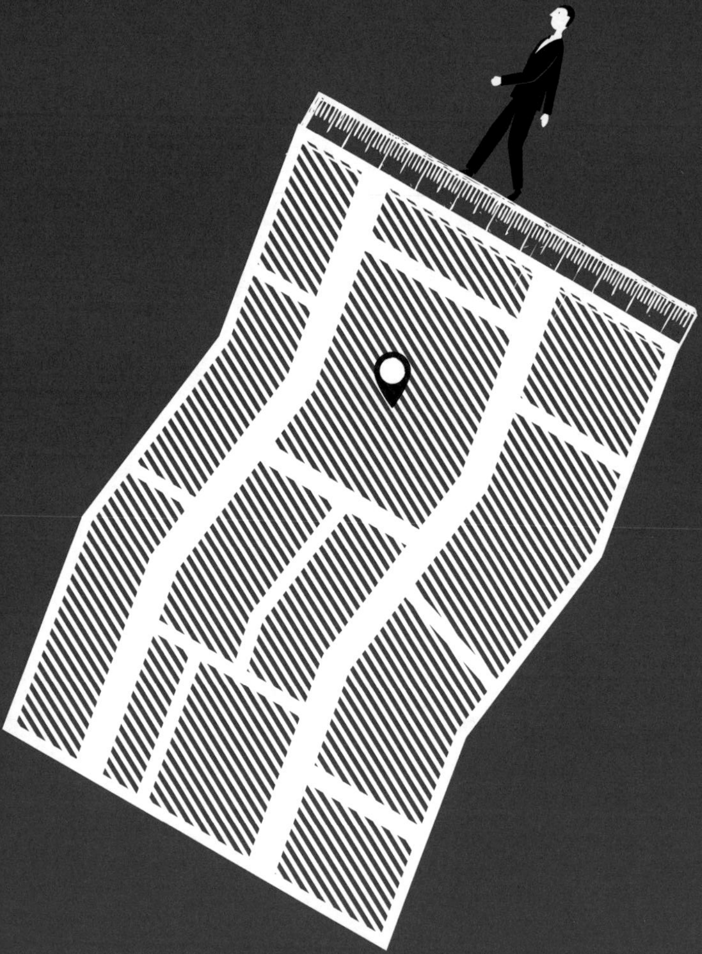

──美國CNN最近做了個民調，川普總統家族裡最受歡迎的不是川普、不是伊凡卡、也不是川普的女婿庫許納，而是川普的太太梅蘭妮亞。

多妙啊！大家印象中總是笑咪咪，瞇著細細長長眼睛，半句話不吭的，居然比那些能幹的更受歡迎。怪不得說「沉默是金」。我太太說得更妙：「如果丈夫聒噪，太太最好的表現就是別吭氣，你想嘛！川普這個大嘴巴已經夠麻煩的了，如果他老婆再像希拉蕊・柯林頓還不天下大亂嗎？」

人比人氣死人

今天咱們就來談談「好演員不搶戲」！

四十年前我剛到美國的時候，住在連棟住宅裡，「連棟」也就是一排連著十幾家，幅面很窄，前後有很小兩塊院子的房子。

我去了沒多久就發現頭尾兩家人好像特別神，大家也都有意無意地露出對他們的羨慕。原來因為那兩家是邊間，在頭頭上，所以除了前後兩個小院子，側面也有院子，比大家都大一點。

後來我搬到另一個住宅區，房子雖然不大，但都是獨門獨院，其中有一家是兩塊地合併蓋的大房子，好像在鄰居之間特別神，動不動就說：「我們家地方大啊！」

我也發現大家在院子種花，好像不止是為自己欣賞，更為了給鄰居看。草地一定要按時剪，唯恐沒剪鄰居會笑話。看到那些春天到了卻什麼花也沒種的人家，有些人還會議論「他們家不知出了什麼事？」

這是一個「比」的世界，房子有大小，要比；成績有好壞，要比！職位有高低，也是比。孩子上什麼學校，更要比！有的人甚至因為孩子不如人，在電梯裡看到鄰居都不太願意說話。小官的太太，遇到高官的夫人，也似乎矮一截。

問題是，那小官的太太一轉身遇到個小兵的太太，會不會氣派又不同了？如果成績中等的學生家長，遇到學霸的父母，會覺得顏面無光，但是接著碰上成績吊車尾的學生家長，又會怎麼表現？

人都在偷偷衡量

打電話：「您住哪兒啊！」

說出地區，「呦！好區耶！」再問：「您住幾樓？」

「五十樓？」

掛下電話，心裡浮起一個畫面，列出了一個等級：天哪！五十樓！他會不會住在帝國大廈啊？

大飯店門口不准停車，說不准就不准，停了就拖走。問題是來了一輛賓利或者法拉利，他拖嗎？還是可能睜一隻眼閉一隻眼？甚至拉開擋著的欄杆：「請這邊停」？不信，您到那些大酒店門口看看，是不是在不准停車的地方，常停了一些名車？

談處世先要懂得為自己定位，也可以講「在這個人吃人、人比人的世界」，你先要知道自己的位置在哪裡？你是吃人的，還是被人吃的。

愛現足以招禍

今天我能不能大聲？我有沒有條件往中間站？我好不好坐上位？今天總經理夫人戴了兩克拉的鑽戒，你能叫老婆戴五克拉的來嗎？今天老大開本田車子來，你能開賓士來嗎？

你當然可以！你可以有意讓老大知道你的底子有多厚、你的後臺有多硬。說實話，你老婆的一個名牌包包都可以透露一點消息，引起一些議論，造福或者造禍。

我就曾經見過一個想要巴結主管，卻弄巧成拙的事情。有個公司在大酒店舉行年終聚餐，一位主管特別叮囑太太好好侍候著大老闆，給老闆留下好印象，有利自己升遷。那太太也真不辱使命，一路小心地招呼。

散會了，大老闆夫婦先離開，到門口，大老闆的太太掏出五十塊錢，正要賞給開門的小弟，旁邊突然伸出一隻手：我來我來！接著把兩百塊錢塞進小弟手裡。

才上車，老闆娘就不高興地問老闆了：「那誰呀？在我面前擺譜？是不是你薪水給得太高啦？」

你說這是不是弄巧成拙？

再說個真事兒：有一回，一位國畫大師帶著幾個弟子去看畫展，大師扶著老花眼鏡看畫上的題字，邊看邊念，有一個字寫得草，大師念到那兒，卡住了，旁邊一個學生嘴快：是「亂」嘛！

大師立刻變了臉色，沉聲罵：「輪到你說話了嗎？」

是不是跟前面那位太太一樣，弄巧成拙？學生為了表現聰明，沒想到傷了老師的面子。

認清當天的主角

除非你因為另有目的，是故意，永遠要知道韜光養晦的道理，尤其重要的是你要弄清楚，在那個場合誰是主？誰比較大？誰是主角？

不見得有錢有勢就是主角，這也要看情況。

舉個例子，你知道在美國的婚禮，伴娘伴郎可能有一堆嗎？好同事、好同學，為了表示有交情，都可能請去。

問題是，那豔光照人，被大家公認的美女，最容易被請去作伴娘嗎？

那可不一定！

還有，為什麼美國的新娘子，多半會出錢為伴娘們做全套禮服？找梳頭化妝師傅？是因為新娘有錢？擺譜？還是為了表示謝意？

抑或有別的原因？希望一切都在掌控之中，不至於喧賓奪主？

是啊！如果讓伴娘們各自發揮，婚禮成了選美會，各自使足了勁打扮，怎麼辦？到時候爭奇鬥豔，大家看誰？伴娘會不會成為「反焦點」，大家看伴娘不看新娘了？

所以乾脆由新娘安排，一樣的禮服、一樣的鞋子、一樣的化妝、一樣的髮式。

這時候，如果妳是懂事的伴娘，妳再漂亮，還能存著「秀妳漂亮」的想法出席嗎？妳能眼波流動、滿場東邊放電西邊放電嗎？

還是說，妳知道自己當天的定位！妳是來捧場的，是來陪襯的，不是來搶戲的。即使有人特別注意妳，妳也要收著！

作個陪伴的伴娘

我就聽過漂亮的伴娘特別叮囑朋友們，請大家少給她拍照，一定要把焦點放在新娘身上，不要讓她為難。還有，我見過一個又高又帥的小夥子，在公司宴會上，好多女客圍著他說話，他卻躲進廁所，好半天才出來。我跟那小夥熟，問他為什麼不見了，小夥說他上一個工作，就因為不懂得迴避，讓也很英俊的主管不舒服，吃了虧！

我也聽說有許多夫人參加宴會，事先打聽當天女主人，或重要賓客的夫人穿什麼衣服。為了怕撞衫，他們甚至事先多準備一套禮服，隨時可以更換。參加婚禮，更不能穿一身白，免得搶了新娘白紗的光彩。

更有意思的是，有一次我在臺灣的電視上，看到某著名企業的老大，在公司運動會上，帶頭跑五百米。只見八十多歲的老先生在前面跑，後面跟了上千員工，大家擠成一團，滑稽極了。那時候我兒子還很小，好奇地問：「為什麼他們跑那麼慢？」我說因為老闆跑得慢。兒子很不服氣地說，那為什麼不超過他？害得我都不知道怎麼答了。

不搶鋒頭是禮貌

或許有人要說，這誰不懂？我早知道不搶鋒頭。

問題是，你有沒有見過在別人的滿月酒會上，拿著手機，四處秀自家娃娃照片的人？是別人請滿月酒？還是你請？你的娃娃再可愛，在那個場合，是不是也應該自己收著？

還有，如果別人請你吃飯，秀一道得意的手藝，你能顯示自己見多識廣，邊吃邊說你吃過這裡那裡，類似的東西有多棒嗎？

更普遍的是，婚禮上，臺上證婚人、主婚人正致詞，你是不是安靜地聽著？今天可是人家家門終身大事，請你來，你能在下頭拉著嗓子聊天扯淡嗎？

同樣的道理，為什麼老師教課的時候，你不能在下面講話？就算你懂得比老師還多，今天他是老師，你是學生，既然你在聽課，就該靜靜地聽，必要時才舉手提問。甚至老師講得不對，你也得忍一忍，私下找機會表現，而不適合當面指摘。

組織裡、公司裡開會就更得小心了，老闆說的不對，你能夠直接講他不對嗎？就算不得不在會議裡講，也應該用點技巧，譬如用試探的語氣說：「會不會採取另外一個方法也可以？」說不定老闆覺得對，就接受了。

把好球作給別人

作球常常比你直接拍馬屁好得多，譬如吃飯的時候，某夫人手上戴個漂亮戒指，耳朵上戴了名貴的耳環，她一個勁兒地撥頭髮、比手勢。你看出來她想要「現什麼寶」，就主動說：「欸！妳戴了什麼好東西？」就算你知道是她老公送的結婚周年禮物，但是為了引出她得意的話題，也可以裝作好奇，問：「那麼漂亮名貴的首飾，誰送的啊？」

什麼叫正中下懷？這就是！

當別人有得意的事，又怕炫耀，不好意思說的時候。你主動把事情點出來，對方一定會感激你。你別以為這很簡單，人心很妙，有些人明明看到值得誇讚的事，他們會裝作沒看到。我就聽過一位朋友的太太，說她故意把玻璃種老坑翡翠戒指戴在右手，一頓飯吃下來，她伸手不知夾了多少次菜，居然一桌子的人眼睛全瞎了，沒有人提半句，真是氣死她了！

問題是大家真沒看到嗎？我才不信！是看到，卻不想給她作球，讓她得意。所以讚美人、為人作球，除了智慧，還要心胸。就算你心裡一百個不屑，該作球的時候還是得作。

別把自己人說得太好

你也不適合把自己人說得太好。譬如，妳說妳的首飾是老公新送的生日禮物，可能有同桌的太太當面就酸溜溜地轉身罵她老公：「看看人家老公多慷慨？」

結果妳一句話可能既得罪了一堆太太，也得罪了一桌子的先生。那些先生挨了罵，能不怪妳多嘴嗎？搞不好連妳老公都挨罵。

同樣道理，除非你存心炫耀，最好別當著一桌夫妻，說自己公司的待遇有多好，免得把別人比下去，既得罪了一桌太太，也得罪了一桌先生，搞不好還得罪了別人的老闆。

處世的第一要項，就是在每個場合認清自己的位置，你是主角，還是配角？你是老大還是老么。任何場合，當你的表現欲發作的時候，先要四處看看，那是不是你的舞臺？你會不會搶了主角的戲？你會不會傷了主角的心？

第3堂

飲水總要思源，才能走得更遠

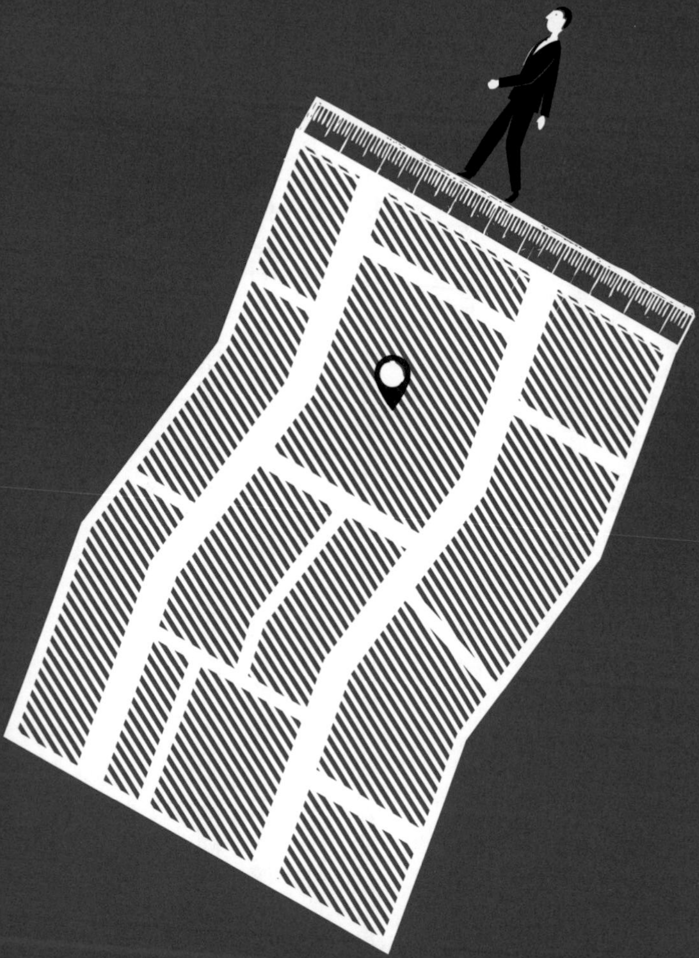

——最近我看了美國國家地理頻道播出的《世紀天才愛因斯坦》，對其中一段很有感觸。那倒不是講愛因斯坦本人，而是影片裡演到的居禮夫人。她跟她老公一起做研究，明明研究多半是她做的，諾貝爾獎居然只提名她老公，經過一番折衝，才勉強把居禮夫人列為研究助理。

天哪！研究主要是居禮夫人瑪麗．居禮做的，她丈夫才是助理，怎對她這麼不公平呢？

你生的孩子太好，我要了！

這段影片讓我想起自己剛到美國大學任教時的一段親身經歷。

當時我因為擔任駐校藝術家，學校要大眾傳播系為我做個宣傳影片。系主任把任務交給一位三十多歲的女老師，難得有表現機會的女老師真是卯足了勁兒。白天拍攝、晚上剪接，搞了一個多月。我也配合她，提供不少過去的照片和資料。起初系主任只露過一次面，說由那位女老師負責就成了。沒想到東西做出來，挺不錯，系主任突然決定由他掛名導演。而且在放給校長看的時候，一副全是他精心製作的樣子。

系主任連根小指頭都沒動，到頭來嚐嚐味道不錯，一伸手，整鍋端走了，連點湯都沒留給那位女老師。

我當時看到那女老師傷心的表情，她抬頭看看我，深深歎了口氣。

「實在太不公平了！」我也火大說：「我去跟校長說！」

沒想到她立刻攔住我：「千萬別說！畢竟是主任給我的機會！」

我那時才三十出頭，年輕氣盛，覺得太沒道理了。問題是好比妳懷胎十月，痛得死去活來，孩子生下來，別人抱走了，這種事不是太多了嗎？

指導教授不指導卻掛頭牌

多少學生幫助老師做研究，甚至根本是自己發現研究的好題材，教授認為可做。於是學生拚死拚活地鑽研，可能送半條命有了突破，在國際重要的期刊上發表里程碑式的論文。

論文誰寫的？學生寫的！

研究誰做的？學生做的！

問題是，誰掛頭牌？

八成是那從頭到尾沒管過事的指導教授。

你以為指導教授一定指導嗎？

我記得獲諾貝爾獎的一位華裔學者曾經說，他以前做研究，問指導教授要怎麼做。教授說：「我如果知道怎麼做，還要你去做嗎？」

還有個常見的畫面，是在修博士最後一關「論文答辯」通過之後，「過了關的準博士」謝謝在場的指導教授和考官：「謝謝各位老師的一路栽培！」

這些教授們很可能回答：「其實我們在跟你學，你才是真正下功夫鑽研的人！你才是這方面的專家。」

他們說的是實話，問題是當學生做研究有了突破，申請到專利（那可常常是很高的收入啊！）真正吃肉的是誰？

可能是掛名沒做事的教授。至於學生，能喝點湯就不錯了！學生要怨嗎？確實有學生怨，甚至打官司，問題是有幾個真相大白？真相是教授支援你、學校支援你、公司組織支援你，給你資金、給你場地、給你設備，你做出了研究，飲水思源，誰應該居首功？

死道友不死貧道

話說回來，如果你研究失敗了，大筆的研究費全泡湯了，誰要擔當責任？再說得難聽一點，你不上道，論文東抄一段、西抄一段，改天發表之後，被人挖出來，事實俱在！誰要挨罵？

論文是你寫的、研究是你做的，你當然該挨罵，問題是如果由你的教授掛名帶頭研究，他能不負責嗎？想想，有多少教授，甚至校長，就因為總是撿現成掛名，結果出毛病，下了台！

他們可能在出事之後說，其實是我學生做的研究，我沒想到他抄襲造假。他這麼說，大家都知道那是真話，問題是這種有福同享，有難你當，「死道友不死貧道」的老師或領導者，出了事就把責任往外推，能獲得尊重嗎？

站在萬人塚上的名將

「一將功成萬骨枯」，這句話也是同樣道理。多少下面的士兵都死了，成就一位名將。名將起先可能也是從下面幹起，身先士卒地衝鋒。漸漸成了大將，就運籌帷幄，站在山頭，指東指西，調動兵馬，看下頭子弟兵廝殺。一批倒下、一批衝上。仗打贏了，名將凱旋受勳，加官進爵。問題是那些第一線衝鋒的人呢？只怕連屍骨都沒人收。「可憐無定河邊骨，猶是春閨夢裡人。」怪不得詩人要這麼感歎。

但是大家也要想想，如果仗打輸了，那名將又如何？如果當初簽了軍令狀，他是不是要掉腦袋？到時候負責的是帶兵的大將，可不是小兵啊！

大將上吊，小兵觀禮

好比二次大戰結束，戰犯都是帶頭下令，不是那些親手把敵人殺死的小兵。那些被猶太團體追到天涯海角，抓回來審判的是集中營裡的頭頭，不是把毒氣往裡面灌，或者要猶太人脫光了，排隊進毒氣室的小兵啊！

說了這麼多，講的還是「自己的定位」。

你的定位如果是指導教授、是帶兵的大將、是發動戰爭的領導，你享受特權，就要負起責任。

小心上面關水龍頭

你在下位，也要知道「飲水思源」。因為上游的人能給你供水，也能切斷水源。你每天飲水好像已經成為當然，只有到了沒水的時候，才會想到是不是得罪了上游。

當你的翅膀硬了

即使你已經爬到了上頭，也要知道那些提拔你的人的心理，當你是「小子」的時候，他們欣賞你、愛護你、栽培你，但是當你翅膀漸漸硬了，偶爾在他們眼前翱翔了，你的光芒炫到他們的眼睛，他們開始懷疑你，有一天會不會爬到他們的頭上。你的絕活是他們教的，你最知道他們底細。加上他們老去，逐漸退休，如果你又疏於問候，他們可能開始嫉妒你、排斥你，甚至陷害你。偏偏你的本事是他們教的，你的弱點或者小辮子，他們最清楚。所以即使他們已經沒什麼力量，你也得小心侍候著，免得你跑得正快的時候，從後面冷不防地伸出一支拐杖。

感恩要表現出來才是實在的

飲水思源當然也可以用在對家裡的長輩，當他們老了、行動慢了、能力差了、不能生產只能消費的時候，很自然地會變得怯懦。有些老人家會說：「我沒用了，只會吃飯。」甚至怪自己沒能早點死。這時候很多子女會說：「不要這麼說，您講的什麼話啊！」其實更好的做法是，你可以對老人家說：「您生我，把我帶大，又帶孫子，辛苦一輩子，現在該享享福了。」也可以教孩子常對爺爺奶奶外公外婆說：「記得小時候您照顧我，您好疼我啊！」晚輩常常念著老人的恩典，會讓他們有安全感。

還有一件很容易被忽略的事，就是無論老人家的行動多麼慢，或者多麼強調吃飯別等他，到了用餐時，一定要請，就算只是大喊一聲：「爸！媽！吃飯了！」他們的感覺都會好得多。

如果到用餐的時候了，老人家還在房間裡，你沒請他，大家也沒等，先開動了，那已經覺得孤獨的老人，愈會覺得孤單，等他慢慢蹭到餐桌前，心裡真會有「蹭」碗飯吃、討碗飯吃的感覺。

這是老人家怯懦的心理，子女不能不知道。

第4堂

槍打出頭鳥，看準機會再出頭

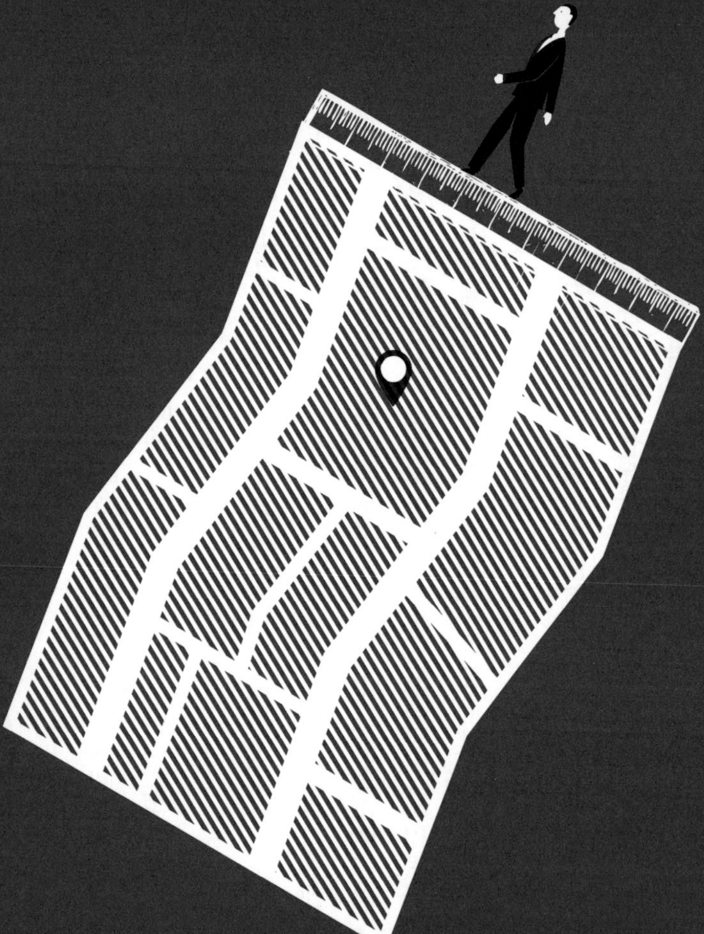

我以前有個女學生，非常有才氣，又用功，人還長得漂亮，後來考上臺灣最著名的藝術系。從進去的第一天，就成為系上的焦點，系展、畢業展，全拿第一名，甚至參加「省展」，也拿國畫組的第一名。

這麼優秀的學生，連校長都注意到了，所以一畢業就被留在系裡當助教。她也不負眾望，一個人做幾個人的工，把系裡的事處理得有條不紊，使得原本常常手忙腳亂的系主任都變得輕鬆多了。

有一回系展（就是美術系師生的大型展覽）記者會，系主任正好前面在外頭有會議，還為了形象得先回家化妝梳整，沒辦法準時到，就交代這位美女助教先幫忙招呼一下。

我這位學生一口答應下來：沒問題，交給我！

果然她全包辦了，新聞稿和畫冊紀念品都事先裝進大信封，還寫上記者名字。而且她早做了準備，記者一出現，她就能叫出名字，把資料奉上，連參觀的路線都規劃好了。

結果等系主任匆匆忙忙趕到的時候，記者已經走了大半。系主任問剩下的記者，有什麼要自己補充的？是不是需要做專訪？記者都說不必了！那位助教都介紹得很清楚了！

新聞也發得很成功，這位漂亮體面的助教還上了電視，侃侃而談，把畫展整個做了介紹，造成系展空前的成功。

一年助教沒完，她去報考系裡的研究所。這幾乎是慣例，也就是助教上完研究所，升講師。因為考官都是系裡的教授擔任，題目也是他們出的，助教幾乎一定能被錄取。

令人跌破眼鏡的是，這位「才女」居然沒考上。

可以賣命，不能搶功

故事說完了。大家猜猜為什麼？是因為她怯場，失常？還是什麼原因？

讓我再講個故事，不！應該說舉個例子：如果你是受命帶兵出征的將軍，苦戰一個月，終於要把敵人的城池攻下了。突然聽說聖上要親自出馬，因為皇帝火了，說：「怎麼這麼久都打不下來，我去！」

眼看你明天就能攻下來，你要怎麼做？

你趕快打，最好今天就打下來，免得皇帝來怪罪你，罵你笨？還是你叫前線暫時作作樣子，放緩攻勢？

那不是讓敵人有喘息的機會嗎？他們修復重整，改天更難打了，只怕要多死不少子弟兵啊！「沒關係！」你說：「等！等皇上到，聖上天威能夠震懾敵軍，那時候再打！」

聖上終於駕到了，果然幾天之後攻破敵城。贏了！大家三呼萬歲，你上去請罪，說都是你督軍不力，幸虧聖上親征，才一舉攻下。

誰不知道你原先兩天之內就能打贏啊！只為等皇上駕臨，沒能一鼓作氣，讓敵人有了喘息整補的機會，硬是多拖了好幾天，多死了幾百弟兄。

問題是，你能說嗎？你下面的人敢說嗎？

皇上自己心裡沒數嗎？

你會因為帶兵不力，被皇上殺頭嗎？還是表面責備一下，讓你很虧欠地侍候著皇上凱旋，乖乖在群臣當中沉默低頭一陣子，然後被大力拔擢，晉升更高的官職？

在你這段韜光的時候，有人敢為你沒自己打勝仗，非賴皇上駕到才打贏，而小看你嗎？小看你的一定是豬八戒，沒有好下場。他豈能看不出來，你非但有帶兵的能力，也有侍候主子的智慧。

他豈能不知道，如果皇上才出發，你就打贏了，即便皇上誇你兩句，接下來也不見得有好處啊！

我前面故事裡講的特別能幹的助教，沒等系主任趕到，已經把事情辦成了，是不是就像皇上沒到，就打勝仗的將軍？

這種急著表現，搶在前面做事，搶了事，也搶了功，還搶了鋒頭的人太多了，而且他們往往在吃虧之後還不知道。結果明明把自己累死了，非但討不到好處，還可能倒大楣。

不在其位不謀其政

「不在其位，不謀其政。」表面看好像儒家的政治口號，其實裡面大有處世的藝術。當你不在位子上，你就算知道，也不能說。甚至別人說錯了，你都不能講。

舉個例子，我因為小時候得過肺病，又有氣喘的問題，需要定期做肺部的微量斷層掃描。最近去臺北的一家醫院做，做完出來，看到操作機器的人，是認識的朋友，就問他怎麼樣？有沒有問題？

按說他瞄半眼就知道了，一定心裡有數，他卻笑一笑說會發給胸腔科的醫生，我得掛那醫生的門診號去問。

說實話，我很不高興，他明明知道，就算有規定，不好直說，最起碼可以比個手勢，何必故作神祕呢？搞得我緊張。

隔一陣，我又在美國做腸胃鏡檢查，醫生恐怕快八十了，手都有點抖的樣子，他大概看得出我的心態，先主動說：不是我動手，是我年輕的助手操作，我在旁邊看內視鏡拍的畫面。

做完了，醫生已經不見了，助手到恢復室招呼我，我問他結果。他居然跟臺灣醫院的朋友一樣，也說要等醫生改天跟我說。明明是他做，只怕他專做這個內視鏡檢查，比那些老醫生經驗多得多，為什麼不直接說？

難道他也像是等皇帝到了，才敢打勝仗的將軍嗎？

各位社會新鮮人，不！應該說連老鳥們恐怕都不一定知道「不在其位，不謀其政」。你跟你長官同樣是專家，別人有問題，除非長官要你作答，就算你比長官懂得多得多，也最好先忍著，別答。說：「長官才是專家。」

甚至長官不在，你都最好像那位將軍，等皇上來。

你長官到了，八成表面罵你兩句，說你那麼專精，為什麼自己不直接答？其實他心裡怎麼想？八成他會暗自高興：這小子還真懂事。

聰明人，要懂得「作球」給別人，千萬別急於表現，搶了上面的鋒頭，也賠上自己的前途。

事情都你做了，還需要別人嗎？

剛才講的都是下對上。其實同輩相處也要注意，舉個例子，你是能幹又勤快的新人，是不是會急於表現？從任何角度想，你搶著做事都沒錯。問題是也可能有錯，想想，如果別人的事情你一個人都做了，別人還做什麼？辦公室是不是你一個人就夠了？進一步想，別人是不是都多餘了？可以走路了？

愈是大家抱著鐵飯碗混日子的單位，你想表現自己的時候愈要小心，除非人家要你幫忙，千萬別踩到別人的地盤。但是相反的，如果那是一個積極進取的單位，大家都努力，你就可以盡力表現。為什麼？因為大家在競爭，你不爭，就被比下去。還有，鐵飯碗的保守單位，常常不再發展，好比在不能擴建、人又多的屋子裡，你伸胳膊伸腿，很可能打到別人。至於積極的單位，因為會不斷尋求擴張，大家各自努力，都有發展的空間，可以把業務愈做愈大。

幫助別人有時候也要小心，舉個例子，我剛到美國的時候，在院子裡剪草，看見鄰居的草也該剪了，順便把剪草機推過去，為鄰居剪一下。鄰居下班看到我，雖然說聲謝謝，臉色卻不好，後來我才懂，我可能傷到了他的自尊。我為他剪草，可能讓他覺得我嫌他沒有整理庭院。

誰要你管我老公吃飯？

或許你說那是美國，那麼讓我告訴你個國內的例子：我有位朋友，妻子工作太忙，經常很晚到家，對門鄰居太太好心，常常到吃飯的時候問：「你太太是不是又晚回來啊？到我們這兒來吃吧！」有時候還送點食物給那可憐的丈夫。

起先，總是晚回家的太太很感激，時間久了，感激就變了味兒：「我老公，我管，犯得著妳操心嗎？」

再說個故事：有幾位明星應公益團體的邀請做募款演出，其中有一位在臺上說要把他獲得的酬勞全部捐給那個公益團體。這是多好的事啊！但是你知道嗎，他這下子得罪了所有的明星，才到後臺就吵了起來！道理很簡單，你當好人，你大方，但是你有沒有考慮別人的感受？如果有人問：某某人捐了，你們其他人呢？你叫大家怎麼答？

我以前也碰過這類的問題，當我剛作電視記者的時候，專門跑影劇新聞，有一次採訪完，主辦單位塞給我一個紅包，我拒收。對方居然追出來，從車窗把紅包扔進來。回公司，我就把紅包交給上面，還得到公司的書面嘉獎。

沒過多久，發生同樣的事，紅包又扔進了車窗，我叫司機停車，要跳下去還給對方。沒想到司機好像沒聽見，照樣往前開，還開玩笑似地說：你不要，我要嘛！

回去，我又交上去，又得到一個嘉獎。

問題是，別的記者說話了：「奇怪了！為什麼我們以前跑新聞沒有這種事，現在都讓你碰上了！你要檢討啊！」

我確實檢討了，以後我拿到紅包，都偷偷捐給公益團體。

槍打出頭鳥！什麼是出頭鳥？

功高震主的可能是出頭鳥。

出個人鋒頭的可能是出頭鳥。

踩別人地盤，擋別人財路，多管閒事的可能是出頭鳥。

故作清高，卓爾不群的可能是出頭鳥。
作出頭鳥沒有錯，當你能夠比別人飛得高的時候，憑什麼不飛？只是，你飛要飛得小心啊！

第5堂

適時露兩手

今天要答覆「豆綠」聽友的問題。

他的問題是這樣的：

「聽了四節課了，講的都是韜光養晦，讓大家有絕招也收著。我想問的是什麼樣的情況下可以很高明地露兩手，讓自己在這個競爭的社會上找到合適的位置呢？又怎樣很有技巧而不讓人覺得你是炫耀呢？」

這題目很好！首先我要說，我策劃這四十集節目，是先說處世的「戰略」，再逐漸進入「戰術」。站穩自己的立場，認清自己的條件，飲水要思源和韜光養晦，都是屬於戰略，戰略是在戰鬥之前先看清大情勢，站穩自己的立場，開始佈局，一切都準備好了才能進入戰術，開始出兵。

學以致用，求學最重要的是打下基礎，積蓄好能力，然後在重要的時候使用。所以當你希望在社會上受人重視，適時露兩手，讓人刮目相看，先要想想自己積蓄了多少能力。

說實話，當大家的年齡相近、學歷相近的時候，剛走出校門，能力是差不了太多的。你甚至可以由一個人講話的用詞來猜想他大約的年歲。為什麼？因為學校有統一教材，隔幾年會換新。加入了新的課文、新的知識，就有了新的詞彙。

舉個例子，你聽一個人說話的時候，順口就講「動見觀瞻」。可以猜他八成念過曹丕寫的〈與吳質書〉。如果聽人說「居廟堂之高，則憂其民；處江湖之遠，則憂其君」，可以知道他一定讀過范仲淹的〈岳陽樓記〉。

也可以說只要在學校讀書的時候，在課文裡熟讀過那篇文章的學生，就可能很習慣地用那裡面有的成語和典故。

所以，當你要在差不多年歲的同儕當中露兩手，讓他們驚豔，最好是露他們沒學過的東西。什麼是他們比較沒學過、沒碰過的？當然是課外的材料。你把課內的東西學得再好，大不了學校成績比別人好些，卻很難讓人對你刮目相看，因為你學的東西他也學過。

在以前網路資訊不發達的時候，你當然要多看課外書，多涉獵課外的東西。現在簡單多了，你可以在網上學習，即使是東看西看，看得很雜，只要你在大家聊天的時候，能夠即時掏出你新學到，而別人還沒看到的，就能讓人矚目。

有些人有過目不忘的本事，卻不一定有急智，也就是他們不能在瞬間把有用的東西掏出來。還有些人掏得出來，但多半是片段的，沒什麼力量。真正能一鳴驚人的，多半是要掏就能掏一串的。

觸類旁通先要深思！

「學而不思則罔，思而不學則殆」，你作個書呆子，只知道死啃硬背，就是「學而不思」，到用的時候拿不出來。為什麼？因為你沒有好好消化自己得到的學問，那學問不屬於你。

所以想要「持之有故，言之成理」，一定除了學，更要思，而且把思想貫通。思想貫通最簡單的方法是每看完一本書、甚至只是一個章節、一個消息之後，別立刻鬆手，轉眼就忘，而要想想當中對自己有什麼啟發，甚至「盡信書不如無書」，想想書裡說得對不對。

我以前作學生的時候很痛恨寫讀書報告，覺得是浪費時間，現在卻愈來愈覺得寫讀書報告很有道理了。因為當你讀完書，如果能回頭整理一下、思考一下，那書要告訴你什麼？你從當中可以得到什麼啟發。想一想，有了領悟，那東西就可能成為你的，可以讓你用一輩子。否則讀完書，全還給作者了，考完試，全還給老師了！

點線面的學習法

把思想貫通，能掏出整套的東西，還有個方法，就是用「點」、「線」、「面」的學習方法。

你只知道一樣是「點」，多知道一樣相關的東西，就連成了「線」。再知道多一些，更棒了！那是「面」。知道了一點，當你在網上看到有意思的東西，可以立刻搜尋相關的。當你學到一個英文單字，可以立刻找找類似的。於是你能由一個點向外擴大，當別人提到其中一項，你立刻把相關的幾項拿出來，不但因為觸類旁通，有事半功倍的效果，而且當然會讓人印象深刻。

從一顆蘋果的掉落想到萬有引力

舉個例子，你看到烏鴉，進一步知道「渡鴉」，再知道渡鴉很聰明，甚至會叼小樹枝掏洞裡的小蟲，於是想到烏鴉叼石頭放進水瓶的故事，再進一步知道因為迷信，英國的倫敦塔都撥公款養渡鴉，派專人照顧，還怕那幾隻渡鴉飛跑，給牠們剪了翅膀。

於是你從一隻烏鴉可以談到歷史、談到神話，談到除了海豚、黑猩猩，其實鳥類也有驚人的聰明，萬物都是通靈的。也可以說由一點談到了大的面。

總歸一句話，不要白學任何東西！因為當你花時間學一樣東西，接著就忘了，沒用了，你就是浪費那段生命。

溫故知新是正道

要讓人印象深刻，除了你可以秀新東西，也可以秀舊東西。雖然剛才我說年齡學歷相近的人，在學校學的東西差不多，你很難用課本裡的那一套唬住別人。但是當大家離開學校久了，就不一樣了！因為有些人忘得快，才出校門已經扔了一半，過幾年更是丟了一大半。

舉個例子，當大家聊天的時候，提到〈岳陽樓記〉、〈桃花源記〉或〈琵琶行〉的時候，多半的人只能想起幾句，如果你居然一口氣全背出來，大家能不對你刮目相看嗎？他們即使不當面誇你，也會暗暗吃驚，心想：「這小子的記性了不得！」

「記性了不得」可不是小事啊！表示你聰明、表示你能學而不忘，大家能不敬畏你三分嗎？如果你又是當著一群人，包括你的長官秀幾手，那好印象就更有用了。因為平常大家不見得有「比」的機會，這下子你小試身手，就鶴立雞群了！

「溫故而知新」，溫故一點也不難。今天你不想把學校的東西還給老師，希望使用一輩子也不難，就是常常溫故。舉個例子，今天為了要考默寫，你硬背了〈岳陽樓記〉。下個禮拜同學們包括你自己，只怕已經忘了十分之三。再過兩個禮拜，忘了一半，兩個月之後大家都八成還給了老師。

但是才默寫考完三天，你就花幾分鐘想一想，溫習一下，過兩個禮拜，你又暗暗地背一背，過幾個月，你還拿出來想一想。加起來你根本沒多花多少時間，是不是就把那篇東西留在了腦海？這樣溫習幾次之後，你半年之後都能不忘，一年之後再想想，只怕記得更牢了。

東西不能白學！日子不能白過！

學樂器也一樣啊！有些人小學時被逼得彈琴，彈得很好，還常常張媽媽李媽媽來的時候，被大人喊出來表演，表演不好挨罵。

問題是，你上初中，可能沒多久，逼你彈琴的老爸老媽就說功課重要，不必彈了！

你這一不彈，是不是就真不彈了？鋼琴上掉的灰塵都能寫字了，你卻再也不會自動把琴蓋打開來彈彈。

這麼說來，你是真愛彈琴嗎？還是因為小時候被逼被罵，把你天生對音樂的喜愛都逼不見了？問題是你過去每天練琴，多少年下來，那工夫不是白花了嗎？如果大家能瞭解這一點，書不能白讀、東西不能白學，每隔些時花一點點時間重新溫習，能不忘舊的，不也等於學到新的了嗎？

表現自己也彰顯別人

要想適時地露兩手，讓人有好印象。你除了表現自己，更要懂得彰顯別人。舉個例子，大家聊天或開會，有人說到一半，因為別的事情打斷，可能把話忘了，或者沒有繼續那個話題。這時候被打斷的人，正有些懊惱話沒講完，如果你開口，說剛才某某，您講到一半，請繼續啊！對方是不是會非常高興？如果是你長官，話講一半，打岔忘了，你表示很關心、很好奇，是不是足以證明你很專心聽他講話，而且把他的話聽進去了？長官當然會對你有好感。

還有一個彰顯別人也展現自己的方法。譬如開會的時候，前面一堆人發言，輪到你了，你一邊講自己的見解，一邊用前面人發言的內容作輔助：「剛才某某講得好極了！我認為可以如何如何……」、「剛才某同事已經說如何如何，我不但贊成，而且試著補充一些自己的淺見。」

當你把前面別人的發言整理成自己的材料，表示你不是只管自己，而且顯然很專心地關注別人的發言。這會讓你拉近跟其他人的關係，更可以顯現你的記憶力、專注力、組合力，甚至統合大家，作公關的能力。

今天說了這麼多，現在讓我整理一下，就是：

想適時表現自己，給人好的印象，先得平常多充實自己。

如果你是學生，除了課本，也要多讀課外讀物。即使平時上網隨便看，也要懂得組合、整理，讓散亂的消息成為系統的知識。

任何功夫不能白下，任何學問不能白學，學完就忘等於浪費生命。前事不忘能作後事之師，溫故知新可以充實人生。

表現自己別忘了彰顯別人，開會時關注自己要說的東西，也要關注別人說的。

「蓄勢」是為了「待發」，「雌伏」是為「雄飛」。最好的表現時機是：

不鳴則已，一鳴驚人！

第6堂

跳槽、換工作之前，必須明白的職場倫理

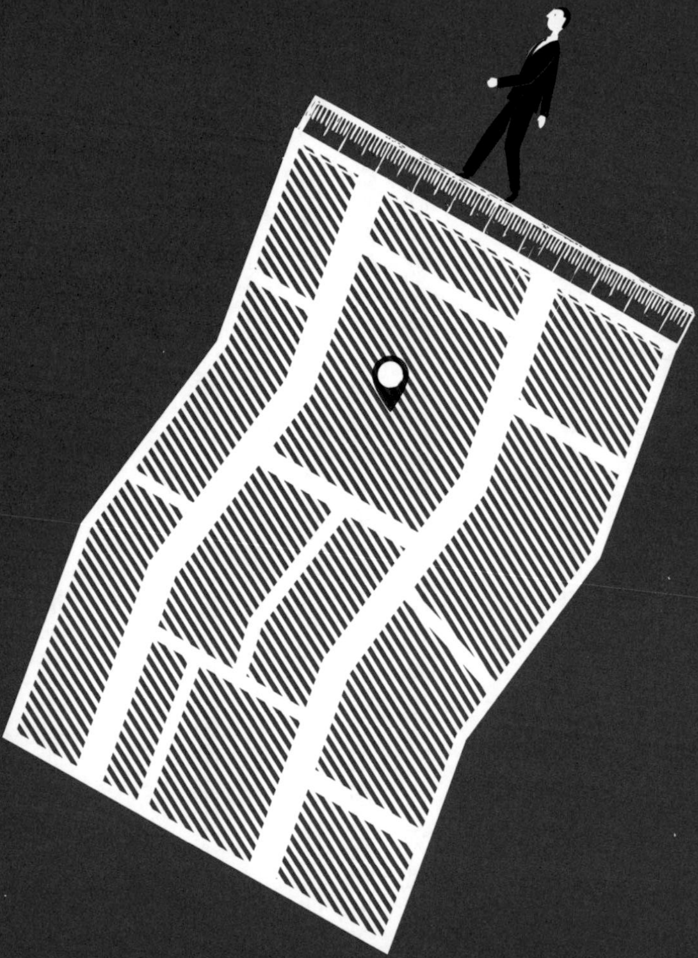

我曾經寫過一本報導醫療黑幕的書，書名是《醫療真實面》。那陣子我除了四處去做訪談，也讀了不少醫學界的書籍，其中令我印象最深的是美國一位神經外科專家法蘭克（Frank Vertosick, Jr.）寫的《神經外科的黑色喜劇》（When The Air Hits Your Brain）。他當住院醫師的時候，有一天來了個越南退伍的老兵，渾身刺青、滿口髒話、身強力壯，只因為跟老婆做愛的時候突然頭疼，所以來檢查，結果發現有點腦溢血，但同時在核磁共振（MRI）發現了一個長在大腦動脈上的血管瘤。決定動手術，除掉後患。

哪個良醫不曾誤診？哪個神刀不曾開死人？

手術那天，主治醫師待在休息室，準備隨時支援，由這位資深住院醫師動手。

原先造成頭痛的腦溢血不嚴重，只要把血管瘤夾住就永絕後患了。

前面開顱的工作很順利，也找到了血管瘤，只要在那血管瘤的「脖子」上放個血管夾就成了。但是當醫生因為好奇，把動脈瘤轉過來，想看清楚瘤的背面的時候，電光火石間，突然大出血，血液一下子灌滿了病人的左腦，甚至濺到醫師的腿上。當時他亂了方寸，心裡喊：這應該不會發生的啊！

主治醫師跟著跑來，大吼：「為什麼不通知我？」

這開刀的醫生低聲哀求說：「不知道怎麼回事，它就那麼發生了，我想看看瘤的背後，它就一下子爆掉了。」

病人死了。醫生得了嚴重的憂鬱症，他在書裡很誠實地說：「其實那個動脈瘤不難處理，如果是專門開動脈瘤的另外幾位醫生動刀，病人現在應該早已經回家繼續拚命跟他老婆做愛了。可惜當時不是那幾個醫生，而是我。」

病人死後三個月，醫生收到一封信，是病人遺孀寫來的謝函：「我現在明白，您已經盡了力，謝謝您所做的一切。」

當時我放下書，心想，如果不是醫生這麼多年之後自己寫出來，病人家屬當時知道手術房裡真實的情況，不知道會怎麼樣？問題是，如同這位醫生在書裡說的：「哪個神經外科醫生天生就手裡拿著血管夾，一生當中沒弄破過幾個動脈瘤啊？」

天知地知你知我知，只有死者家屬不知

這也使我想起以前在臺北教國畫，有兩個在同一家醫院工作的護士來學畫。有一天一位護士先到了，另一位很晚才到，準時到的護士小聲問她：「為什麼遲到這麼久？」

遲到的護士也小聲回答：「那傢伙又出錯，手忙腳亂，病人還是死了，真倒楣！」

他們雖然講話很小聲，但被我聽到了，問他們：「這種事情多嗎？能說嗎？」

兩個護士一起瞪大眼睛說：「當然不能說！打死也不能說！」

我今天講這個故事，是要談談工作倫理。

什麼是工作倫理？

「賣瓜的說瓜甜」，是工作倫理！「做一天和尚撞一天鐘」，是工作倫理！

不久前美國白宮發言人史派瑟（Sean Spicer）辭職不幹了，美國媒體，還有娛樂圈立刻開出

天價，要請他去作節目。

史派瑟在任的時候，電視上就常拿他消遣，還有人專門扮演他，極盡諷刺之能事。因為從川普上任的第一天，他就鬧個大笑話，明明拿當天拍的照片，跟歐巴馬就職典禮時拍的照片比對，川普就職到場的民眾少得多。歐巴馬就職時觀禮的民眾擠滿廣場，川普的擁護者只有前面一堆，後面根本就是零零落落。這位白宮發言人卻說川普就職，來觀禮的群眾是歷年最多的。而且有人糾正他，他還死不認錯。

這是睜著眼睛說瞎話，難怪大家要拿他開玩笑了！

問題是，大家真會瞧不起他嗎？

我看不會，只怕還有人暗暗佩服他：「夠膽！夠擔當！為了主子，臉皮夠硬，背夠挺，硬是往前站！」

他老哥沒做多久，聽說就不滿意一個新的白宮任命，辭職不幹了。走的時候也沒怨，還說他「很榮幸能夠為川普總統服務」。

既然吃裡就別扒外

問題是，我們是不是四處看到離職的員工罵前任的老闆？甚至一邊在那個單位做，拿那單位的薪水，一邊罵？

單位不好、主管不好，裡面有缺點、有弊端，當然該罵，問題是賣瓜的還知道說瓜甜，你能吃裡扒外嗎？

如果對公司不滿意，對工作有意見，你可以在內部開會的時候提出，為什麼開會的時候你不吭氣，卻到外面去說？你不滿意，可以離開，犯得著跟外人一直抱怨。把自己單位的噁心事說出去，自己臉上有光嗎？

做主管的也一樣，我在前面兩堂裡說了，今天你領兵，打贏了，你得首功，受大賞；如果敗了，你也得負責，搞不好掉腦袋。今天你辦事成功，大塊肉由你吃，部屬只喝到一點湯；明天出了問題，能把過錯全往下面人身上推，說都是下面人不聽話，亂搞，你被蒙在鼓裡不知道嗎？功你拿，責任你就要擔！甚至跟你八竿子打不著的錯，是你下面人幹的，你也得概括承受，為他們擦屁股。

同樣道理，上面交代的事，你乖乖在做，做了十幾年、幾十年了，只怕你對利弊得失更清楚，單位裡黑的白的你也眼明心清，這麼多年，你不吭氣，領薪水、拿福利，如果你還一個勁地罵自己單位不好，這樣做，有「格」嗎？

道不同不相為謀、道不行乘桴浮於海

歷史上有多少掛冠求去的例子！今天你如果覺得自己工作的單位那麼差，差得讓你忍不住四處罵，差得讓你不齒，就應該暗中計畫，換個碼頭。相對的，如果你沒地方去，你的本事只能待在這裡，賣瓜的說瓜甜，當別人問你對自己服務單位的看法，你可以不昧著良心說甜，最少可以講「這瓜我沒嚐過」。或者很直接地說：「對不起！我在那裡工作，不適合評論。」相信問的人會更佩服你的原則。

還有一點是大家要知道的，當你在一家公司擔任要職，跟你往來的客戶常會捧著你，甚至開玩笑地說：「您這麼能幹，我能不能挖角，我高薪搶人，跳槽來我這兒吧！」

偏偏你有職業倦怠，而且一個地方待久了，難免有些不滿的地方，聽客戶這麼說，就更認為自己屈就，改天跟老闆一言不合，真可能不幹了！「此處不留爺，自有留爺處。」你心裡想早有人要高薪挖你了。

問題是當你真過去的時候，原先要挖你的人，還會認帳嗎？你直接從這個公司，跳槽到那個公司，除非你能帶去了不得的好處，他用你，是不是會得罪你先前的老闆？只怕後來你會兩頭落空啊！而且即使你去個八竿子打不著的地方謀職，據統計，面試的時候，最忌諱的就是說你前一任老闆的不好。

這山總望那山高，攀上那山才知道

部門之間跳槽也一樣，有些人喜歡在不同部門之間串，發發牢騷、說說自己主管的小話。部門之間總有競爭，對方也就當作八卦附和幾句，加上「距離美感」，你覺得那裡比你自己的部門好多了，同事也和善多了，於是想辦法調過去。

就算你調成了，還會像以前做客人似地被禮遇嗎？

以前你去，是外人，帶去一堆你辦公室的內幕八卦，別人歡迎你。今天你把辦公桌擺上了，成為他們之間的一員，搞不好人家還要想，你過來是不是另有所圖？

你佔了他們的缺，擋了他們的路，你還能過得輕鬆嗎？

結果，你出門遇到前面的主管，覺得你是叛徒，在這個新單位同事的眼中，又是在別的辦公室混不下才過來的，你會不會兩頭不是人？

知道了這一點，除非你有萬分的把握，跳槽一定要小心。甚至要知道，在工作倫理上，有時候不同辦公室，尤其是比較對立的，除了公事，最好別私下走動。當你是這邊小職員的時候，尤其要避免跟別的部門主管私下走得太近，因為你得避嫌，你的主管看到你總往別的部門串，跟別的主管攀交情的時候，多半會不痛快。

問題是如果你非跳槽不可，怎麼辦？最好的做法是先離開一段時間，譬如出國進修，或者到不相關的地方「過個水」，回來之後再「轉進」。大家雖心知肚明，最起碼感覺上不會太尷尬。

上下少攪和，中間少閒話

如果你是高階主管，在工作倫理上，也不適合跟小職員走得太近。因為你可能被利用，譬如今天在餐廳裡，某個小職員跟你坐在一起吃飯，他會不會覺得很神？「瞧！我跟大老闆聊了半個多小時！」別人會不會好奇地問他：「你得到什麼內幕嗎？」他的主管又會不會心想他沒說我什麼壞話吧？大老闆都問了他什麼？結果隨便一餐飯，攪出一堆事。

所以有些公司會把職員和主管用餐的地方分開，這不是不親民，也不是主管高高在上，而是為了減少困擾。

每個辦公室都有辦公室的倫理，每個單位都有自己內部的規矩，每個工作都有些事不能對外說，說了可能造成大問題。這叫工作倫理，也叫職業道德。

第7堂

拿椿站定再出拳，搞清立場很重要

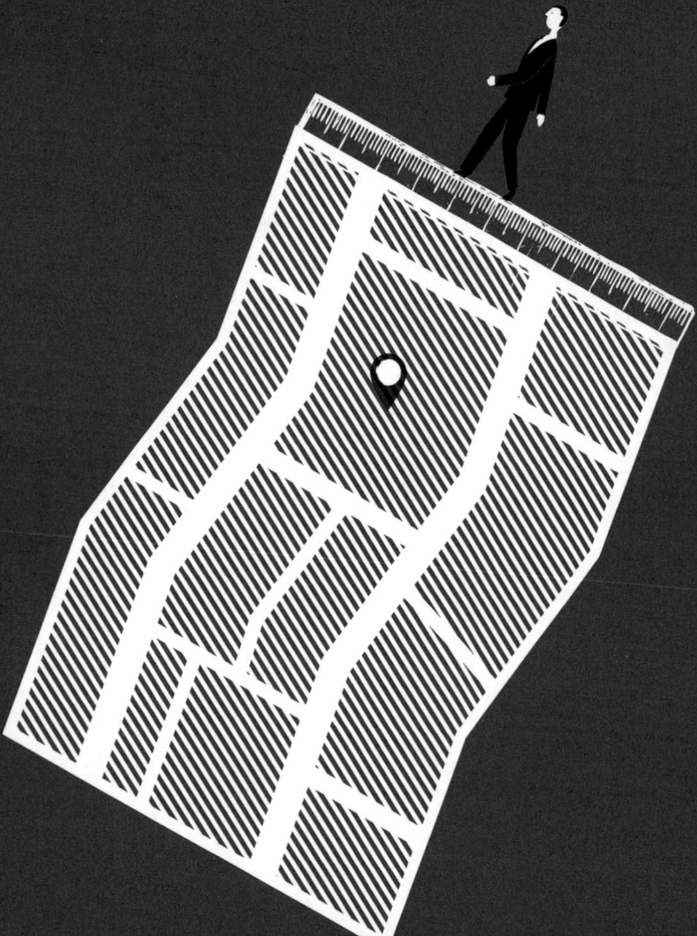

——我有個朋友，女兒上初中，到了叛逆期，總是跟媽媽吵架，有一天早上媽媽開車送女兒上學，從沒上車就吵，在車上更是大吵，也許因為趕時間加上吵架，媽媽左轉彎快了一點，嚇得對面一個騎腳踏車的婦人從車上摔倒在地。那媽媽想：「我又沒撞妳，是妳自己太緊張。」就繼續開車到校門口，沒想到摔倒的婦人騎車追來，罵為什麼見到她摔倒都不理不睬？正罵呢！已經進校門的女兒突然衝了出來，指著那婦人吼：「妳為什麼罵我媽媽？妳為什麼罵我媽媽？」說完竟然哭了起來。

那媽媽回家高興極了，說沒想到女兒跟她吵歸吵，母女連心，還是向著媽媽的。到了關鍵時候親疏就顯現了。

第二個故事，也是我到美國教書不久。

有位美國教授要去中國考察，問學校裡的一位華人教授，中國怎麼樣？

那華人教授就說了一堆中國髒亂沒禮貌沒公德之類的話。看他一大串說完了。美國教授冷冷地問了一句：「你不是來自中國，你不是中國人嗎？」

那華人教授先怔了一下，接著臉紅了，十分尷尬！

我說這兩個故事，是要講，我們處世，永遠要知道自己的立場。

七歲的天使，十三歲的魔鬼

最近我兒媳婦對我說：「千千（也就是我的孫女）現在七歲，書上說這是最好的年齡，雖然已經挺大了，還是多半會同意父母。再大幾歲，進入叛逆期就不行了，他們會跟父母唱反調。」

孩子進入青春期，多半會這樣。為什麼？因為他們長大了，開始有自己的想法，甚至故意跟大人唱反調，表示「我為什麼都要同意你們？你們說東，我就要說西！」

這種表現，不但出現在叛逆期的青少年身上，也可能會延伸到成年。有些人很喜歡唱反調，表示自己跟別人不一樣，譬如前面那位華人教授，他似乎有個心理，就是他雖然來自中國，但在西方很久了，跟國內不一樣，如果你到中國看到那些髒亂，別認為他也這樣。

問題是，你不是他們嗎？就算你已經入了美國籍，你還是華人血統。這是改不了的！

有一個中國孩子曾經對我說，他跟白人同學毫無差異，連說英語的腔調都一樣，大家簡直是buddy! buddy! 可是有一天，白人孩子大概忘了他是中國人，聊天的時候用帶點鄙視的語氣說「那些中國人哪！」突然間，他發現自己孤孤獨獨，站在了圈外。

有些東西是你無法改變的，有些立場是你必須堅持的

不知道您有沒有看過日本NHK製作的電視劇《坂上之雲》，其中令我印象最深的是，很多日本軍官到俄國軍校學習，交了許多像兄弟一樣的俄國朋友。

但是當日俄戰爭爆發，日本人回日本，為自己國家而戰。

有個畫面讓我印象十分清晰，就是在望遠鏡裡看，一邊俄國、一邊日本，帶兵衝鋒的都是當年的同班同學。

日本侵華戰爭不也一樣嗎？中國多少軍官是日本軍校畢業的，但是當戰爭爆發，再好的私交都得放下，為自己的國家戰鬥！

每個人都可以很客觀，但是有個限度

這就是立場！我兒子劉軒是學心理的，記得他進哈佛不久，回來對我說，他跑去選了中國古文，我說你以前不是中文念得很痛苦嗎？怎麼自己去找罪受？

劉軒回答，因為我不能不面對自己的根、自己的文化。好多華人同學都有這樣的感覺，就是當白人問你有關中國文化的事，而你說不出來的時候，很丟人！當我提到他高中很叛逆的往事，劉軒還跟我說了一句很有意思的話。他說：「每個人都可以很客觀，但是有個限度。」

今天我一開始提到的那個跟媽媽吵架的女生，就是很好的例子，她可以表現得很獨立，很有主見，一副跟媽媽劃清界線的樣子。但是看到別人罵她媽媽，她立刻站出來護著自己的媽媽。

前面說到的教授也一樣，你平常可以站在不同的立場罵對方。但是真正到了關鍵時刻，還是得回到自己人的立場。

雖然近親相忌，親還是親！

早年我曾經在鋸樹的時候差點摔死，那時候我爬到大樹上，拿著鋸子，要鋸斷一根擋住我窗戶的粗粗的樹枝。我左手抓著枝子，右手鋸，也可以說我用左手把樹枝抓牢，免得震動，方便右手使力。所以很順利，沒幾下樹枝就斷了！

問題是，喀嚓一聲！樹枝斷了，我也摔下了地面，雖然沒重傷，可是痛了好幾天。

為什麼？因為我左手抓的正是自己要鋸掉的那根樹枝，我一方面靠那樹枝撐住自己，一方面不認那根樹枝，當然會出問題。

太多人犯了這個錯，你看你長官討厭、看你公司不順眼，看你親戚發達眼紅，於是想辦法整他，就算不主動整他，也不護著他，甚至他出了問題，你暗中等著看好戲。

問題是，當好戲發生時，他完蛋了！公司受傷了，有力的親戚垮臺了，你能不受影響嗎？

我們都是地球人

再往深一步談，立場有時候也會改變，甚至是自然改變的，譬如一個城市舉行比賽，各區派代表隊，你的立場是站在自己這一區，為自己這區加油。

但是比賽結束，別的區贏了，代表參加全國比賽，這時候，你的立場改了，拚命為自己的城市代表隊加油。

全國比賽，你們隊輸了，你先扼腕歎息，但是接著改為支持贏的那一隊，因為它代表國家出去比賽。話說回來，如果改天有了宇宙大賽，各個星球都派代表隊參加，你是不是當然會支持地球隊？

這世界是一環扣著一環的，當環的範圍擴大，我們的眼界就要擴大。犧牲小我，完成中我；犧牲中我，完成大我。永遠要衡情度事，選擇自己的立場。

不要變成圈外人

再舉個例子，當你單位的內部開會，要決定未來的策略，你可以提出一大堆個人的見解，甚至跟相反意見的人爭得面紅耳赤，但是當你的看法沒被大家接受，別人的點子通過了，這時候你有兩個做法：

一個是你說：「好吧，你們不聽我的，等著看吧！八成失敗。」然後真失敗的時候，你笑「誰讓你們不接受我的建議！」

相對的，你也可以用完全不同的做法，當別人的點子通過，你立刻放棄原先的堅持，全力支持你本來反對的做法，甚至你比別人更賣命。為什麼？因為別人會猜你等著看好戲。成功了，大家會說：「看吧！幸虧沒照你提出的做法，否則今天就垮了。」如果照別人的點子做，失敗了，而你從頭到尾就沒盡力，大家又會想你幸災樂禍。你以為大家會服氣你啊？錯了！只怕這群打敗仗的，還把氣出在你頭上，怪你沒幫忙。

所以，記住！無論大家有多笨，沒接受你的建議。既然用了別人的點子，你就得全力支持，因為成功了，大家會佩服你，說你能放下原先堅持的己見，有肚量！不簡單！就算失敗了，因為你從頭到尾跟他們一起拚命，大家會向你道歉，只怪當初沒聽你的。

到關鍵的時刻，把個人情緒放一邊，把團隊放中間，這是立場，也是處世的藝術！

第8堂

嘴巴不牢，辦事就毛

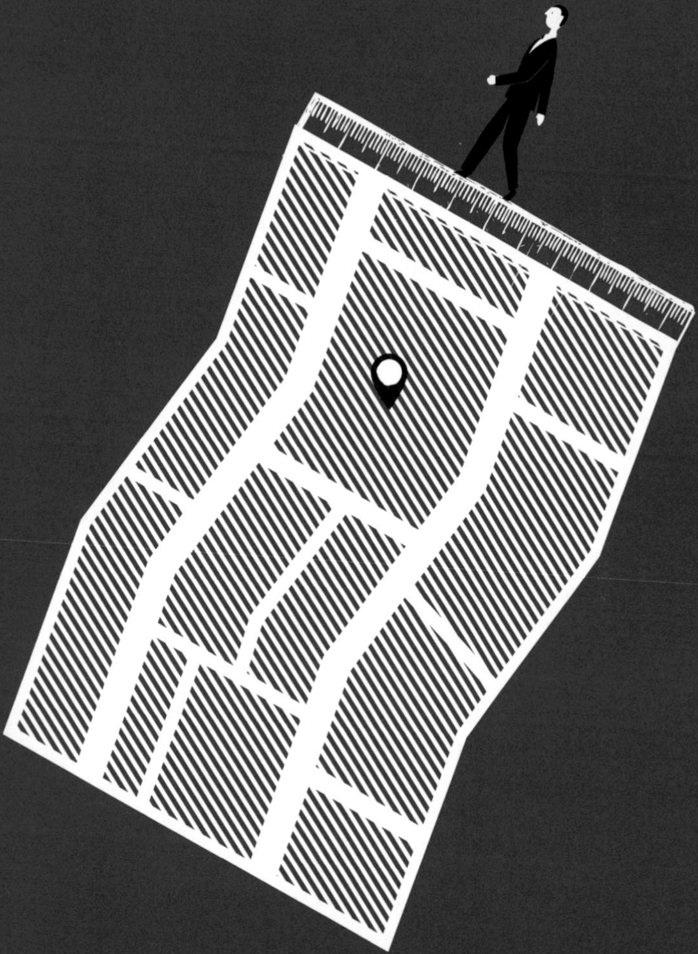

——今天我要談的是職業道德。

先講幾個真實的故事：

我在臺北住在一棟大樓裡，有天早上在門口等計程車，正好一位住在大樓的年輕漂亮的小姐下車，我就坐上去。可是才進去就慘了，因為車子裡的香水味濃得讓我的氣喘犯了。我一邊叫司機搖下車窗通通氣，一邊怨：「天哪！剛才那位從哪兒來啊？」

司機一笑，說：「咳！從賓館，大概剛下班。」

你說，這司機懂得職業道德嗎？他可能順口就說了，而且說的是真話，問題是有些真話乍聽沒什麼了不起，卻可能有很大的影響。

心知肚裡明，一問三不知！

如果你是大樓的管理員，能對剛走進來的媽媽說「你女兒剛放學回來，在中庭打了半天手機，現在上去了」嗎？

她女兒有什麼電話不能回家打，非躲在樓下中庭裡打？

管理員隨隨便便一句話、半句話，都有可能造成問題，只怕那媽媽一進門就要審問她女兒。如果事情不是女兒，是丈夫，恐怕就更麻煩了！

所以大樓管理員要認識每一位住戶，甚至瞭解每位住戶的私人關係。好的管理中心雖然會把這些資料記下來，交給每個新進人員。問題是，那新進人員能隨便說嗎？他必須知道他應該知道的，也只能說他必要說的。超過這個，半個字也不能吭。

常常講話惹禍，就出在多說半句。

舉個例子，我有一次參加旅行團出去玩，有一天，好幾個人吃完早餐，回房間，在走廊遇到一位團員太太，急著找他老公。有人答：「剛剛看到，在樓下。」另一個人說：「好像在打電話！」

過沒幾分鐘，就聽見他們兩口子大吵，那太太在走廊裡吼：「你給誰打電話？」

銀行的人員也一樣！你能跟客戶說「某某太太好，您自己又跑一趟啊？您先生上午才來提了一筆錢」嗎？

你能對這個客戶說另外一個客戶來銀行匯了多少錢，或貸了多少款嗎？

連業務員都最好別講他剛才去了哪些客戶那裡。因為他跑的多半是同業，有競爭關係。客戶訂的量跟價錢更不能講，否則就是洩露商業機密。

做生意一人一個價

如果你做生意，八成會發現，假使你在外面遇到業務員，臨時要他給你估個價，或者今天來個新人跑業務，你突然要他估價，他是不會立刻估的！

他可能說要回去請示公司怎麼給你最好的價錢，再不然他得立刻上網查詢。

他真是要給你最低價嗎？

錯了！應該說他要先看看以前給你什麼價錢，唯恐這次給你比上次低，讓他吃了虧。非但讓他少拿了錢，還有個副作用，就是你會想：看吧！今天叫他臨時估價，露餡了吧！表示以前都算我貴了，最起碼別人可能早就拿到這個比較低的價錢。

誰不知道生意人對不同的客戶有不同的價碼啊？這好比外交，如果沒有討價還價的可能，如果沒有暗盤，沒有底線，還叫外交嗎？

外交人員不能洩露底線，業務人員不能洩露底價，這都是職業道德、專業原則，多好的私交也不能多說，喝多少酒也不能鬆口。

管家的嘴要緊

別說外交人員了，連家裡請的管家，也應該懂得職業道德。你朝夕跟那家人相處，知道很多家裡的醜事，就算你對雇主不滿，既然你在做，就不能到外面說。即使有一天離開了，也不能講。因為為雇主保密，是你的基本道德，也是你的「格」。

問題是許多時候主人上班、孩子上學，管家沒事，喜歡聚在一起說雇主的八卦。再不然彼此交換資訊，譬如說收入多少，獎金多少，造成拿得少的人心裡不平，進而影響工作情緒。為了這個，許多地方嚴格規定管家不能串門。從另一個角度想，如果你是雇主，除了叮囑管家到外面嘴要緊一點，相對的，當管家回來說別家八卦的時候，你非但不能聽，而且應該機會教育，告訴你的人，到外面要少說少打聽，否則受傷害的可能是他自己。

我認識美國華人圈一位按摩師傅，功夫好，朋友們一家介紹一家，生意好極了。

但是有一天他按摩的時候，聽見主人母女大吵，接著到下一家，順口說到這事，下一家的女主人立刻去問前面那家的女主人。

突然間，幾家都不再請他按摩了。為什麼？因為他透露了他不該透露的事！

只要在工作時候知道的祕密，都應該算是一種職業機密。所以按摩師、理髮師、美容師……這些常跟顧客聊天的人，都要有個堅持，就是不傳話。相對的，作為顧客也應該避免向他們打探別人的小道消息，甚至阻止這些人傳遞閒言閒語。

職業道德不一定是一般道德，也不見得是良心

再說個職業機密的故事：

我有個朋友要移民美國，找位大牌律師辦綠卡。等了一年都沒辦下來，每次找那位大牌律師，才進去，還沒坐下，律師已經站起來送客了。最糟糕的是，大牌律師說他的資料好像被移民局弄丟了，得花一番工夫找。

有一天這朋友又去找律師。正好大牌律師不在，由一位新來的律師招呼他。我這朋友就訴一堆苦，問怎麼辦？聽說申請書在移民局石沉大海了！

那小律師一笑：「你可以自己去移民局啊！把你的名字和當初拿到的號碼遞給櫃檯，請他們查就好了啊！」

正說呢！大牌律師到了，我這朋友進去，說小律師講可以自己去查。那大牌律師居然呼一下子站起身，衝出門去！到隔壁辦公室對那位小律師大吼大叫。

我這朋友自己去查了。在查的過程當中，他好幾次遇到那個被罵的小律師。只見小律師提個箱子，把一包包申請文件往裡送，見到他，連招呼都不敢打。

沒多久，我這朋友的綠卡拿到了，他教一堆朋友辦綠卡，也為他親戚辦了下來！他說得好：「簡單嘛！填好資料自己去，坐在移民局裡等。比你交給律師，他一個人跑幾十幾百人的效率好多了！」

請問，那個小律師該不該挨罵？他說了真話，說了實話，讓我那朋友省了好多時間，不是很道德嗎？問題是，職業道德不一定是一般道德，也不見得是良心。它可能涉及職業機密，他隨便一句話，讓他們律師事務所丟了多少生意？這世上多少專業，說穿了就那麼一點東西，他們憑什麼稱為專業，你非找他不可，除了他真會那麼一點本事，很重要的是他的嘴牢靠啊！

美國醫生即使知道未成年人懷孕，也不能透露給「她」的父母

醫生的職業道德就更重要了，在美國你去看一個新的醫生，他八成會讓你簽一份東西，授權他可以向哪些人透露你的健康狀況。所以有些病人已經到了末期，家人都不知道。有些憂鬱症的患者，連家裡的另一半都可以被隱瞞上幾十年。有些員工感染ＡＩＤＳ，直到末期大家才發現。因為健康狀況是個人隱私，尤其很多「隱疾」，如果病人怕醫生的嘴不牢，不敢去診療，只可能造成病況惡化甚至感染。

美國醫生即使知道未成年人懷孕，也不能告訴未成年人的父母。因為那個女生懷孕，就得被當作成年人。

我太太以前在大學擔任入學部主任，她說如果學生家長來問學生的成績，學校是不能說的，因為這是學生的隱私。

同樣的道理，美國政府有規定，移民局的人不能到學校查非法移民的小孩。

沒錯！小孩都在上課，跑不掉；學校又有地址資料，最容易查，而且順著小孩就能抓到大人。問題是如果非法移民怕小孩被抓，不送孩子上學，會讓孩子失去受教育的機會，進而造成社會問題。

性工作者和恩客在街上別打招呼

最後讓我說個特有意思的。

你知道在餐廳和旅館工作嘴要更牢嗎？一方面要靈活，能說、能做公關，一方面觀風望色，知道：什麼說、什麼不說。

在餐廳做事，都要有個本事，就是認人！如果客人才進門，即使只來過一次，你都能叫出名字，客人八成會高興，覺得自己受重視。假使客人還帶了別人來，他一進門，你便叫出名字，他就更有面子了！

但是要小心！不是熟客帶誰來，你都能「套近乎」！

如果客人平常總帶王小姐來，今天換了個生面孔，顯然又不是他媽，你最好小心試探。

你靠近他們，客人先跟你熱絡打招呼。沒問題，你盡量表現！相反的，如果客人沒先跟你打招呼，甚至眼神故意避開你，你最好「收著一點」。千萬別過去說：「您還坐老地方？吃您愛的那道菜？哎呦！今天王小姐沒來？來的這位是……」

你這大嘴，很可能壞了人家的好事，就等著捲舖蓋吧！

第9堂

工作不滿意卻狠不下心辭職，該如何是好？

今天的「解憂雜貨鋪」，選答三位朋友的問題。

首先回答澤瑤的問題，他是這麼問的：

「不滿意自己的工作，感覺一輩子都做不到自己滿意的程度，但也不敢直接放棄現在的工作，不知道怎麼抉擇。」

讓我先說個故事吧！

我有位朋友多年前拚命存錢，買了一棟房子，但是才買就碰上金融海嘯，房價大跌。這朋友沮喪極了，但是沮喪了一陣子，他不傷心了。他說反正我現在又不打算賣，而且現在我有了一戶屬於自己的房子，以前沒有，現在有了，為什麼想那麼多呢？

最近我碰到他，他又換新房了，原來在他不知不覺間房價非但漲回來，而且漲上去不少，他又看中一戶，於是賣了原先的，再添點錢買了下一戶。他說得很妙：「其實啊！當房價下跌的時候，大家都跌，如果我那時候賣了再買，賣得低，買得也低。後來房價漲上來，我賣得高，買得也高，前後比一比，差異並不大。」他又說：「把心放下來，好好過日子，當你不盯著看的時候，下去的總會上來。」

買股票不也一樣嗎？有人才賣掉手上的股票，市場就大漲，傷心死了。問題是如果他發現漲一陣又大跌，跌到比他的賣價低得多，又可能暗自慶幸自己早一步脫手。

誰知道下一個會不會更好

我說這些，是要講：世事無常，沒有人能確定自己明天會比今天好，也不能確定今天是最糟的。工作也一樣，你不滿意，但是常常不敢放棄現在的，因為你不確定下一個會更好。

婚姻不也一樣嗎？你認識很多人，似乎個個都成，也個個不理想。你到底該什麼時候抓住眼前的那一個？你會不會等了又等，等了三個四個五個，正打算抓住第六個，卻又想第七個會不會更好？於是你就這麼等了一個又一個，把機會等沒了，把自己等老了。

沒有人能知道下一個會不會更好。但是有兩件事你比較可能知道，第一，你大約知道自己的能力，明天會不會更棒。是啊！如果你每天都努力學習，在工作中學、在外面進修，今天你還寫不出的、看不懂的，隔一陣你能看得懂。今年你碰上外賓來訪，還嚇得半句話都不敢講，明年你經過進修，說不定就能侃侃而談。

只要你用心就能進步，這是你能確定的。

第二個你比較能確定的，是你現在的這個工作崗位上不上路？

好比你走在老舊的地板上，地板已經破了、朽了、裂了，甚至有白蟻，你可以確定如果不修，地板總有一天塌下去，你也可能受傷。

當你發現自己的工作單位不進步、不想進步，甚至不知道外面已經多麼進步，還苟且撐在那兒，這種地方你還能待嗎？留下來有希望嗎？

還有，你比較能知道的是，你在那個單位有多大的發展空間。如果那單位有太多人壓著你，輪到你出頭，不知哪年哪月了？留在這種地方，當然希望不大。

第三點你比較能知道的是，你的個性和身體適不適合那個工作。如果你外向極了，一刻也坐不住，加上眼睛不好，偏偏叫你整天守在電腦前面，你能做嗎？這時候有公關的工作等著你，你能不把握嗎？

別等老天給答案

總結我以上說的，如果你天天不滿意，那低落的情緒會使你更不滿意。而人事多變，沒人能知道未來會怎麼變化。你可以先把心放開，想目前這個工作夠穩定，也會持久，就留下來朝九晚五吧！好比我那朋友說反正房子他在住，又不打算賣，何必在乎房價？再不然，你就要有積極的態度，使自己的條件更好，爭取出頭的機會。

現在讓我問你，你努力了嗎？這是你自己能掌握的。你工作的地方有好的遠景嗎？這也是你比較能客觀評斷的！

其餘交給命運！沒有人知道明天會不會地震，沒有人知道明天遇到的那個人會不會更好。不要等明天老天給你答案，你只能當下自己努力。

小心潛規則

今天要答覆的第二個問題是小薛問的。他說：「單位裡，中階主管違紀，卻瞞著更上頭的主管，我們作為知情者究竟是舉報，還是任憑其濫用職權、為所欲為？」

這個問題不好答，答出來也可能不討好。因為如同上一個問題，我必須先說：「命運是無法把握的，未來是難以預測的。」

這個社會上有許多陰暗面、潛規則，也是我不能不說的，因為我談處世，不能脫離現實，只喊好聽的口號。

首先讓我們看看最近的世界新聞，尤其美國，是不是有一堆女性，跳出來說她們多少年前，甚至幾十年前被性侵。結果一個人出來爆料，就一群人跳出來講她們也有同樣的遭遇。

各位想想，為什麼那些人過去幾十年都不說，拖到現在才講？

人性很妙，一群人當中，不滿意的人已經超過一半，你問大家誰不滿意的時候，可能一點聲音都沒有。搞不好都超過百分之七十的人不滿意了，還是沒人出來表白。這就叫做「知榮知辱牢緘口，誰是誰非暗點頭」。大家心裡有話卻閉著嘴，明明知道誰對，卻只敢在心裡點頭。直到不滿的情緒累積到一定程度，終於有人出聲了，大家才一下子全跳出來。

你們過去為什麼隱忍

你說「你們作為知情者」，表示不是只有你一個人知道，既然大家都知道，為什麼隱忍？表示你們一定有顧忌對不對？

在過去，你有顧忌可能只好忍著，但是今天，連《人民的名義》電視劇裡都演出了，可以在網上反應。你們為什麼不反應？

你們可能顧忌，作弊的那個人垮了，會連累到你們，因為你們正昧著良心幫那個違紀的人違紀？你們是不得已的共犯。問題是，當長官要你們配合違紀的時候，你們為什麼要聽？如果你們從一開始就不配合，他能搞鬼嗎？

我以前教學生畫國畫，碰到作業馬馬虎虎，幾乎交上來的只是一張白紙的學生，我會用個方法，就是很認真地為他改，有時候幾乎等於給他重新畫一張。我發現這樣做沒有幾次，那個學生就會變得比較努力。

同樣的道理，今天你們的立場要站穩，甚至可以明顯地表現出「公事公辦」、一絲不苟。你們可以用態度來暗示你們跟他不是一路的啊！

此外，我要問你留言裡說的「我們」，也就是「你們」，有多少人？在整個單位裡佔比多少？還有你們怎麼確定上層主管不知道？他會不會知道，只是睜一隻眼、閉一隻眼。搞不好操縱木偶的線，根本在他手裡攥著。

我建議你們：

第一，把私人恩怨的成分去除，自己先站得正，客觀地看事，確定你們的判斷正確，而且握有足夠的證據。

第二，如果你們佔的比例很小，一呼不會百應。當大家都黑了，只有你們幾個是白的。你們很容易被反面的勢力壓垮，或者被各個擊破。再不然成為惡勢力的眼中釘，在暗處吃大虧。所以你們必須緊密團結。

第三，你們要確定更上層的人是不是沒問題？如果有問題，好比你在山洞裡對著洞穴深處大喊，聲音非但傳不出去，而且會很快被吃掉，搞不好連你們自己都被吃掉。這時候，你們可以不在山洞裡面喊，而在山洞外面喊。寧可到大街上告官，別在小巷裡挨揍。

不鬥氣，要爭理！

這樣比喻大家可能不太明白。讓我說個故事，我以前在臺北住的公寓大樓，為了停車位的分配，兩派人產生嚴重的衝突，不但在走廊裡吵架，甚至在地下室動武，還把布料塞在別人的油箱裡，一副威脅要點火的樣子。幸虧有住在大樓裡的律師出來說，到法庭上講嘛！

兩派人終於穿西裝打領帶，很和平地去了法庭，拿證據說話，用司法判決的結果，讓大家心服口服。總之，在今天這個法治的社會，大家一定要拿證據說話，不意氣用事，不當面衝突。

但求無愧我心

今天的第三個問題，是苗小姐問的，她希望我講講男女感情如何維護，因為她剛好處於找對象的年紀。

這個問題，其實在今天我答覆第一個問題的時候已經帶到一部分。

沒有人能保證下一個人會不會更好或者更壞，那是緣份，也是運氣。也沒有人能保證你的戀人或者另一半會不會愛你一輩子，因為你連自己會怎麼樣都很難保證。

但你可以知道，你現在是不是愛他，還有，你是不是曾經好好地審視對方。你可以在星光下、月光下、燈光下、燭光下認識對方，但是必須在陽光下看清楚之後，再做重要的決定。

人不是神，沒有人能保證愛情，好比開車，沒有人能保證不出車禍。因為你可以不撞別人，卻難保證別人不撞你。古人說得好：「豈能盡如人意，但求無愧我心」，山盟海誓不如愛在當下！把無數「愛在當下」加在一起，才能實現山盟海誓的諾言。

第10堂

貴人處處有，把握看自己

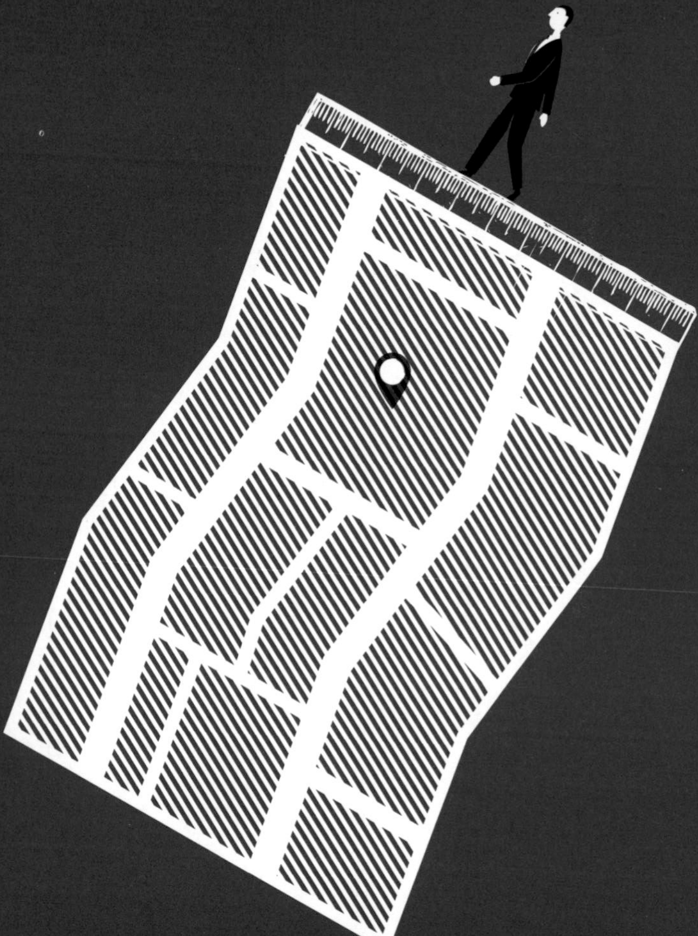

——常聽人說遇到了貴人，算命的時候也總是講「有沒有貴人相助」，問題是：什麼是貴人？什麼是貴人命？哪種人比較容易遇到貴人？今天咱們就來談談「貴人」！

貴人被人檢舉了

我因為長期俯案寫文章作畫，近幾年總是腰痛，所以找了按摩師定期幫我調理。

我在臺灣的按摩師是從大陸來的一位中年女士，手法好極了！而且幾年按下來，她不斷在進步。問題是，上個月她突然對我說她不做了，要回大陸了。

我吃一驚，問為什麼？

她說因為被同事告了！

大概因為她的按摩手法特別好，客人都指名找她，店裡有兩位跟她一起到臺灣的鄉親，居然去移民局告她假結婚。

結果員警找上門把她帶到法庭。大概因為她假結婚的案子在臺灣南部，兩位法警還帶她坐高鐵，去臺南出庭。

「真好耶！」她居然很高興地對我說：「我免費坐了兩次臺灣的高鐵，法警很體貼我，因為規定得戴手銬，她們直道歉，還給我拿衣服遮著，又怕我戴了手銬，走樓梯不方便，一定帶我搭電梯。法警還請我吃飯呢！臺南小吃真不錯！我謝謝兩位法警，說麻煩她們了，法警卻說她們也要謝謝我，讓她們可以下南部透透氣。」

仇人也是貴人

官司打一陣，她敗訴了，限期離境。妙的是，當初檢舉她的兩位同事，也因為用了同一個假結婚的仲介，被抓了，要被遣送出境。

走的前一天，她還為我推拿，一邊推一邊說：「劉先生，你要來我們那邊喲！我打算回去開個按摩中心，你要來照顧我生意喲！」

我說：「妳有人嗎？難道妳開店，就妳一個人做？」

她說：「我可以訓練人哪！就像在這邊我老闆訓練我一樣。」

我說：「那得需要時間啊！又不是一天兩天就能訓練好。」

她一笑：「我可以找跟我一樣的師傅幫忙啊！」

我一怔，問誰？

她說：「我可以找也被遣送出境的同事，那兩個告我的人哪！」

我說：「你找她們？是她們害妳被抓，妳不恨她們？」

她笑嘻嘻地說：「我為什麼要恨她們？我臺灣的老闆已經說要投資我了，說不定我回去能把按摩中心做起來，她們成了我的貴人，我謝她們都還來不及呢！」

各位聽聽！多棒！一位沒讀過幾天書的按摩師，從她被告，跑警察局、跑法院，到不得不離開，我沒聽她怨過一句，反而聽她一路說自己很走運，說那害她跑路的兩位同事是她的貴人。

作彼此的貴人就是雙贏

再說個在美國發生的故事：

我有位朋友，是成功的企業家，早年在大陸為洋人開車。洋人回美國，問他想不想一起走。他答應了，就到美國繼續為洋老闆開車，漸漸幫忙照顧生意、送貨。

做了很久，他才發覺洋老闆欺侮他，給他很少的工資，說要為他辦綠卡，其實壓著不辦。他一氣，離開了，自己發揮他在洋人公司學到的東西，搞了個小買賣，居然愈做愈大，居留也拿到了。每次提到幾十年前的往事，他都說那洋老闆真是他的貴人，因為是同行，洋老闆退休，還把生意盤給他了！

管家也可能是貴人

還有個故事，是我自己的故事：

我以前在大陸一直沒有繪畫方面的經紀人，現在有了，您猜是怎麼來的？

是我鄰居的管家，知道我畫畫，說她家主人有位收藏家朋友，改天她可以介紹給我。

那收藏家來了，興趣相投，還是老鄉，一下子成為朋友，而且收藏了我不少作品。

某日，收藏家有位北京拍賣公司的老闆到紐約徵件，想看看我的收藏，於是把兩位客人帶來我家。其中一位就成了我在大陸的經紀人，很快為我在「北京畫院」辦了很大的畫展。

每次我提到這段往事，都會說太走運，遇到這麼多貴人，讓我這個「很少出去應酬」的藝術家，能夠被大家認識。

但是當我說到那位女管家的時候，很多人都會露出奇怪的眼光：「管家也是你的貴人？」

我說：「對啊！而且是最重要的貴人，沒有她介紹，只怕我到現在在大陸還沒經紀人呢！」

什麼是貴人？

三個故事說完了！

讓我們想想，什麼是貴人？貴人不一定貴，貴人有時候還可能是你的仇人、吃定你的、欺負你的、利用你的，但是你可能因為他激發你的潛力，獲得成功。

仇人也可能成為貴人，就像那位按摩師傅和告她的同事，事情過了，大家又爬到一條船上了，於是一笑泯恩仇，一起回鄉創業。

貴人確實可能原先想佔你便宜，像是前面那位洋老闆。問題是，如果不是因為我這位朋友特別拚命，洋老闆能看得上他，帶他一起回美國嗎？洋老闆確實想利用他，甚至用他這個廉價勞工，但是洋老闆也給了他機會，讓他能一步步爬得比洋老闆還高。

懂得檢討自己，就能作自己的貴人

這也讓我想起一個親身經歷的事。

有個學生很沮喪地對我說，他公司的老闆欺負他，別人都加薪，他沒加薪，給他的工作也都不重要，不單是欺負，簡直是輕視，他很氣，要出去自己搞一家公司，跟這個老闆對著幹！

我說：「你都學會了嗎？你才做一年多，業務都搞清楚了嗎？薪水拿得少，沒關係！你可以把公司當學校啊！你要好好學，不學白不學，學夠了再出去創業！」

這學生想想我說得有道理，就決定再待一陣，偷偷學。於是他注意公司大大小小的事，有客戶來，他找機會過去交換名片。甚至影印機的維修人員來換碳粉匣，他也跟在旁邊學，打算創業後自己動手，可以省點錢。連下班之後，他都留在公司看商業文書，學習商業文書的寫法和格式。

半年後，我又遇到那個學生，問他是不是學夠了，打算什麼時候辭職不幹，自己另起爐灶？那學生居然一笑，說：「老師啊！我不走啦！現在我老闆對我刮目相看，什麼重要的事都找我，我已經既升官又加薪了！」接著他對我一鞠躬，說：「謝謝老師對我說那番話，您真是我的貴人！」

我說：別謝我，應該謝謝你自己，你自己才是你的貴人。這世界上貴人到處都有，最重要的是你能不能把握？能不能用你的努力和不平凡，引起貴人的注意。

歡喜心能引來貴人

還有，就是你愈覺得每個人都可能會是你的貴人的時候，愈容易得到貴人。

我有個朋友，從做小店員的第一天就走運，顧客都喜歡他，接著一路遇到器重他的長官，一路被提攜，當上總經理。不止這樣，他居然又莫名其妙遇到一位有錢人，投資他，開創了更大的事業。

有人問他為什麼這麼容易遇到貴人？他說：貴人到處都是啊！我從上班的第一天，心裡就想著：「瞧！進來的那個人會是我的貴人！」大概因為我先露出歡喜心、感謝心、親近心，人家都感覺得到，所以特別喜歡找我。說來像神話，那位投資我的大老闆，是我在街上看櫥窗的時候，碰巧他也在看同一樣東西，於是跟他搭訕認識的，沒想到我們興趣相投、志同道合，就合作了！

貴人常常好像由天外飛來，因為原本不認識、沒有利害關係，感覺起來更有緣。其實那緣分常常因為我們散發出的正能量和歡喜心！

貴人也可能原先是對手，但是不打不相識，因為彼此尊重對方的實力，最後化敵為友，產生更大的力量，創造雙贏的結局。

第11堂

什麼心態，什麼命

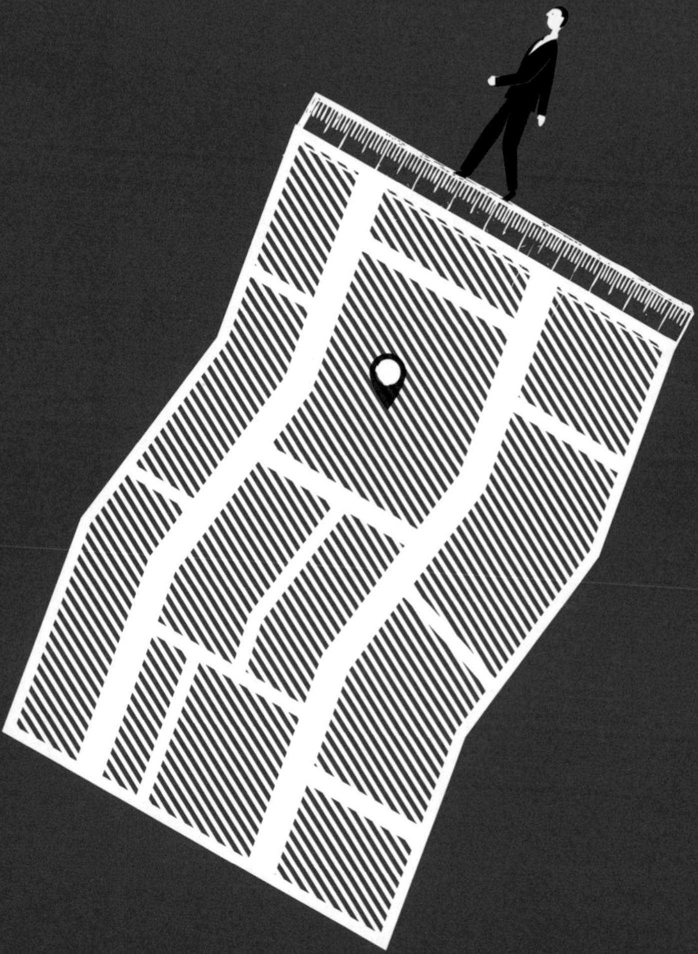

——今年夏天，兒子一家來紐約度假。剛到的時候，我太太高興地說：「多好啊！孫子孫女來了。」

兩個月後他們回臺北，我太太又高興地說：「多好啊！孫子孫女走了！」

來也好走也好

我笑她說話前後矛盾，太太一笑說：「有什麼矛盾？是實情啊！孫子孫女來，天天又唱又跳，多逗樂！咱們在家裡不用動，他們就把小鬼送到咱們跟前，多幸福！」又說：「走也多好啊！兩個月來，一大早小鬼就砰砰砰砰跑來跑去，廚房的地板一天要擦三次，真是乒荒馬亂，現在總算回臺北，安靜了！多好！」

我小姨子也一樣，她家原本面對一片荒地。有一天聽說要蓋公園了，小姨子就興奮地講：「蓋公園，一片綠地，我每天可以去運動，真好！」才隔不久，又聽說要建成圖書館，小姨子又說：「蓋圖書館，我每天可以去看書，真好！」後來圖書館不蓋了，小姨子又轉了方向，說：「啊！把綠地還給我，可以天天去運動。太好了！」

我相信我太太跟小姨子都得到我岳母的遺傳，因為我岳母更妙。她第一次去鄰居家，回來一進門就說對門那家主人為人真好！

我說您怎麼知道？

岳母說：「因為他們家很亂。」

我一怔，說：「亂就是為人好？」岳母一副理直氣壯地說：「當然！因為他們有管家，管家把家管成這樣，他們還能容忍，還一個勁地讚美管家。人不好，能辦得到嗎？」

沒過幾天，我遇到那家女主人，說我岳母講「妳不斷誇讚管家，你們人真好」。

鄰居太太說：「是啊！是真的啊！她的菜燒得特好，又會照顧孩子，雖然收拾打掃差一點，看優點嘛！」

每件事都有兩個面

這話講得多棒啊！看優點嘛！每件事情都有兩個面，這邊看不對，那邊看對，也可能左看右看都對。這讓我想起一個古典笑話：

上游漲大水，把財主淹死了，屍體沖到下游，撈到屍體的人知道是財主，高興地說：「可以好好敲他們一筆了，只有我們有，別人沒有！」

另外一邊，財主的兒子頭疼了，說一定會被狠狠坑一筆，家裡的師爺卻笑笑：「您放心，他沒辦法敲咱們，因為只有咱們要，別人不會要！」

這不是從兩個不同角度，看到不同的狀況嗎？

非常有名的例子，兩個人去非洲賣鞋，一個回來沮喪地說：「他們都不穿鞋子，沒前途！」另一個回來興奮地講：「他們都沒鞋穿，市場的潛力太大了！」

順著鞋子想另一個鞋子的故事，八成您也聽過：

「一個人一邊走一邊看著自己的鞋，傷心自己太窮，買不起漂亮的鞋，直到他看到一個沒有了雙腳的人。」

要砸全砸了！

人性很妙，一位收藏家，收了一架子名貴的瓷器，突然大地震，架子倒掉，瓷器全砸了。這個人跪在地上捧著砸碎的寶貝，一邊哭一邊收拾，突然發現有個茶壺蓋子摔碎了，壺還完好如初，他看看手裡的茶壺：「要砸，全砸了吧！」啪一聲，把壺砸了。

這種只往壞處想，自暴自棄，要砸全砸的人很多。但是也有人能以劫後餘生的感恩心，面對災難。

只要還有就好！

我以前常跟臺灣一位現在已經去世的殘疾作家劉俠辦公益活動，劉俠本來就不良於行，後來因為類風濕關節炎，更是連拿筆寫字都困難。我最記得她募款時說的一句話：

「老天真好！祂故意留下一些殘疾，讓人們能用愛心去修補。」

還有一位法師，當女信徒訴苦，丈夫早死，讓她成為單親媽媽。法師說：

「幸虧妳還有孩子。」

那訴苦的單親媽媽說：「可是我孩子很不乖，很叛逆。」

法師又說：「幸虧妳還有孩子。壞孩子、好孩子，都是孩子，可以讓妳付出愛！」

是啊！跟那些想盡辦法也沒孩子的人比較起來，你有孩子就是幸運、就該感恩。

有些佛家很簡單的語言，能給人很深的啟示，我記得年輕的時候看過一句話，太平凡、太簡單了，卻對我很有啟示。一直到今天，我都常想到這句話。

這句話是：「當你的手被針扎的時候，要想想，幸虧沒扎在眼睛上。」

如果那「手」又不是身體，而是身外之物，就更能看得開了。

感謝老天我把新車撞爛了

再說個故事吧！

有個人一心想開名車，省吃儉用，終於攢夠了錢，買了輛名車。不知道是不熟車子的性能，還是太緊張太興奮，第一天開，就撞上了大樹，車頭整個毀了，幸虧他綁了安全帶，又有氣囊，人沒受傷。

這人從車裡爬出來，打電話回家說：「太太！我今天真走運，幸虧開名貴的新車，沒開以前那台破車，要不然，我早死了！」

這是我在報上看到的新聞，看了沒多久，我去台中一家廣播電臺上現場節目，眼看時間到了，卻堵車，廣播電臺在對街，我就打開車門，直接衝過中間的花圃。沒想到前一天才下過雨，花圃裡的土都是濕的，當我跨出花圃的時候，一個打滑，那瞬間，我盡力維持平衡，扭了兩三下，終於站穩，沒摔倒。可是才走進廣播電臺，就發現腳下啪啦啪啦地，我新買的皮鞋底子居然脫落了。

我當時好懊惱，因為我難得買新鞋，那還是我在機場名店買的一雙好鞋。但是接著想到前面「新車撞大樹」的故事，馬上就高興了：「幸虧是雙好鞋，結實，要不然只怕我已經摔傷了！」

我們的挫折可能成為別人的鼓勵

最後讓我說個從來不曾提過的往事，也是讓我傷心的往事：

我女兒從著名的美國高中以第一名畢業，還代表全體畢業生上臺致詞。她申請大學的時候，因為得獎的資料多，又曾經幫我翻譯繪畫理論，全部資料加起來一大箱。

無論她學校老師或同學，都認為她一定能像她哥哥一樣，被哈佛大學錄取。

只是，學校放榜，她沒錄取。

我們一家都失望極了，女兒更是抱著媽媽哭，說搞不懂為什麼，同屆一位比她差得多的非裔都錄取了，她卻沒有。

但是接著有美國家長打電話來，一面安慰我們，一面說：「你們知道嗎？小帆居然沒被錄取，消息傳出去，讓她的好多同學都擦乾了眼淚。因為多半的人都沒能錄取自己認為一定能進的學校。聽說小帆沒上，一下子，大家都安靜了。」

可不是嗎？如同一位文學版面的編輯對我說的：

「有時候我們用了一篇新手不怎麼樣的文章，立刻會接到很多作家的抱怨，說他們的好文章都被我退稿，為什麼反而用這麼爛的東西？」編輯語重心長地說：「但是也往往在這樣的文章發表不久，就會接到很多新銳的作品，有人說原先不敢投稿，但是看到那篇不怎麼樣的文章還能被刊登，想想自己差不多，於是鼓起勇氣把稿子寄出。雖然多半的文章不夠成熟，但是細細看，也能發現小小的亮光，就這樣，一些新人冒了出來。」

我們的挫折，可能成為別人的鼓勵，前面的失敗，可能帶來下面的成功。

我也記得在公路邊上看過一棵樹上綁著許多緞帶和鮮花，還有個牌子，上面寫著：「希望我們孩子的死，能引起大家對這危險路段的注意，不要再有車禍發生。」

沒過多久，那邊就加了減速的牌子，再過些時，加了紅綠燈。

如果我們的失敗能成為別人的教訓，我們的悲劇能使別人少一些悲劇。這失敗和悲劇也就有些報償了，不是嗎？

第12堂

人不能亂託，禮不能亂送

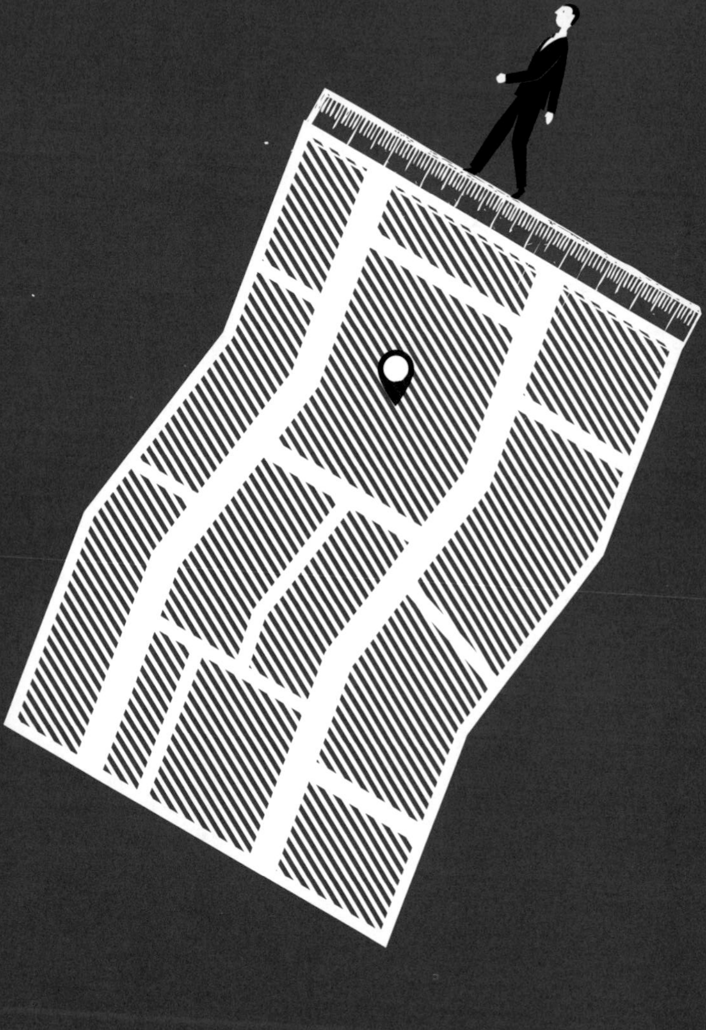

——大概因為我寫了很多處世書，像是《我不是教你詐》、《你不可不知的人性》等等，很多朋友認為我一定特別精明。其實恰恰相反，我以前是很不精明的，常上當，只是上當之後我會回頭檢討，為什麼吃虧？我有什麼地方沒做對，或是自以為對，其實錯了。

按說人應該愈老愈精明，其實不然，我在不久前才犯了個錯，而且正是「自以為做對了，其實做錯了」，結果把一樁美事辦得很不美。

面子沒賣對滿盤皆輸

有一天我打電話到某學校問事情，不知怎麼回事，電話接到了家長會。那接電話的家長就笑說：「劉老師，您以前曾經送全校學生每人兩本書，現在還能不能送啊！我們的孩子進來得晚，都沒拿到耶！」

我非常重視那所學校，所以立刻很爽快地說：「沒問題啊！告訴我現在全校有多少學生，我來安排，連老師和校工都有！」

沒過幾天，那家長就來電了，告訴我人數，我也就準備了幾千本書送過去。

問題是，書送過去，好像反應不怎麼熱烈，不但遲遲沒到學生手上，學校連封謝函都沒有。我打電話問「那位家長」，她說她為了這事忙死了！雖然找了好多其他家長，但是學校不配合，缺這個缺那個，連分發到班級這麼簡單的事，都折騰了好一陣子。

放下電話，我想了想，一下子想通了，我把事情辦砸了，各位知道為什麼嗎？

因為我只圖一時爽快，好像表現我大方的樣子，答應那位家長，卻沒想想她在家長會的位置。當她跟其他家長說這個好消息的時候，顯示是誰的功勞？每個學生兩本書，因為年級不同，我送的書還不一樣，這分配工作是不簡單的，如果她的力量不夠，頭銜不夠，甚或後臺不夠，今天她有能力動員所有家長一起工作嗎？就算她跟家長會會長報告：「都是你的功，你找的，大家佩服你！」會長又會熱衷嗎？

話說回來，學校會高興嗎？校長會高興嗎？

換個角度想，如果我當初私下打個電話給校長，說我要送學生一批書，請校長安排，情況就大不同了吧！校長會說他跟劉某人有交情，居然說動劉某人，捐學校師生每人兩本勵志書。然後可想而知的，主任、老師、職員，家長全動了起來！

因為是校長的面子，校長交代的啊！

相反的，由家長會裡的一位工作人員洽談這個捐贈，校長有面子嗎？他又會積極推動嗎？

（我非常感謝那位家長的熱心，她實在太辛苦了！但是我也不得不說，我處理的方法有瑕疵，才害她那麼辛苦。）

所託非人，貽害無窮

今天咱們討論的就是託人、託關係的學問。當你所託非人，可能非但沒好處，還有壞處！也不見得找長官就一定成喲！再舉個例子，也是我得到教訓的。

有一次我去找個美術館的館長，說想在館裡辦畫展。館長是老交情了，館裡也早就收藏了我好多幅作品。那館長立刻說：「一句話！」

我很高興，就說：「我就知道跟您說就成了，原本還想託某某幫我找您呢？」

一聽到那「某某」，館長眼睛立刻亮了，那可是重要官員啊！只怕館長未來升遷都得過他啊！

館長立刻說：「那更好了！您找某某人就更方便了，我恭候他的指示。」

後來我沒有去那裡展覽，因為我的感覺很不對，明明你可以直接答應，何必要我再繞個彎去拜託官員呢？

原因很簡單：館長原先確實要把面子賣給我，但一聽到某某「大人」，立刻轉方向了，面子當然是賣給某某大人更好。最起碼，能跟某某大人有個接觸的機會，那可關係他未來的升遷哪！

你既然不求我，我也就不理你

再舉個例子，我犯了類似的錯：

也是我開畫展，要發新聞，雖然我以前曾經在新聞界工作過，跟某報社的主編一起跑過新聞，算是舊交，但是因為跑藝術新聞的記者更熟，我想別麻煩他長官，找記者就夠了。

沒想到，那記者寫了好大一篇，真正登出來被刪掉了一大半。我問那記者，說是主編刪的。

我只好打電話問主編。您猜他怎麼說？

他居然說：「不知道啊！有這種事嗎？誰幹的？」然後話鋒一轉：「老兄開畫展，這麼大的事，為什麼不跟我說一聲啊！您交代一下，還有什麼問題，您這不是太見外了嗎？」

隔天，他又叫記者寫了一大篇專訪，登出來。

你把禮送死，他把你拖死

前面說的都還不算大事，有些大事如果你託錯了人，或者用錯了方法，可就是生死攸關的大事了！

我在臺北的一位鄰居，因為鼻咽癌過世了，死前他對我咬牙切齒地罵他臺灣的醫生。說他如果不託那醫生，病可能治好了。

事情是這樣：

發現癌症不久，那醫生說剛出了一種最新的放射治療的機器，可以用更大的能量，更精準地對付癌細胞。在不傷害旁邊器官的情況下把癌細胞殺死。又說他認識美國加州一家醫院，正好有這種機器，他可以聯絡。

我朋友聽說，彷彿在黑夜看到了光明，先表示自己經濟情況很好，不怕花錢，請盡快安排，接著送醫生一份厚禮。

醫生先不收，說自己也沒把握，所幸他跟那家醫院有交情，可以透過關係，盡早安排。

我這朋友又送重禮。

醫生說快了！快了！排隊的人太多，正在下功夫、託關係！

我朋友再送禮，甚至送錢。

終於排到他了，可是到美國那家醫院檢查之後，醫生問：「你為什麼拖到現在才來啊！」我朋友講：「因為你們病人太多了，排不上啊！」

對方先一怔，說：「不可能啊！而且像你這麼緊急，我們一定優先安排！」

如果您太老實，沒聽懂，就讓我講講我以前在臺北近郊碧潭看到的一幕給您聽吧！

只怪你擺闊，所以被淹死

碧潭其實是河流的一段，只因為那裡的水很深、水面很寬，所以上游很急的水到那兒就變得平靜，是划船的好地方。問題是碧潭的另一端，因為河床變淺，水勢又變得湍急。

有一天我在河邊看到一對情侶，因為沒有注意警告的標示，把船划向了下游，當他們發現水變急，雖然拚命用力往回划，還是愈來愈往下。

這時候他們看見岸上的船家，就喊救命，「你救我，我給你五百塊！」

隔幾秒：「我給一千！」

岸邊的船家下水了，船上的人更急了：「我給五千！快啊！」

救他的人快到了，他也更危險了，大喊：「我給你一萬啊！」

還是慢了一步，救他的人才正要抓住船，差一寸，船已經下去了。據說兩個人淹死了一個。

我後來聽那去救他的船家說：「只怪他一直加錢，他如果不加錢，恐怕也死不了！」

這個故事我寫進了《人生的真相》，大家以為是我虛構的，其實是我親眼所見。總歸一句話：

人不能亂託，禮不能亂送啊！

第13堂

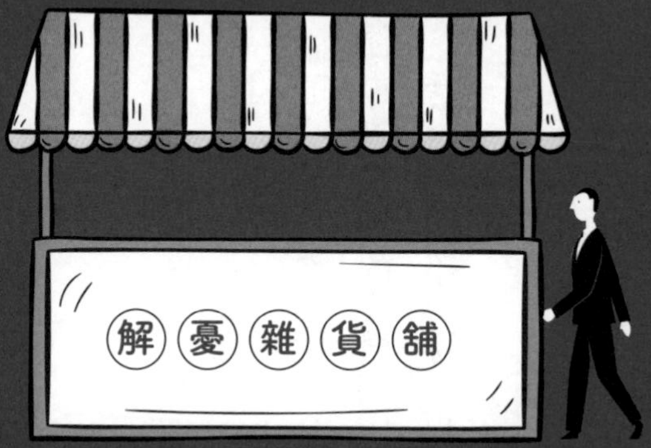

讓老人幫忙帶孩子，到底好不好？

丹浣說他因為工作需要，不得不送禮，對方也收了禮。問題是明明很簡單的一件事，對方卻沒什麼作為，他又不好意思催，到後來真的不了了之了。怎麼辦？

送禮要注意公平

首先我要說，我是不主張送禮的，碰上年節或應酬，送點伴手禮還是人之常情，如果送得太重就不好了。因為送禮常會惡性循環，舉個例子，你住在大樓裡，門口有管理員，如果大樓的住戶已經有規定，會有一定的年節加發，除非你平常特別會麻煩管理員，你最好別送禮。因為你送，會把別人比下去。你也讓接禮物的人難為，他接了你的禮，沒接別人的禮，是不是就要對你特殊一點？他對你特殊，等於對別人不特殊，也就不公平了。

送禮應該考慮別人的感覺

而且送多少禮是恰當的，也沒個定數。譬如團體應邀出訪，要送禮給接待方，最好行前就準備好。如果到了之後，別人沒送，只有你特別大方，就團體行動而言是不妥當的。除非對方在接待你的時候，有什麼特別的服務，或者你們本來就關係特殊。譬如你因為生病，對方帶你來回找醫生，走的時候，你送個特別的禮物，大家都知道為什麼，不會因為你送，別人不送而顯得尷尬。即使如此，我還是建議送禮之前先問問領隊，甚至照會一下其他人，說你為什麼要送個禮。

敬師送禮要合度

同樣的道理，我也不贊成送學校老師禮物，我曾經在文章裡提到，有個朋友上小學的孩子，回家對父母喊：「要過節了，要送老師禮物了，要送好一點！」有些老師過完節都可以開禮品店了，鄉下的老師都得蓋雞舍了，因為收到的活雞太多了。

當有些小朋友的家長送，有些不送，有些禮貴重得驚人的時候，老師是不是對後者要特別好些？如果真這樣，大家就愈來愈要比著送禮了，這對下一代的教育有好處嗎？說實話，是從孩子小時候，就教導了壞的社會風氣。

好！現在如果非要我談談你送禮的問題，我要說對方不了了之，有幾種可能：

貴人多忘事，他收禮沒感覺

第一，可能他根本不知道你送了禮。我記得年輕時候，有一回去個高官的家，才進電梯，就看見全是樹葉；電梯打開，只見地上擺了十幾籃的新鮮荔枝。

臨走，主人隨便提起一籃塞給我，還說：「幫幫忙！我們要被荔枝壓死了！」

我說誰送的？主人說：「不知道！送的人那麼多，誰能記得？」

所以我說如果送禮的人太多，可能接禮的人根本沒放在心上，甚至不知道你送了。除非你親手送，或者把你的名字寫在禮物上。問題是你要拜託他的事也能明明白白寫在禮物上嗎？那可能是行賄啊！

收了禮卻裝糊塗或者不屑一看

第二個可能，是收禮的人裝作不知道。為什麼？因為抓得嚴，他收了禮，如果沒為你辦事，就沒有對價關係，純粹是你要送。

第三，是你的禮太輕，他看不上。所以懶得理你，只當你不存在。搞不好他被人慣壞了，看到你的薄禮，還覺得你瞧不起他呢！這下子，你如果加碼，只怕就會產生我說的副作用，加一碼不夠，他等著你加第二碼。甚至明明可以立刻辦妥的事，他反而拖著不辦，等你繼續上供燒香。

俗話說「貴人多忘事」，貴人為什麼容易忘記事情？因為他太忙，記不了那麼多。這時候你最好找那些能親近貴人，提醒貴人的幫你說幾句好話。所以有時候貴人的夫人，老夫人，甚至司機管家祕書助理，都管用。

「閻王好惹，小鬼難纏」！閻王太忙，小鬼也能幫忙。舉個例子，臺灣早期找醫生開刀，病人常常為了安心，確定醫生能親自主刀，而且認真動手術，縫得漂亮一點，會事先送禮。我就曾經寫文章諷刺：「只怕你前一天送醫生一瓶XO，他第二天酒還沒醒，把你開刀開死！」

走後門送禮不如有內線監看

我發現送醫生禮物，遠不如你認識醫生的助理、護士或其他會在開刀房的麻醉師、實習醫生。只要你請他們關照一下，說不定只是講一句：「這病人是我朋友、我熟人。」醫生就可能更認真。

為什麼？因為你有熟識的「眼線」，會告訴你開刀房的情形。他給你開壞了，你告他，還有證人，他麻煩大了。而且你跟他身邊的人有交情，他當場就要賣面子。

最後我要說，「依法辦事」是法治社會的基本原則，希望有一天大家都能不送禮，卻把事情合法辦成。

幾千年前孔子就提出「有教無類」，希望學校裡能夠掌握方寸，讓老師們薪水足夠，以高薪養廉，別靠禮物致富。「得天下英才而教育之，一樂也。」不是「得天下富二代官二代而教育之，一樂也。」

嫁個媽寶怎麼辦？

今天要答的第二個題目是「茂茂」問的，她這麼問。

「劉老師，我已婚並有一女已三歲，可我老公是個典型的媽寶男。他努力工作，可在我們小家三口之家問題上始終離不開他的原生家庭，有濃厚的戀母情結。這週末本想一家三口出去度假，可老公卻說要陪父母捨不得父母。他有孝心我很欣慰，可有時我也想擁有自己的小家庭空間。我剛懷了二胎為此有所猶豫，老公很想要，可面對媽寶男我真的不知道怎麼辦。老師，希望您能指點我一下。謝謝！」

首先我要說，妳雖然說妳老公是「媽寶男」，但又說他努力工作，這個媽寶就不能算媽寶了。只能說他跟他媽媽比較親近，處處想到他原生家庭。結果妳希望過過小家庭的溫馨生活，他硬是把他父母拉進來當電燈泡。

孝順的兒子容易成為好丈夫

相信妳一定聽過：「孝順的兒子常常能作好丈夫。」妳知道為什麼這麼說嗎？因為妳說的「媽寶男」，今天他什麼都聽他媽媽的，以後妳可能變成他媽媽，取代他媽媽的位置，他會特別願意取悅妳。

我有個醫生朋友，平常看病都由櫃檯收款，或者直接由保險公司撥錢，他接觸不到現款。某日深夜有人急診，他特別跑去，病人付了一筆現款，他拿回家，天沒亮，老婆還在睡覺，他把太太叫醒，將錢交給老婆。後來他好高興地對我說，他感覺好特殊，好快樂，好像小時候把好東西拿去孝順媽媽。

今天另一位聽眾「融化的冰」問的也跟公公婆婆有關。他是這麼問的：

「老師的觀點，我們這些年輕的父母很容易理解和接受，但是現在由於很多原因，孩子都是由父母公婆幫忙帶，怎麼樣才能讓他們接受和理解呢？有些時候，他們的思想難改變，很固執，讓我們很為難，又怕影響了自己的孩子。有心自己帶，條件又不允許，真的很讓人苦惱啊！」

把小孩交給爺爺奶奶、外公外婆帶，不外乎兩個原因，一個是年輕父母忙不過來，非請老人幫忙不可。一個是祖父母堅持要帶，甚至搶著要帶。

隔代教養也有好處

就前者而言，既然非靠他們不可，天底下又不太會有不善待自己兒孫的祖父母，就算「隔代教養」有些價值觀或生活習慣上的差異，你也只好接受。

所幸你可以利用自己親手帶的時候，把一些錯誤糾正過來。小孩很妙，他們就算成天跟著爺爺奶奶，未來還是跟父母比較親。就算小娃娃的時候總被祖父母搶去照顧，也好啊！讓老人家覺得自己有價值、心情好！而且在照顧孫子孫女的時候，多些活動，身體健康。這不是一種孝順的方法嗎？既有人幫你帶孩子，又讓你盡了孝，一舉多得嘛！

而且就算祖父母帶的方法、教的觀念有問題，孩子大了自己也會知道。到那時候，因為祖父母很老了，孩子自然會把他的心轉向父母。這時候，你反而應該常常提醒孩子，要記得小時候爺爺奶奶怎麼照顧他。

讓自己的夢想先在別人的身上實現

永遠記住一件事，今天你怎麼對你父母，很可能就是未來你孩子怎麼對待你的預演。今天你怎麼要求孩子對待祖父母，也可以作為孩子的榜樣。

我的岳父岳母今年加起來快一百九十歲了，他們跟我同住了三十多年。我常想，他們多幸福啊！每天一早就能看見自己的女兒。這是我的夢想，希望未來我也能跟孩子一起住，我女兒也能照顧我。

我不能確定自己有沒有這個福分，就把我對未來的夢想，今天在我岳父岳母的身上實現吧！

第14堂

禮多人要怪，不要別硬塞

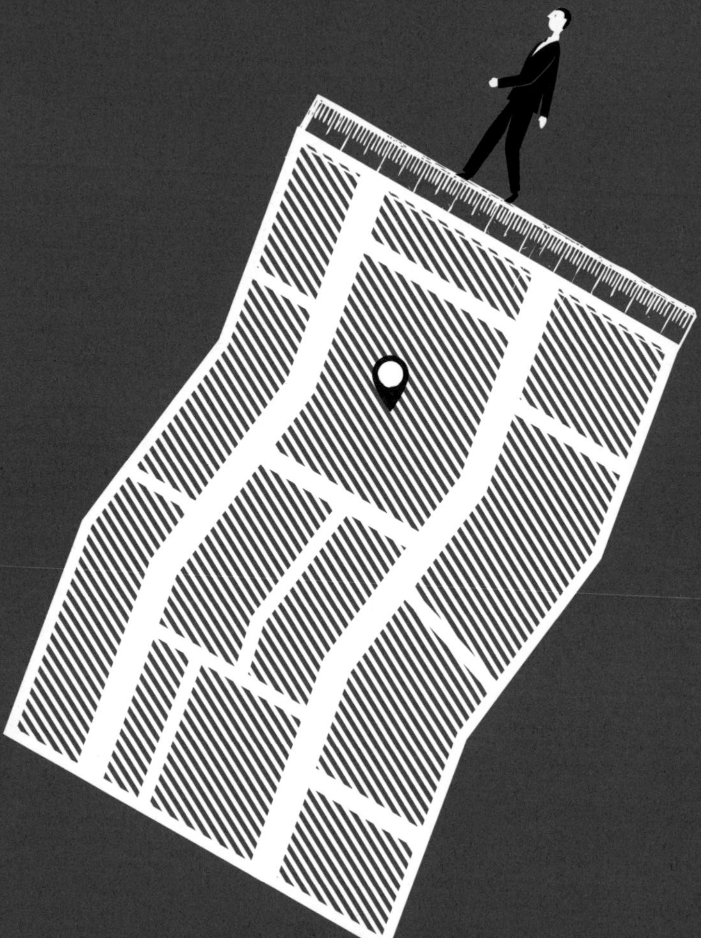

——前兩天我女兒跟我有點不高興，其實也不是跟我，而是跟我的出版社。又不是因為我出版社做錯了什麼事，而是因為出版社太熱情了。

事情是這樣的：

我女兒有個研究所的同學，喜歡我的書，還拿出十個書名，問我女兒要去哪裡買。

我說何必買呢！既然是妳的好同學，爸爸送他吧！而且直接由大陸寄，快又便宜。於是跟出版社聯絡，要他們照書單寄過去，沒想到出版社居然立刻以快遞寄去了五十本，每種寄了五本。

她的同學收到書嚇一跳，我女兒聽說，也嚇一跳，跑來問我為什麼寄了五倍的量？

我說大概他們想要送就多送點吧！禮多人不怪嘛！

女兒就跟我叫起來：「怎不說禮多人要怪呢！第一，人家要十本，你寄五十本，人家會怎麼想？想你財大有錢，出手大方？還是想你的書不值錢，正怕沒地方送呢！所以全給他寄去了。第二，人家收到這麼多，同一種書有好幾本，人家怎麼處理？堆著發霉嗎？第三，我一次送他這麼多禮物，他怎麼回？他會覺得欠了我人情啊！」

好！今天我們就來談談送禮這件事：

常說「禮多人不怪」，其實正如我女兒抱怨的，當你的禮物送得不妥當，比不送禮還糟糕。為了說得清楚，讓我一點一點來談。

大家約好送什麼禮，免得重複

首先，送禮要送得輕重恰到好處。怎樣的交情送怎樣的禮物，必要的時候，甚至得跟其他可能送禮的人打聽好，怎麼送。

是啊！譬如人家生娃娃，你送輛娃娃車過去，進門，發現已經有好幾輛娃娃車堆在那兒，尷尬不尷尬？所以美國有所謂的Baby Shower。就是人家生貝比，一群好朋友在娃娃沒生之前，就約好送禮。送什麼禮？送生娃娃的人需要的禮，送不會重複的禮。

如果你不懂這一點，認為送貴重的準沒錯，就可能真有錯了。因為當別人都送五百塊錢禮物的時候，你送兩千塊，會把其他人比下去，讓別人不高興。結果你送一家禮，得罪了好多家。

還有，禮尚往來！你送得太重，對方會怎麼想？是不是會像我女兒猜的，顯示你財大？再不然心裡嘀咕，你是不是有什麼事，打算求我？如果都不是，以後我怎麼還？

要為接受禮物的人考慮他怎麼還禮

送禮是一定要考慮對方還禮的，想想，過年的時候兩家帶著孩子來拜年，是不是常常這家送了紅包給那家的孩子，那家趕緊把孩子叫到裡屋，看看紅包多少，搞不好，只是把錢掏出來，裝進另一個紅包，再出來送給對方的小孩？

別認為這年頭大家都富裕，不會計較。要知道，所謂「不患寡而患不均」。如果你給一千塊錢紅包，對方才塞回五百，你會高興嗎？

更麻煩的是對方給你的有些禮，是你還不起也無法還的。

記得我剛到美國的時候，在各地巡迴畫展，到了其中一站，是佛羅里達州的一個小城，接待我的美國人跟我私下聊天的時候，愁眉苦臉地說，他們有件很煩惱的事，因為那個小城跟某個大城結為姊妹市，當他們去訪問的時候，那個大城市敲鑼打鼓，還用禮車開道，盛宴邀請。

但是麻煩來了，過不久，那個大城市的人要來回訪。這是個只有幾萬人的小城，沒有預算，怎麼辦？

話說回來，有些人送禮是存心不讓你還，一個是因為交情夠，譬如他孤家寡人老大年歲了，送你小孩壓歲錢，他沒兒沒女，你沒處還，也不必還，這顯然很夠意思！

還有個狀況，是他不要你包紅包，希望你也別要他包紅包。舉個例子，他孩子結婚，因為你們交情很一般，他沒發請帖給你，就「禮尚往來」而言，你孩子改天結婚，就要考慮到這一點，是否別送請帖給他。

無法還禮最麻煩

最麻煩的是，有些人送禮，存心要你欠他人情，而且他送的禮物，又讓你很難還。

舉個例子，燕太子丹找荊軻刺秦王，荊軻到水邊，撿起小石頭打水漂，太子丹立刻送上金塊。這還好，荊軻大不了不收，別用金塊打水漂。

但是宴會的時候，侍女端上菜，荊軻讚美侍女一句「這手真漂亮」，跟著，太子丹就奉上一雙血淋淋的雙手，說：「您不是讚賞它漂亮嗎？我們特別剁下來送給您。」

請問，這雙手接得回去嗎？可是這麼重的人情能不接嗎？荊軻還能不硬著頭皮「壯士一去兮不復還」嗎？

或許您要說這可不會發生在今天。

對！不會剁手腳當禮物。但是什麼叫盛情難卻？很多盛情實在不容易推啊！

我有個朋友從北京來紐約，見到我就抱怨，紐約的一個朋友把他的行程都打亂了。原來他才下飛機，那朋友就掏出兩張百老匯的歌劇票。那可是當下最熱門的歌劇啊！非但價格奇貴，而且得早早下手才訂得到。

我這北京來的朋友雙手一攤：「他也沒先問我有沒有空，就自己訂了票，這麼貴，票已經買了，我去還是不去？」

還有一種常見的情況，是請客的時候，主人拿出一瓶名酒。先報出酒名，把酒瓶舉起來，在你眼前晃一晃，沒等你反應，砰！已經把瓶蓋拔出來了！

你能叫他塞回去嗎？這人情，你是吃定了！我就聽過朋友抱怨，喝了這種酒，反而一肚子氣，沒辦法發作！

這種事，除非你另有所圖，存心安排，千萬別做。

小姐推進你的房間不走了

還沒說完，要知道還有一種禮，更麻煩：

你出差，一群人請你喝酒，醉醺醺地送你回房間，深夜，大家一窩蜂散了，留下一個小姐。不走。

再不然，你正要睡，突然敲門，塞進一個人。還說：「太晚了！小姐一個人回家危險，幫幫忙，就在你沙發上睡！」如果你把持不住，或藉酒裝糊塗地沒拒絕，小辮子可就落在人家手上啦！

小心二桃殺三士

送禮第二個要注意的是「不患寡而患不均」。

舉個真實例子，我以前作電視記者，跑新聞的時候會帶攝影記者，有時候需要打燈光的助手，開採訪車的司機也跟在旁邊。被採訪的對象常常準備了禮物，如果只是本書，或招待吃點心，倒還簡單。問題是，如果那禮物挺貴重，看到我們去了三個人，他送誰？只送我這個文字記者，還是攝影記者也送？

告訴各位，除非三個人都送，否則絕對會有人心裡不痛快，而且可能立刻顯現出來。譬如不送攝影記者，那攝影記者回公司連剪接都慢。如果漏了司機，一上車，由他踩油門的樣子就知道他不痛快。

有一回，我上車之後，把禮物轉送給了攝影記者，攝影客氣，直推：「唉！當然您拿，您比較重要！」

司機也說：「什麼玩意嘛！」

是不是連我這個接禮物的也很難當？碰到這種情況，我常想，這叫「二桃殺三士」，根本是給我找麻煩。

各位知道「二桃殺三士」的故事嗎？春秋時代，齊景公帳下有三位猛士，因為本事大，恃寵而驕，晏子建議齊景公把他們除掉。於是出了個點子：教齊景公給這三個人兩個桃子，說：「對不起啊，只有兩個，你們誰的功勞大就誰吃。」

其中兩個人立刻吹噓自己的功勞，說完就各拿一個桃子。沒想到第三人不服氣，說出自己的功勞，顯然比前面兩個人都大得多，那兩個人感到羞愧無比居然自盡了。

按說第三個人可以拿到兩個桃子，卻沒想到他對自己讓兩位朋友羞愧而死，感到慚愧，也拔劍自刎而死。

於是齊景公用兩個桃子殺了三位勇士。您說，我把自己拿到的禮物送給攝影記者，非但沒得到一聲謝謝，還被他們奚落，不是也很慘嗎？

臺上送花，臺下吵架

送禮除了考慮夠不夠，更要注意均不均？譬如舞臺上三個大牌演出，一起出來謝幕，你上去獻花，只給其中一個人，尷尬不尷尬？如果兩個人還好，接到花的可以大方轉送給另一位，偏偏有三個人，怎麼辦？難道當場把花拆兩半？左一半？右一半？

如果你考慮到這一點，最好三個人各準備一束花，就算價值不一樣，總要讓每個人都拿到。也正因此，許多演出的主辦單位，會事先為每個演出者準備花。

各位別說這是小事，要知道演員常常為送花的事跟主辦單位不高興，火起來可能以後再也不去那裡演出。演員之間也會為送花不高興，為什麼？因為有些演員會事先安排自己人獻花。別的人不知道，沒安排，場面上不好看，就要衝突了。

我以前跑影劇新聞，甚至親耳聽演員們彼此約定送花的事。這一點不但主辦演出的單位要懂，就算孩子們演出，做家長的也要考慮。當你的小孩跟一群同學演出，除非他是唯一主角，你如果安排只送花給他一個，表面上，你們家孩子風光了，你卻可能得罪一群家長，連你的孩子都可能遭受同學的白眼啊！

送禮的學問大了，今天先談到這兒，下次繼續更精彩的！

第 15 堂

怎樣送禮，讓每個人都開心

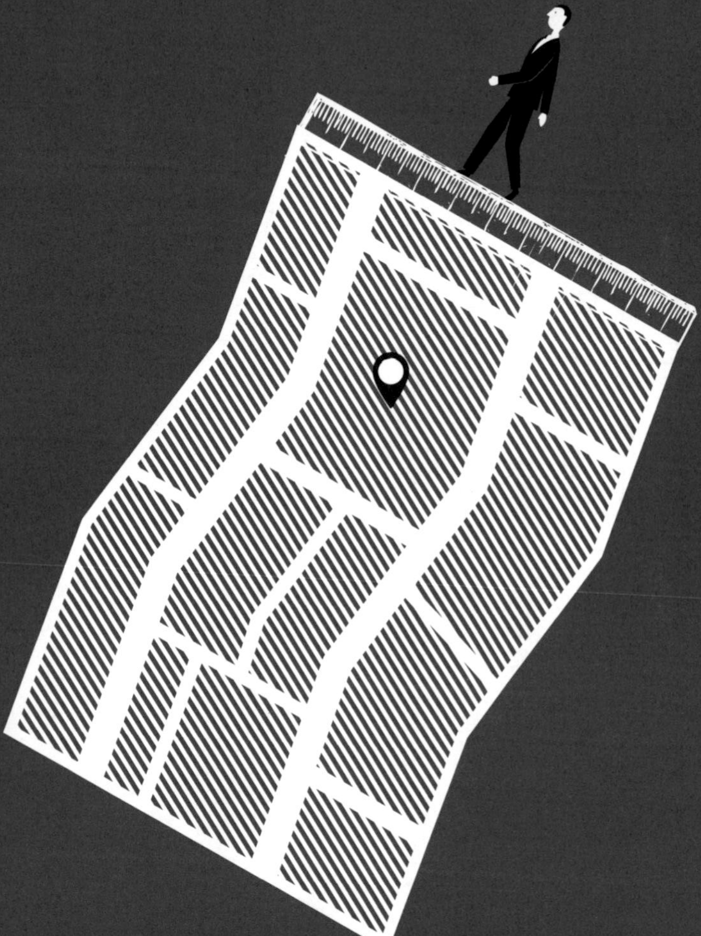

——今天繼續談送禮的學問。

不患寡而患不均！既然要均，在送禮之前一定要先有計劃，譬如算好人數。我認識一個朋友，出國大買禮物，回國四處送，送到後來，禮物沒了，卻發現漏掉好幾位重要的朋友，這下子不是會得罪人了嗎？朋友會不會說：「你沒什麼大交情的都送，獨獨不送我，你是對我有什麼心結嗎？」

實在沒辦法，我這朋友只好把他送給爸媽和孩子的禮物都要回去。因為寧願委屈自己人，也別得罪外面的朋友！

人人有獎，大家開心

當朋友太多，而且彼此認識的時候，為了避免給了這個，得罪了那個，最好的方法是乾脆都不送。再不然你可以像結婚買喜餅似地，買一堆。因為東西不貴，而且一個樣子，不夠的時候還可以再買。

像是上次說的小朋友表演，我就見過一位聰明的家長，買了好多玫瑰花，每個表演的小朋友給一朵。大家沒有差別，個個高興，問是誰送的，誰誰誰的媽媽送的，感覺多好！而且你送三十位小朋友，恐怕能有五十個人問「誰送的」，你的名字會被不斷提起，給大家留下好印象，不但給你自己做了公關，還為你小孩做了面子，太划得來了吧！

這種一網撒的方式，也可以用在大辦公室，你出國回來，可以帶些土產，譬如糖果點心之類，往桌子上一擺，大聲說謝謝大家在你出國的時候幫你分擔工作，特別帶了些土產，不成敬意，請大家自己拿。於是禮到了，只要量夠，也平均分配了。

切忌「南枝向暖北枝寒，一種春風有兩般」

問題是如果你要送的東西每一件都不一樣，每個人都會猜疑別人拿到的更好，怎麼辦？最乾脆的辦法是抽籤，誰抽到抽不到，不是你決定的，沒人能怪你，只能怪自己的手氣。

我有位朋友，他父親生前把收藏的書畫分成兩堆，然後對兩個女兒說：「這裡頭有值錢有不值錢的，我算了一下，兩堆差不多，你們自己抽籤吧！」

您說老先生聰明不聰明？

東西難分，銀子好分！

還有個方法，是把無價的換成有價的，然後分配。最近臺灣著名的收藏家曹興誠把他價值幾十億的收藏拿出來拍賣，據說就是因為拍賣公司跟他說，太好的東西留下來，容易造成未來子女爭產。確實啊！曹興誠收的瓷器很多堪稱無價之寶，這無價的東西傳給哪個子女都可能造成其他人的心結，搞不好還傷了親子間的感情。如果拍賣，交給市場決定，將來再分現款，就簡單多了。

送禮第三個要注意的是，絕對不能傷人自尊心。

乍聽這句話似乎有問題，送人禮，怎麼還傷他自尊？事實上，經常有人送禮沒送對，反而傷了情。

送禮別傷人自尊

舉個例子，你送人好吃的特產。就算東西很值錢，只要包裝上印了「賞鮮期」，就千萬不能送過期的。因為任何人接到過期的禮物，都會不高興。除非他到你家來，你拿出點心，說：「好像過期幾天了，希望你不介意。」然後自己先吃一個，再分給朋友吃。朋友覺得好吃，如果你還有一盒，送他帶回家，這感覺就不一樣了。

只要是有「效期」的禮物，都得小心。譬如藥品，大家知道藥品只要包裝緊密，多半過期一陣子，沒什麼影響。但是當收到藥品的人發現過期，非但不高興，還可能非常火大，因為那是治病，跟他的命有關。

曾經有地方發生災變，各國馳援的時候，有人送了過期的藥品。雖然救了不少災民，後來卻被大家指責，而且愈傳愈難聽。這都是因為送的人想得不夠周到，如果他像前面送過期特產的一樣，先說：「我這邊有可以應急的藥，照標示，已經過期，但是藥效沒問題，你們介不介意？」對方在緊要的時刻，一定千恩萬謝地接受，這感覺就大不同了！

轉送禮物之前要檢查

知道了這一點，我們送禮之前一定要先檢視禮品的狀況。如果是逢年過節，別人送你的，你想轉送，務必先檢查。

譬如一籃水果，搞不好下面的已經發霉了。我小時候就聽過一個笑話，某家過年得到一大籃蘋果，要轉送之前，小孩偷偷拿起一個，咬了一口，又藏回去。等年初十了，又有人送蘋果來，跟先前那籃一模一樣，把蘋果拿出來看看，那咬了一口的還在。

我以前也犯過錯，倒不是送過期的食物，而是送鋼筆。早年名牌鋼筆很值錢，人家送我一支，我捨不得用，後來送給朋友，過幾天，朋友笑嘻嘻地問我：「那支筆您老兄擺多久了？都鏽啦！」

從此，只要我收到金屬的禮物，自己不用，一定立刻送出去。因為我擺，就是等著生鏽！等著出糗！

你扔出來的，別人為什麼要接？

送人東西，卻傷人自尊，最常見的情況，是送用過的東西。舉個例子，你家換中央空調，原先窗型冷氣還好好的，要淘汰。你問哪個朋友要。除非那朋友很熟，單單你問「我有一台舊的冷氣，還能用，誰要？」這麼兩句話，聽到的人就不會舒服！

是啊！你不要了！你要扔了！你看不上了！憑什麼我就看得上？表示我比你差？你不是瞧不起我嗎？

正因此，有些人要淘汰東西，他寧可賣給收舊貨的，再不然乾脆扔掉，也不敢拿去送朋友。就算送，他也得用個特殊的方法，譬如跟可能需要的朋友說：「我有一台還挺好的窗型冷氣，該怎麼處理啊！」說不定那朋友會直說：「唉呀！太好了！我正需要呢！給我吧！」

從前面一堆例子，可以知道送東西，絕不能讓人覺得是你不要的。就算對方需要，送的人也得用婉轉的方式說。

擺在廁所的書最容易被閱讀

送禮的第四個講究，是要知道在最佳的時間和地點送。舉個例子，我是作家，如果我要寄書給忙碌的朋友，一定寄到他家，而不寄他辦公室，因為他在家比較有心情看書。

我不會送很重的書給正在旅行的朋友，因為放在行李當中，太重了，只怕他會一路怨我，甚至把書扔掉。譬如我以前在大陸接到出版社送的三本大書，到機場，因為超重，被罰的錢遠超過那三本書。

但是我會送比較輕的書給要上飛機的朋友，我發現最會被人好好閱讀的書，是帶上飛機的，關在那個小地方幾個或十幾個小時，常常使他有耐心看完整本書。

私下送，別公開送

有的禮物適合私下送，尤其是你只送一個人的時候，為了避免別人眼紅，最好偷偷送給對方。如果對方跟你有業務往來，為了避嫌，最好別送，即使有私交，要送，也適合私下送。（可不能行賄喲！）

有些禮物除了不能過期、怕不新鮮，還得找最美好的時候出手。譬如前些時，我有位朋友到家裡來，看見院子裡擺了好幾盆薑花，問能不能送他。我說，可以，但不是今天，要等花開，到時侯我給你送過去。

想想！當他抬回去的是一盆只有葉子的，和我送他一盆花朵盛放的，感覺會有多大的不同！

現在年輕男士常常送花給小姐，是送到女生家還是上班上課的地方，也大有學問。

一束花，親自帶去女生家，很好！很浪漫！

但是要知道，有些女生偏偏希望你在公開場合送給她。

上班的時候，送來一大盆鮮花，讓同事豔羨，多有面子！抱著一把名貴的鮮花，走在街上，讓大家注視，多拉風！

一片唇印，萬點情懷

最後一點，我要說最好的禮物，應該是最有意義的。

我們常講禮輕情意重，有時候也可能「禮重情意輕」。我以前曾經寫過一個故事：

母親節，上大學的女兒送媽媽一張國外進口的錦緞賀卡。媽媽小心地收下，轉身回房間拿出一個小盒子，打開來，是女兒從小到大送的母親節卡。

媽媽拿起一張最早的，說：「瞧！妳那時候還不會寫字，只用媽媽的口紅塗在嘴唇上，在白紙上親一下，留個唇印，雖然沒半個字，但是多真哪！」

媽媽又拿出一張：「這是妳小學一年級做的，歪歪斜斜地寫著『愛媽媽』，還把愛寫漏了兩筆，但是一看就是愛媽媽。」

媽媽再拿出一張：「這是妳初中自己做的，上面寫了一首妳作的詩，當時還念給媽媽聽，念著念著，媽媽哭了，妳也抱著媽媽哭了！」

媽媽又拿出一張女兒高中買來的卡片，說：「妳看！裡面印了一首有名的詩，妳在上面寫

『親愛的媽媽』，下面寫『永遠愛妳的女兒』。這首著名的詩，媽媽看了一遍又一遍，都會背了。」

接著拿起最新的一張賀卡，笑笑：「可是，媽媽現在沒辦法背這上面的東西了，因為上面印的全是英文，媽不懂英文啊！但是媽知道，這張卡片特豪華，妳一定花了不少錢！」

讓我們想想，哪個「禮輕情意重」？

禮物不能以世俗價值來衡量，有時候不值幾文錢的，因為有意義，也就是貴重的禮物。最理想的禮物應該是對方最需要的，那可能是他最缺，也最實用的東西。最好的禮物可能是他最常見到，只要看到就能想起你的。還可能是最令他感動的，裡面代表的意味深長。

喚起美好的過去，也創造美好的未來

最近我看一個美國的電視劇，裡面一位了不得的大企業家過生日，大家送各樣名貴的禮物。美國習俗，要當著所有賓客，一個一個拆禮物。拆到其中一件，打開來居然是一袋糖豆，大家都怔住了。

壽星卻開懷地笑了，在賓客當中找，找到那個老同學，過去擁抱，感動地說：「就知道是你送的，這是我們以前穿一條褲子，整夜打屁的時候最愛吃的，多麼美好的回憶啊！」

可不是嗎？最好的禮物，總能帶來「美好的回憶」，或者創造「未來美好的回憶」！

第

16

堂

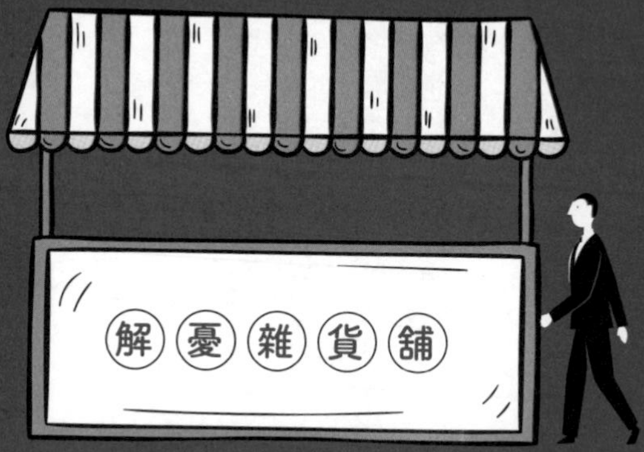

單親家庭的父母，該怎麼教育孩子？

今天的「解憂雜貨舖」要答覆好多位聽眾的問題。

第一位是黃毅先生問的，他說：「聽到劉爸講到最後女兒送媽媽卡片，我內心觸動很大。我是一個男孩，還有一個哥哥。都說女兒是父母的小棉襖，這話不假。因為思維習慣的差別，做兒子的確實做不到那麼細膩。我父母為了我和哥哥操勞了半輩子，現在我們都已成家，有時候想報答卻不知道做些什麼。爸爸還有十天就過生日了，因為爸媽平時一向很節儉，所以每年爸媽過生日就買些好吃的，而不敢送些稱心如意的禮物，怕爸媽生氣。昨天我跟媳婦兒說，爸爸愛吃甜，過生日那天妳買蛋糕吧，我可能出差不在家，咱爸爸過生日還沒吃過蛋糕呢！說完我都覺得心酸，我這做兒子的是有多麼不稱職。所以我想請教一下劉爸，我應該送什麼禮物，既能讓爸爸高興，又能滿足他怕孩子為他亂花錢的想法。」

送老人禮物很難也很容易

難的是老人年歲大了，吃不了什麼，穿不了多少，花錢也有限，他們不需要什麼，又如同您說的，他們節儉成性，只怕你送多了，還要挨罵。

至於很容易，是正因為他們需要的不多，你很小的禮物就能滿足他們，讓他們高興。

小點心常常勝過大禮盒

舉個例子，你今天買個食品的大禮盒送老人，他們既吃不了，也嫌麻煩，還常常因為捨不得吃，藏起來；都壞了，還拿出來吃，或者招待親友。

所以與其送他吃不了的，不如送他立刻能入口的。譬如，你常常下班回家帶個小糖小豆兒小點心，交給老人。第一，東西小又便宜，對他們沒什麼精神壓力，他們不會客氣。第二，他們很可能立刻放進嘴裡，他們看著你笑，你看著他們吃，親情流露。

白花花的銀子勝過冷冰冰的存摺

送老人家東西最好是實在的，別是看不到的。

舉個例子，你給老人銀行存一大筆錢，然後給他卡、給他存摺，他們常常感覺不大，甚至沒什麼感覺。還不如你從口袋掏出一把零錢，交給老人說：「好多小鈔，您幫我花一花吧！」他們接過來，就算嘴上揶揄幾句，說：「就會給我這小錢。」心裡八成高興。

老人喜歡實在的東西

同樣的，老人過生日，你送比較抽象的禮物也不見得討好。我有個學生就曾對我抱怨，他媽媽過生日，他買了好多小蠟燭，在客廳地上點了兩長串，然後引導媽媽出來，邊走邊唱生日快樂歌。

原以為是很有情調的事，卻被罵了：「幹嘛！不怕失火啊！給我點這麼多蠟燭幹什麼，咒我早死啊！」

送切花不如送盆花

送花也常不討好，因為在老一輩眼裡，除非他本來就愛花，或一向生活得富裕，否則會覺得你浪費。

但是送開完還會再開的花就不同了。譬如你送一大盆紅茶花，看著喜氣，花凋了，因為可以指望再開，老人還會悉心照料。每次澆水對老人是活動、是希望！心裡想著是你送的，是溫馨！

金光燦燦，眼睛亮亮！

同樣的道理，你如果送老人一個能保值的東西，他們就算嘴上說「太貴啦！」心裡也高興。譬如你給他買條金鍊子、金戒指，他八成不會拒絕，還能四處炫耀。而且因為那是能保值，甚至能升值的，將來還八成會留給你。

送老人他自己不好買的東西

送老人禮物，要看老人是不是用得上。

他幾乎不應酬，你送他華麗的衣服只怕不如你送他內衣，有時候老媽媽內衣不夠了，她不好說，又不方便出去買，做兒子的可以請媳婦幫媽媽買。

送老人很難拒絕的禮物

送老人禮物，要讓他覺得你有能力送，否則他們會心不安。你還可以送他們無法拒絕的東西，舉個例子，我以前跟九十歲的母親吃飯，會先夾一塊好魚好肉給她，她八成拒絕，我就讓筷子停在空中，說她再不接，肉就掉在桌上了，使她不得不接。家裡買了柿子，她捨不得吃，說軟了的給我吃，我就買一堆，說再不吃都爛了，她自然就不省了。

總之，送老人禮物，要當下即是，因為人愈老愈要「活在當下」。不必送抽象的、不必送巨大的，送他立刻就能用的！送他難以拒絕的！

送老人禮物，要用心！要有心！平常就觀察老人家需要什麼，可能缺了，立刻補上，比什麼都好！

子女埋藏在心底的不平，會發在老年父母的身上

今天第二個問題是「一米陽光」問的，她說：「我從小生活在一個複雜的家庭中，媽媽的對待方式我一直都很排斥，和她在一起我就會精神緊張，痛苦！但是現在她七十多了，我三十多，是一個八歲孩子的媽媽。她很孤獨，住在我家裡，我也看出她也改變好多，但是我的心裡始終無法真正接受她，這種痛苦我無法排解，怎麼辦啊？」

您說您母親已經七十多了，您才三十歲，表示你母親很大年歲才生你。當你叛逆期的時候，正好母親在更年期，也可以猜想那時候你們母女常有衝突。

今天你對媽媽的排斥，很可能跟那時候的衝突有關。

人性很妙，子女們不是不會記仇的，我常常聽到年長的子女當著父母的面說早年的不愉快。

小時候他們打了你，你可能一直都沒放在心上，但是當他老了，那些往事卻可能冒出來。一

個原因是他弱了，你強了，你變得神了。以前不敢說，現在顧忌少了，尤其是當老人需要依靠你生活的時候。

不願面對記憶中強勢父母的衰弱

還有個原因，是當你記憶中那個兇得要死、霸道得要命的爸爸或媽媽，現在因為老弱，而討好你的時候。你有一種心中英雄崩毀的感覺，你不願接受這種現實，反而會表現出鄙視的樣子。

比較父母對子女和子女對父母的付出

再有個可能，是子女不願意或者沒有能力照顧老父母的時候，他們潛在地會拿父母以前對自己的付出，來跟自己現在要付出的做比較。想想父母當年不過花了十幾年時間管你，你現在可能得花幾十年管他，就暗暗覺得不公平。

這些情緒多半是隱藏的，有些子女甚至會以父母不是好爸爸好媽媽，或者以他們對別的子女比較好，不公平當藉口，排斥年邁的父母。

古人說「壽則多辱」

儘管我們號稱敬老的社會，弱勢的老人還是比較可憐。

過去的社會，用宗族鄉里的力量監督子女對老人的照顧。（何況那時候人們的平均壽命短得多，根本沒幾個高壽的老人。）今天人的壽命長了，常常老年的子女要照顧高齡的父母，力有不足。加上子女常常在外，沒能住在一起，所以需要完善的社會福利制度，靠大家的力量：老吾老以及人之老。

如果責無旁貸，就得獨立承擔

說了這麼多，我很簡單地建議你：

第一，反思你對媽媽的不滿，有沒有前面我說的心理因素，然後試著解開那些結。

第二，如果你還有兄弟姐妹，就大家分擔，有錢的出錢，有力的出力，建立一個家庭內部的制度。

第三，如果你責無旁貸，就全心全力承擔起來。生命本來就是一種責任，今天你怎樣對你母親，也可能反映以後你的孩子怎麼對你，孝行是可以感染下一代的！

別讓過度的期盼成為過度的壓力

今天第三個問題，是慧、周菊花、張瑞婷、潔毛、晴媽媽等人問的，題目內容很類似，就是孩子拖拉、不專心、沒自信、不進取，怎麼辦？

首先我發覺你們的孩子可能還非常小，你們就很緊張了。當然你們可能急著贏在起跑點。問題是，如果今天你們揠苗助長，孩子不走，你們就推；孩子不吃，你們就餵，只怕他們反而失去了動力。

我有個朋友就這樣，孩子三歲，她才發現孩子有嚴重的聾啞問題，我問她為什麼發現這麼晚？她說因為孩子有需要，不必等孩子開口，她就把需要的東西給孩子。

不是我危言聳聽，你們過度的期盼，會造成孩子嚴重的壓力。可能造成他們逃避問題和陽奉陰違，到了青春期更可能產生強力的反彈。

孩子小時候要讓他們快樂健康地成長學習，不要把世俗的價值看得太重。在今天這個多元文化的世界，出頭的機會多得很。最重要是要讓孩子覺得這個世界很可愛，能夠把眼光放遠，找尋自己的機會、創造美好的未來。而不是以滿足父母的虛榮為學習目的，成為目光短淺的書呆子。

談單親家庭的親子關係

今天答覆的第四個問題是薄荷問的，希望我講講單親的孩子，告訴她單親媽媽怎麼教育女兒。

首先我要說「單親家庭也是家庭」，只是有一個不在。使得爸爸可能也要扮演媽媽的角色，媽媽也要成為半個爸爸。

在美國，離婚率太高，未婚生子也很多，處處都是單親家庭，卻沒見到太多單親家庭的孩子出問題。

為什麼？因為大家用平常心對待。

但是在我們社會，很多人還是會對單親家庭的孩子有不同的眼光。譬如孩子犯了什麼錯，連新聞報導都提一句「來自單親家庭」。

大家應該諒解單親家庭的辛苦

我曾經讀過一篇美國報導，說單親家庭出問題，常因為只有一個人賺錢養家，經濟情況比較差。而且因為錢不夠，單親父母常常得兼差，而沒辦法好好管教孩子。

這兩點都是整個社會應該諒解，而不是歧視的，也是單親家庭自己應該引以為戒的。

單親的孩子更有憂患意識

所以我除了建議整個社會要以平等心、平常心對待單親，也建議您只要有空就多跟孩子在一起。當你們結成緊密的家庭，面對外來的困難，有了共同意識，關係會更好，孩子也會更孝順你，因為他潛在地會有「失去媽媽怎麼辦」的恐懼，進一步產生「我要好好保護媽媽」的想法。

但是您也千萬要注意，孩子到了青春期，尤其是女兒，跟母親容易衝突。這時候你要以柔克剛，而不是硬碰硬。你要以愛來面對一切。

單親媽媽要正面思考：有個孩子多好！

我自己有個座右銘是「感恩、慈愛、諒解、寬容」。就算再不順，都要想想：多好啊！上天還讓你有個孩子，不致孤獨，讓你把這份感恩化作慈愛吧！

孩子的錯一定有他的原因，要瞭解、要同情、要原諒、要寬容！

更重要的是：你的孩子你不疼，誰疼？

我來自單親家庭，九歲喪父，我是獨子，媽媽帶著我，我也把她帶在身邊，從臺灣到美國，到她九十三歲。
單親家庭也是家，只是爸爸或媽媽更偉大！

第17堂

騙子的套路，就是釣魚之前先撒餌

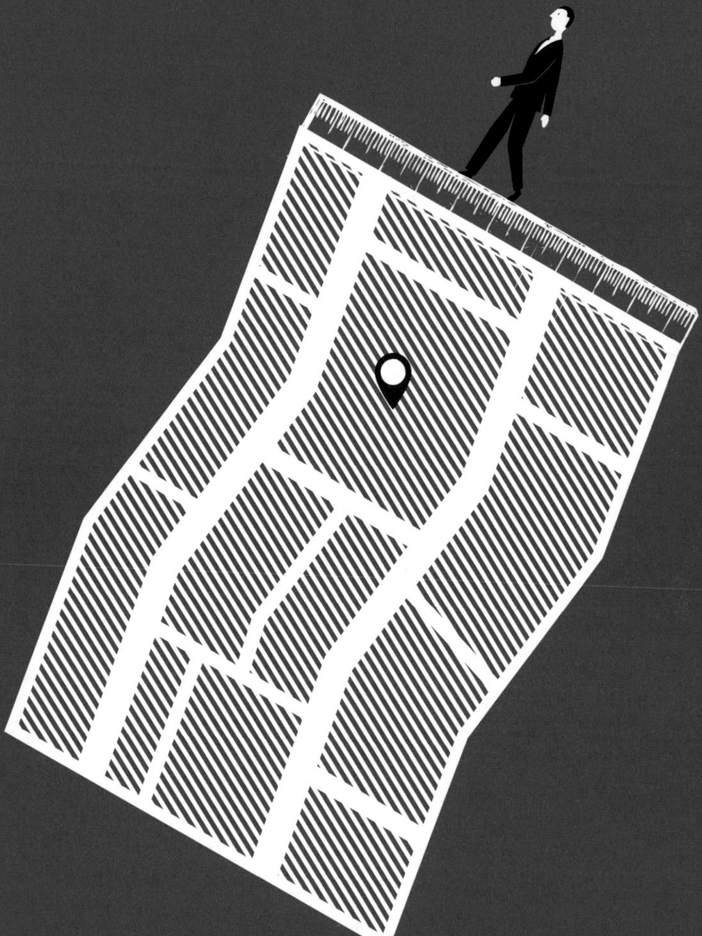

——前幾天我在介紹節目的時候說，不知道我是太笨還是太老實，以前常上當，有時候氣得咬牙切齒，所幸後來把這些受騙的事寫出來，成為《我不是教你詐》這套暢銷書。於是有朋友問我：「什麼事能把你氣得咬牙切齒啊？你最氣的是哪一次啊？」

今天就讓我說說我最氣的一次。

父子豬八戒

我兒子劉軒剛上大學那年，陪我去大陸做鄉野考察，回臺灣的時候經過香港，我們就抓緊時間進入市區，打算買一台好的單眼相機。

我心裡早就有想買的廠牌和型號，所以在香港街頭，專找攝影器材行。我們看了十幾家，家家櫥窗裡都有，但是價錢差不多，突然眼睛一亮，看到一台正是我需要的型號，前面掛著標價，居然比別家便宜很多，當然二話不說就進去了。

店老闆把那相機從櫥窗裡拿出來給我們看，一點都不錯，價錢也確實便宜。我就掏錢。沒想到那老闆要我等等，說他還得去拿貨。

我說眼前不就是嗎？

他說不行，那是擺出來的展示品，而且在櫥窗裡太陽曬太久，恐怕都壞了。為了誠信，保證東西是最好的，他得叫小弟去別的地方拿全新的機器。

問題是，那小弟出去了，我跟劉軒兩個人坐在那兒等，十分、十五分、半個小時，一個小時都過去了，他派出去的小弟一直沒回來。那年頭又沒有手機，我們著急，老闆也急，說他小弟不知怎麼了，為什麼這麼久沒消息？接著到後面撥電話給取貨的地方，說小弟還沒到。老闆走來走去，直抓頭，說不知小弟會不會太趕，被車撞了。

我和我兒子也著急啊！因為我們是過境香港，加上要搭車去機場，已經時間有限了。

這時候老闆過來問我：「先生，都怪你非要那種機型不可，害我小弟出去，不知道怎麼了。但是我很不懂耶！你為什麼不買這一種呢？」說著掏出另一個牌子的相機，舉到我眼前：「你拿拿看，多重！多實在！我真是搞不懂你為什麼非買另一種，那相機的鏡頭全是塑膠做的，一拿就知道很不實在。說來說去，你根本就該買這種啊！東西好得多，價錢也差不多。」

我把機器接過來，確實很沉，問問價錢，也差不多。再看看手錶，時間真是快來不及了。想他另一台比別家便宜得多，這台應該也不會貴。就決定買了。

這時候老闆又問了：「要不要多一個鏡頭？變焦的，比較靈活。」

我想想，要了。

老闆又說：「要不要電池？」我說電池不是附帶嗎？老闆說沒有，必須另外買，我也就點點頭，買了。還不放心地問：「你不會算我貴吧？」

老闆笑笑：「怎麼可能？你為什麼找我這家店？為什麼不找別家，你一定比過價，我特別便宜對不對？」

我跟劉軒兩個人匆匆忙忙，帶著大包小包，趕回機場，總算及時出關了。我們往登機門走，兩邊都是商店，我突然眼睛一亮，瞄到一台熟悉的相機，過去細看標價，大吃一驚，怎麼比我剛買的便宜那麼多？

你說，我氣不氣？我上當了！問題是已經要登機了，我還能回頭，趕回香港市區嗎？更氣的是，我實在丟人哪！平常很神的老爸，居然帶著兒子一起被騙。在兒子面前出糗，是不是更氣？所以我沒過多久就把這件事寫出來，後來好多讀者給我寫信，有的說跟我上過一樣的當，如果早知道就好了。再不然說幸虧我寫出來，讓他們沒被騙。

先扮神，讓你信；再扮鬼，吃你肉

我後來常想這個豬八戒事件，其實道理很簡單：

那老闆先騙取我的信心，相信他賣的東西比別人都便宜，再換個東西騙我。好比釣魚的人，先在水面撒很多魚食。起先魚很小心，不敢吃，但是半天沒動靜，看魚食都浮在水面，沒問題，於是一條魚吃、兩條魚吃，大家搶著把水面的魚食吃光了。魚正失望沒剩了！突然又掉下來一大團魚食，想都不想就過去搶，然後上了鉤、送了命！

做生意的人不是常常這樣嗎？你才從超市回來，看到報上的廣告，另一家超市大減價，你大吃一驚？什麼？我才買的沙拉油、洗潔精，廣告上居然只要半價？你立刻拿你剛買的東西，跟廣告上登的圖片比較，確實一模一樣耶！請問，你氣不氣？你不是太笨了嗎？花了多一倍的價錢買同樣的東西。搞不好，你可能把剛買的東西退掉，接著跑去大減價的那家。

你又買了沙拉油、洗潔精，確實半價。既然趕上大減價，當然要把握機會，順便又買了一堆別的東西。

犧牲自己，打倒敵人

問題是，那些東西也一定便宜嗎？會不會比你先前去的那家還貴？

生意人曾經親口對我說，為了吸引顧客，打擊競爭對手，他們有時候會賠錢賣。這邊賠了，那邊賺回來。或者這邊賠了錢，那邊賺了人氣。再不然，這邊賠了，把對手打垮，等對手關門，再把價錢漲回來。

所以聰明人如果是魚，最好只吃一開始撒在水面上的魚食，至於後來天上掉下來的餌，根本別碰。千萬不能因為商家幾樣東西特別便宜，就認為其他的東西也廉價。

同樣的道理，許多人騙錢也用同樣的方法。

舉個例子，我就聽說有個女士總去某家超市買東西，跟店裡混熟了，有一天買東西，錢帶少了一點點，說沒辦法，改天再來買吧！

熟識的店員說，何必呢？那麼一點錢，我借你。於是借了三十塊錢給這位女士。

才隔天，女士就回來還錢，居然塞回五十塊，說不必找了。

又過幾天，這位女士再來買東西，臨時看上一個比較貴的東西，又沒帶夠錢，老闆笑說：這次我借你。

改天，老闆又回收一大筆，笑說簡直比放高利貸還賺嘛！

那位女士就是這麼豪爽，每次借了立刻還，而且加倍奉還，到後來大家爭著借錢給她。直到有一天，整個商場，從老闆到店員全慘了！大家發現那女士私下跟每個人都借了不少，人呢？人不見了。大家連她叫什麼名字居然都不知道。是啊！你問我、我問你，你們為什麼不早問她的背景？大家都為什麼不問？她好像跟你們都是老朋友一樣，還有誰會懷疑呢？

所有的騙，都披著信用的糖衣。所有被釣上的魚，都可能先吃過不少免費的魚餌。

為了博取你的信任，對方可以先讓你佔足了便宜，也為了讓你相信他底子厚，愈是要向人借錢的，愈可能擺譜。

身子愈大，負擔愈重

愈是擺譜的人，愈可能虛弱！舉個例子，某人新買了豪宅名車，邀請你去玩，你是不是會覺得他正走財運，豪宅名車在眼前，假不了。但你是不是也該想想，那豪宅名車是否真屬於他，就算是他的，他會不會貸了大筆款；表面實在了，口袋卻空虛了。這時候他如果找你調頭寸，你能不小心嗎？

我就見過一位大老闆，去參加協力廠商新廠房的開工典禮，才回到自己公司，就交代屬下，要狠狠地殺價。

屬下不懂，說：「他們已經變成那麼大廠，大家巴結還來不及呢！咱們還能殺價嗎？」

老闆笑道：「他不是新建廠房嗎？他不是新添了不少機器嗎？他貸款多少？他有那麼多生意能維持很高的開機率嗎？咱們是他的重要客戶，他現在是不是更少不得咱們了？」

果然，狠狠砍價，砍成了！

急於變現，只為缺錢

我也知道有個電器工廠的老闆，突然廣發請帖，因為他開了一家很大的超市。有一位朋友去參加開幕，說確實大，東西也齊全，不簡單！但是接著那大老闆找大家調頭寸，大家都二話不說借給他，我那朋友非但沒借給他，還追回了原先借出的錢。他說：「您老兄有錢開那麼大的超市，還拿不出我借您的那點錢嗎？您老兄正得意，我可正失意，缺錢哪！」

那老闆把錢還了。

可是沒過多久，他的電器工廠和超市都倒了。欠了一票老朋友的錢，和一堆超市供應商的貨款。

這可不是神話喲！我那朋友後來說得好：

他本業如果幹得好好的，幹嘛突然去搞超市？超市可以收現金哪！他會不會缺現金？而且他接著四處借錢，已經擺得很明瞭嘛！

外表愈飽滿，裡面可能愈空虛！我們常常上當，都是先被對方撒出的魚餌、擺出的場面、作出的大方欺騙。很多人擺出的場面，其實像電影佈景，你必須到後面多看幾眼。而且愈是擺場面的「空心大老官」，愈容易人去樓空，把你害得很慘。

第18堂

心活、眼光遠、腳步快，才跟得上時代

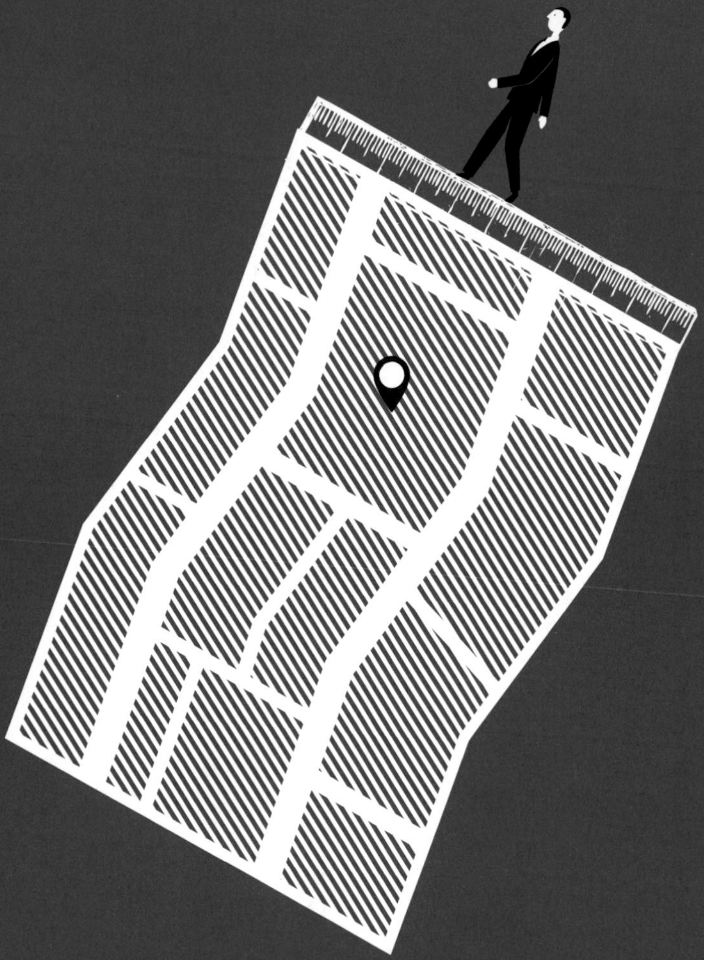

——三十多年前我剛到美國的時候，請人鋪地毯。那是一家新的地毯公司，開張大減價。問題是雖然價錢便宜卻鋪得很差，剛鋪完，就不平，隔一陣子更是呈現波浪，好幾次差點把我絆倒。我氣得找他們回來補救，幾個人搞了半天，還是不理想。

這家地毯公司倒是挺愛搞宣傳，後來總在報上看到他們的廣告。每次看到，我都罵：「爛！連地毯都鋪不平，怎麼還敢登廣告？」

過了一陣，有一天我到朋友家去，看到他們新鋪的地毯，好極了！問問價錢也相當公道。我問是哪一家，說出來，讓我一怔，居然正是給我鋪地毯的那一家。

後來，我又看過幾個朋友的地毯，也是那家鋪的，都鋪得很好。

正好我有個房間要換地毯，就放下前嫌，找那家來。他們居然還記得我，才進門，看到他們三年前鋪的客廳地毯，就說不成！不成！那時候技術不行，然後主動為我修理。還解釋給我聽，說地毯需要踢，就是用個帶鉤子的工具壓在地毯上，再盡量用膝蓋頂，把地毯用很強的力量推平。只怪他們當年剛入行，技術不好，推也推不平。

世界變了你沒變

這件小事讓我有了反省：我們常會有先入為主的觀念，只因為起初印象不好，就從此否定他。卻不想想大家都會進步，好比為我鋪地毯的那一家，剛開張的時候技術生疏，所以鋪得差。但是日子久了，愈來愈進步，我對他們的印象卻一直沒改變。

尤其在這個飛速進步的時代，很多「後來」的能夠「居上」，也有很多原先最棒的，一下子被淘汰。我們必須隨時觀察，不要讓自己的認知落伍。

同樣的道理，世事浮沉，人的變化也快。小時候好極了的朋友，多年不見，他鄉遇故知，雖然還能熱情擁抱，但是誰能確定擁抱的那個人，還是原來的樣子呢？

如果這時候他摟著你的肩膀，說出一堆他的計畫，要你跟他合作。你的腦海裡就算浮起小時候穿一條褲子，一起挨罵挨打，護著哥兒們的往事，也得三思啊！

最起碼你得知道你們不見的這段歲月他有什麼遭遇。如果他成家了，你一定要去他家看看，認識他的另一半，因為他可能還是以前的那個他，加上他的另一半就不一定了。

你也可以看看他對家的態度，一個對家庭沒有責任心的人，很難對朋友有責任心。你更得看看他對自己怎麼樣，他會不會愛護他自己？想想！一個連自己都保不住的人，怎麼能保朋友？你跟他合作，他酗酒熬夜嗑藥，一下子厥過去了，你怎麼辦？

他可以兩肋插刀，很有義氣，但「義氣」不是「意氣」，豪爽不代表信用，情理不分就容易利害不分。

連家人都一樣，錢鍾書在《圍城》裡說得好，「遠別雖非等於暫死，至少變得陌生。回家只像半生的東西回鍋，要煮一會才會熟。」

家人還是家人，只是而今都另外成了家

如果不深思，你會認為家人很久不見，還是原來的家人。

沒錯！是家人，但不一定是記憶中的「那個家人」。如同給我鋪地毯的公司，我起初印象壞

透了，後來卻好極了。家人也可能原先給你一種印象，隔幾年，大家各自有不同的遭遇，變成跟過去完全不一樣的人。

舉個例子，印象中，你的子女對你很大方，從來不跟父母計較。但是他結婚了，還能把父母擺第一嗎？就算他不計較，也不代表他的另一半不計較。所以「親兄弟明算帳」，跟成年的孩子，或已經成家的孩子最好明算帳，除非你存心給，認為「你的就是他的」。

認識全新的爸媽

親子之間久久不見面，原來的爸爸媽媽也可能不一樣了。在孩子印象中非常兇悍的老子，可能年歲大了，變成和藹可親的老頭兒。在孩子記憶中總是吵架的父母，可能變得彼此扶持，老兩口親愛得不得了！

想想！如果爸爸變得那麼好，只因為孩子很少回家，很少長久相處，就在孩子心中永遠是以前那個罵老婆、打孩子的老爸，這樣公平嗎？

舊人更舊了，還是舊人嗎？

經過歲月的淘洗，每個人都會改變，可能改善，也可能變惡。我們絕不能一成不變地看他們，把他們跟記憶中的「無縫接軌」。

原先跟你合得來的，現在變得合不來，也可能不是因為他變壞了，而是你變好了。

一個進步太多，另一個跟不上，甚至可以說「配不上」了。所以常聽說有人知道多年不見的青梅竹馬回來，興高采烈地跑去見面，然後敗興而返，夢全碎了！

舊情綿綿、不忘舊人，是不錯！問題是舊人更舊了，還是舊人嗎？

人與物一起老去，凝固在時空中！

從另一個角度想，我們也要常檢討，別人是不是在進步，自己有沒有進步？你甚至要檢討，你交的朋友，甚至常去的場合，有沒有進步？

沒有進步，就是退步！總是混在一個小圈圈的人，雖然自我感覺良好，卻不知道小圈圈外面的世界已經大不同了？

我常跟出版界的朋友交往，發現當印刷的機器改變，從活字版改成打字版，再改到照相打字、電腦打字的時候，有些印刷廠卻仍然停留在活字版的時代。為什麼？因為總跟他合作的出版社沒有覺得需要改，他們已經合作十幾年或幾十年了，都很順利成功，似乎沒必要改變。

如果老印刷廠只要接老出版社的生意就能生存，甚至忙不完了，他會有改進的動力嗎？他甚至根本不想知道外面的世界已經有了多大的變化。

徒弟與師父一起落伍

連餐館都一樣啊！我發現很多老人請客，總是去同樣幾家餐館。走進那老店，許久沒清理，咔滋咔滋！地毯已經油膩得能把人鞋底黏掉。菜色依舊、菜名依舊、廚子都可能依舊，做出來的味道卻大不如前了。

當然也可能味道依舊，只因為外面新一代的餐館有了很大的進步，比起來，老餐館的依舊就是退步了，連他們教出來的徒弟都落伍。

讓我們想像一個熟悉的畫面：一群老面孔，在同樣一個老餐館裡聚會，十年二十年，客人跟餐館一起老去，是不是有點像〈桃花源記〉裡的，「來此絕境，不復出焉；遂與外人間隔。問今是何世，乃不知有漢，無論魏、晉。」

一代新人換舊人

相對的，我發現那些常跟年輕人在一起的老人，就比較能跟得上時代。

但是各位，如果你是年輕人，千萬別得意！你年輕不代表你就進步。如果你們一群年輕人總是「自我感覺良好」地窩在小圈圈裡，或是你總在一群老人之間抱著鐵飯碗打轉，卻不看看外面的世界，你也可能「年輕得很老」，在不知不覺中就老化了。當有一天你發現別人跑在很前面，恐怕已經很難追上。正因此，許多公司會不斷地加入新人，或從別的公司挖角。很多人也會不斷跳槽，每次跳槽好像就能「鯉魚躍龍門」，又升一級。

我曾經好奇地問一個年輕人，為什麼隔兩年就跳槽，做事不是要忠於公司嗎？日本有些公司甚至連員工墓地都準備好了，等著大家幹一輩子。

年輕人說：「時代不一樣了，當四周都建起高樓，中間的矮房子就變成垃圾桶了。」

我又問他為什麼跳一次槽就能調薪？你跳槽之前跟之後不都是你嗎？憑什麼新雇主就要多給你錢？

年輕人說：「因為不管怎麼樣，我會帶去不一樣的東西。就算不適合新公司用，最起碼他們會知道別人在搞什麼。話說回來，我這新公司的員工也可能跳槽到我原來的公司，他們也會加薪，這是換血！『滾石不生苔』，人常常換位子，就像賣水果的，常移動一下、擦一下，比較不容易爛，何況哪個新人不會努力表現呢？」

今天從我鋪地毯這件小事，扯了這麼多。總歸幾句話，我建議大家：在這個瞬息萬變的時代，我們的心要活，眼光要遠，腳步要快。

當別人進步，我們沒進步的時候，是落伍。

當別人進步，我們不知道的時候，也是落伍。

當朋友改變，我們不知道的時候，是失察。

當親人改變，我們不知道的時候，是失落。

整個世界都在快速改變的時候，我們不能只是「自我感覺良好」！

第19堂

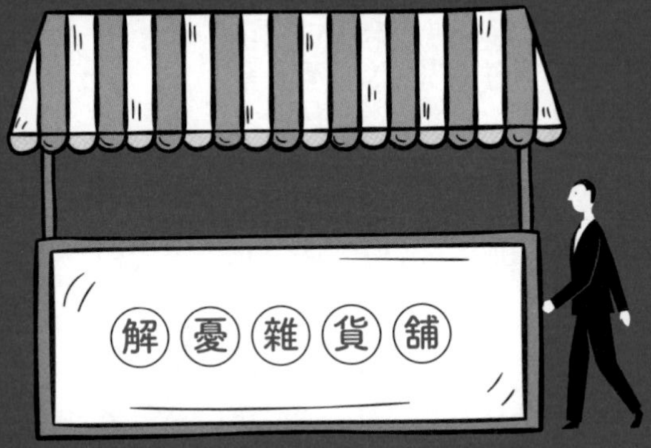

不可盡信老人言，你的人生需要斷奶

今天的「解憂雜貨舖」我選答溫蒂的問題，但是我相信這是跟大家都有關的，因為那涉及我們每個人的人生規劃。

溫蒂是這麼問的：

「劉老師，有長輩告訴我這樣一句話：世事無非是戲，人生何必認真。你覺得我們年輕人在工作和生活中到處碰壁，用這句話療傷，對嗎？」

溫蒂的長輩對她說的話，讓我想起小學三年級的時候，有一天母親帶我去醫院，看一位病危的老奶奶，老奶奶把我叫到床邊，伸出她乾皺冰涼的手，抓著我的手說：「劉墉啊！何必那麼用功呢？好疼啊！」當時我沒聽懂，尤其是她說的「好疼啊」，跟用功不用功有什麼關係呢？

所以才出醫院，我就問母親，那老奶奶為什麼說「何必那麼用功？好疼啊！」我媽媽立刻給我一巴掌，說：「別聽她的，她病得糊塗了！」這下子，我知道了，媽媽給我那一巴掌，確實好疼啊！

我也記得那時候我不好好做功課，母親氣急了，把我的作業本拿起來，幾下子撕掉，扔在地上，嘴裡罵著：「別念了！別念了！」

問題是，當我考高考之前，突然醒悟，自己知道拚命用功的時候，我母親天亮了醒來，發現我還沒睡，她也罵：「什麼時候了，還不睡，不要命了啊！別念了！別念了！」

這時候我就想，為什麼當我小學的時候，媽媽喊的「別念了！別念了！」跟我高三，她喊的「別念了！別念了！」同樣三個字，「別念了！」有那麼大的不同。

後來我想通了，因為我小時候她還年輕，年輕時的衝勁大、個性強，什麼都跟別人比。可是當我高中三年級，她已經六十歲，人老了，身體弱了，病痛愈來愈多，漸漸把人生看開，對我的要求也就不一樣了！

同樣的道理，我相信溫蒂說的長輩也不年輕了，換個角度想，如果同樣是那位長輩，倒退十年、十五年，他的說法恐怕就不一樣。

父母常常以他們的價值觀看子女的世界，問題是，人的價值觀和人生態度是會隨著年齡、身體情況改變的。當他們改變的時候，是不是晚輩也就應該跟著改？

人生的兩次斷奶

我常說，人生有兩次斷奶，一個是嬰兒時期，哭著喊著非吸媽媽的奶或者奶瓶不可，有時候媽媽甚至想盡辦法，在乳頭上擦薄荷、擦醬油，非叫那又哭又喊的小鬼斷奶不可。

第二次的斷奶是在孩子的青少年時期，大約也是叛逆期。我曾經說過孩子的叛逆，常常因為他大了，與生俱來的能力要他出去獨立，但是他還離不開父母，在這兩種心情的「拔河」之下，產生矛盾，反而用叛逆的方式表現出來。所以青少年的叛逆，是第二次的斷奶。

第一次嬰兒期的斷奶是離開奶嘴，第二次的斷奶是離開父母的雙手。

第三次的斷奶

但是各位信不信，還有第三次的斷奶，是做父母的在孩子大了，要離開家，自己出去奮鬥的時候，卻捨不得了。有些上一代，尤其是年歲大的，甚至會澆冷水，把下一代向前衝的熱勁澆涼，希望留住他們的腳步。

為什麼？因為他們弱了，愈來愈需要子女的說明，他們變成了小孩子，小孩子會離不開家，老年人會離不開孩子。還有，就是前面說的，他們年歲大了，力量差了，漸漸把人生看開了，於是把那種「而今識盡愁滋味，欲說還休，欲說還休，卻道天涼好個秋。」與世無爭的態度傳達給年輕人。

問題是，年輕人這時候就真的不再往前衝了嗎？好比嬰兒斷奶，就算媽媽讓你一直吸，吸到一歲、一歲半，甚至兩三歲，你會一直吸嗎？你總會自己停止的，這時候就算媽媽堅持要你繼續吸奶，你也不會幹的。

為什麼留來留去留成仇

同樣的道理，俗話說：「女大不中留，留來留去留成仇。」（其實不一定是女兒，兒子也一樣。）當孩子該獨立、該出去闖天下、找尋配偶、成家立業的時候，除非他是長不大的「媽寶」、啃老族，你非要他待在你身邊，他們也會抗拒，也會「留來留去留成仇」啊！

我曾經說過：「拖孩子走半輩子的父母，常被孩子拖累一輩子。」對父母、爺爺奶奶、外公外婆來說是警惕，對下一代也是警惕。當你碰上從小總是拖著你、叫你起床，幫你穿衣服，為你背書包，每天送你上下學，還催你做功課，叫你上床睡覺的父母或祖父母，你也要警惕，會不會失去了自己的動力？

不久前，我曾經在微博上做個民調，問那些做父母的人，如果你小孩放學，外面天氣正好，很多小朋友都出來玩，但是你孩子沒有做功課。這時候你是堅持叫他做完功課才能出去玩，還是讓他把握好天，趁天亮的時候先出去玩，然後自己算著時間回家？

我得到的答案居然多半是非做完功課不能出去玩，否則孩子一玩就玩瘋了，不會知道自己回來做功課。

訓練孩子的自制力，時候到了自己回家

問題是孩子功課做完了，天卻黑了，搞不好還冷了，別的小朋友也都回家了，這時候你再放孩子出去嗎？你為什麼不藉這個機會，訓練孩子自制的能力，自己看時間，控制玩興，時候到就回家？

我也曾經做過另一個有關零用錢的民調。問家長們，是按固定時間發零用錢給孩子，還是孩子伸手才給？過年的時候，孩子拿到紅包，如果你不需要立刻轉手再發出去，會不會留給孩子，教孩子存起來，自己計畫怎麼用？

多半家長都說錢不能給孩子，因為他們沒有自制力，錢一到他們口袋，就亂花。

這時候我問，他們要到什麼時候才有自制力呢？是從高考放榜的那一天，出去住校的那一天？外出工作的那一天？還是結婚成家的那一天？突然間他們就能夠獨立了？由不懂得規劃財務，變成懂得了嗎？為什麼不趁著孩子還小，從一點點零花錢開始，教他們自制、教他們計畫、甚至教他們理財？

如果實驗很長一段時間，發現孩子對花錢確實沒有節制，教也教不會，父母又有不少積蓄，

與其將來被孩子揮霍光，不如早早通過保險、信託等等方式保護他們。

我就見過很多在世時對孩子用錢管得嚴的父母，人死沒多久，大筆遺產就被孩子揮霍一空。

父母要知道什麼時候鬆手

今天的父母常有個問題，就是認為孩子長不大，什麼都要管，說來好笑，我知道有些家長，孩子已經離開家，到很遠的地方念大學了，父母還每天打電話問：「起床了嗎？你今天不是早上有課嗎？」

我還碰過更嚴重的，孩子在美國念研究所，做媽媽的每天隔著太平洋問：「到家了嗎？」問題是，父母能跟孩子一輩子嗎？連圈在保護中心養大的動物，為了讓牠們有一天回到大自然，保育員都會把肉掛在樹上，放活雞到牠們的籠子裡，或者用其他方法激發牠們覓食和追逐獵物的能力。我們對下一代，不是也應該早早製造機會，讓他們自己作主，有一天才能真正獨立嗎？

每個人與生俱來就有一種力量，是從出生的那一刻就走向外面的世界。也會隨著年齡的增長、體能的改變，而改變人生態度。

今天年輕、有活力，就應該利用今天的長處，努力學習、努力向前衝。今天年輕，身體強、韌性強、肌肉骨骼都強壯，也比較不怕衝撞，就應該向前衝。跌倒了，沒關係！檢討為什麼跌倒，然後爬起來，再向前衝。只有這樣，年輕才不會留白，也只有這樣，才能讓人生發光發熱，不白來這一遭。

人就這麼一輩子

最後讓我念一段我二十多歲時寫的短文〈人就這麼一輩子〉，讓我們一起深思：

我常以「人就這麼一輩子」這句話來告誡自己並勸說朋友。這七個字。說來容易、聽來簡單，想起來卻很深沉；它能使我在懦弱時變得勇敢，驕矜時變得謙虛，頹廢時變得積極，痛苦時變得歡愉，對任何事拿得起也放得下，所以我稱它為「當頭棒喝」、「七字箴言」。

●

人不就這麼一輩子嗎？生不帶來、死不帶去的一輩子，春發、夏榮、秋收、冬藏，看來像是一年四季般短暫的一輩子。每當我為俗務勞形的時刻，想到這七個字，便憶起李白〈春夜宴桃李園序〉中：「天地者，萬物之逆旅；光陰者，百代之過客。而浮生若夢，為歡幾何？」的句子；而在哀時光之須臾，感萬物之行休中，把周遭的俗事拋開，將眼前的爭逐看淡。我常想，世間的勞苦愁煩、恩恩怨怨，如有不能化解、不能消受的，不也馱過這短短幾十年就煙消雲散了嗎？若是如此，又有什麼好解不開的呢？

●

人不就這麼一輩子嗎？短短數十寒暑，剛起跑便到達終點的一輩子；今天過去，明天還不知道屬不屬於自己的一輩子；此刻過去便再也追不回的一輩子；白了的頭髮便再難黑起來，脫了的成齒便再難生出來，錯了的事便已經錯了，傷了的心便再難康復的一輩子；一個不容我們從頭再活一次，即使再往回過一天、過一分、過一秒的一輩子。想到這兒，我便不得不隨著東坡而嘆：「寄蜉蝣於天地，渺滄海之一粟。」我便不得不隨陳子昂而哭：「前不見古人，後不見來者，念天地之悠悠，獨愴然而涕下。」我便不得不努力抓住眼前的每一刻、每一瞬，以我渺小的生命，有限的時間，多看看這美好的世界，多留些生命的足跡。

●

人就這麼一輩子，你可以積極地把握它，可以淡然地面對它。看不開時想想它，以求釋然吧！精神頹廢時想想它，以求振作吧！憤怒時想想它，以求平息吧！不滿時想想它，以求感恩吧！因為不管怎麼樣，你總很幸運地擁有這一輩子，你總不能白來這一遭啊！

第 20 堂

別等人家脫了褲子才喊NO

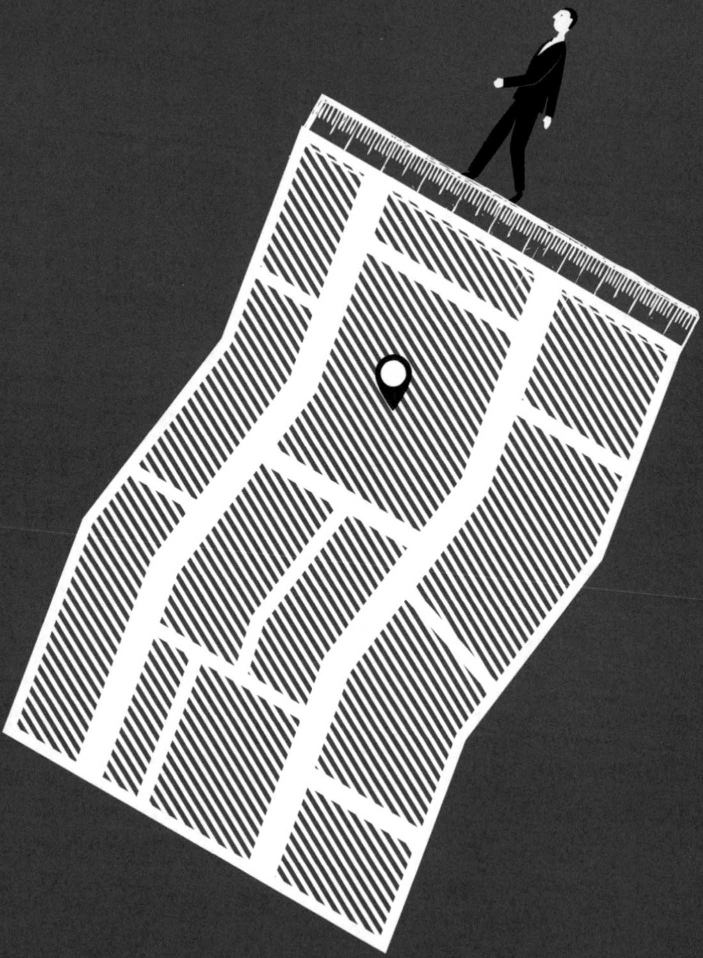

——我年輕時有位同事，高䠷漂亮又有氣質，加上是電視新聞女主播，所以有一堆粉絲。有一天我開畫展，這女同事來，還跟著一位中年男士，看上我的一幅畫，二話不說就買了。後來我才知道，他接著就送給我那位女同事。

女生說得妙：「他明明知道我結婚了，還打我主意，擺派頭，硬花大價錢買你一幅畫，你賺到了，我也賺到了，他吃虧了，一定很氣我，因為我沒讓他佔便宜。」

再說個女生，是我在大學教書時的同事，人漂亮、學歷又高。有一天她拿個玉雕的小人兒給我看，說：「你知道誰送的嗎？他老先生從櫃子裡拿出來，隨手就送我了！」說出那位老先生的名字，真是嚇人一跳，一般人能見到他都不容易，這位小姐不但進了那男士的辦公室，還得到個博物館級的寶貝。

男人的醜態女人見得到

這女生接著說了一句話，讓我印象十分深刻，她說：「男人的醜態，男人見不到，漂亮的女人見得到。」

我回問她，那麼女人的醜態呢？這女生又一笑：「一樣啊！女人的醜態相信我們女人見不到，英俊和有錢的男人見得到。」

這讓我想起一個笑話，不知道各位是否聽過：

有位老闆對他的女祕書抱怨：「我老婆太沒情調了，我這個週末過生日，她不但忘了，還回娘家。」

才隔天，漂亮的女祕書就很神祕地對老闆說：「我在郊區有個度假的小屋，不知道這禮拜六，你能不能來？讓我好好給你過生日！」

老闆興奮極了，一口答應。到那一天，還是由女祕書開車，接老闆去她的小別墅，是一片綠意間，一棟獨門獨院的小木屋。

進門，女祕書就點起壁爐，端上美酒、放出柔美的音樂。對老闆很甜美又神祕兮兮地一笑說：「你在這兒等著啊！我進去準備一下！我叫你，你再推門，進來我臥室喲！」

老闆興奮極了！也「性」奮極了！心想：太棒了！多乾脆啊！一口喝光手上的酒，就把衣服脫光。這時候正好女祕書溫柔地在臥室裡喊：「你進來吧！」

老闆光溜溜地打開門。

「生日快樂！」全辦公室的同事對他喊：「生日快樂！」

這是多謔的笑話！偏偏又是可能發生的。你說，這脫得光溜溜的老闆站在一堆同事面前，要怎麼下臺？

該喊停就別猶豫

我今天為什麼一開頭，就說這個「味道有點特殊」的故事？

因為我要講的是什麼時候「喊停」。

無論你是女生或男生，當你單獨跟異性相處，感覺對方對你有意思，而你沒意思的時候，在對方進一步表態、進一步行動之前，要立刻用技巧阻止。

你可以把話題帶開，譬如談公事，表示你是去談公事的。你也可以很自然地說有關你未婚夫的事，甚至講你們已經打算結婚。再不然，你可以問對方家裡另一半或者小孩的事。總之，一發現對方有意思，千萬別等他手都伸過來了，衣服都脫了，你才峻拒。

你甚至要知道，當對方已經表態到那個程度，你都不阻止，就等於放訊號，告訴他可以。這時候，你如果突然後悔，對方很可能惱羞成怒，變成約會強暴。

從另一個角度想，你讓對方有跟你獨處的機會，而且容許他做出「那樣」的舉動，你自己也得檢討。

來我房間談一下

大家出去旅行，一位男士晚上單獨邀妳到他房間，妳去不去？他如果是妳的長官，妳好不好不去？如果長官是女的，請男人單獨去她房間也一樣。

能不能婉轉拒絕？

當然可以！

你可以在他約的時候就講，你先跟誰約好了，能不能找那個人一起去？再不然你說只能去一下下，讓約好的朋友等，或叫朋友在外面等。

識相的長官應該立刻就懂了，總比你到緊要關頭再大喊救命來得好吧！

各位千萬記住，如果你讓對方在露出醜態之後才喊停，他會恨你一輩子。因為他既失望又失面子，傷人自尊是天下最糟糕的事！還有一點，是他不但恨你，還顧忌你，他會認為你是等著看他出糗，而且可能把這件醜事拿到外面去說，搞不好還炫耀呢！

用暗示的方法及時堵住別人的嘴

除了前面提的這種狀況，更常見的是當大家對你的背景不夠瞭解，聊天的時候談到跟你關係密切的人。

舉個例子，大家提到某人，正好是介紹你進公司的大老，你的老闆都不得不買他的帳，但是下面同事不知道，而你覺得當時談話的方向，似乎要批評那位大老了，這時候你最好立刻插話：「不要談他吧！」你甚至可以明說：「是他介紹我來公司的。」再不然，你可以半開玩笑地說：「嘿嘿！正是我的熟人耶！你們覺得他不錯吧！」

請問，有那麼不識趣的人，會繼續往下說嗎？

不要教別人搬石頭砸你的腳

你尤其不能自己扮演豬八戒。舉個例子，妳是作家的太太，跟一群文學界的人聊天，妳能主動問一位文學評論家：「您覺得某甲跟某乙，誰寫得好」嗎？

如果評論家知道妳是某甲的另一半，他能怎麼說？他說妳的愛人比較差，不是擺明不甩妳嗎？

如果他不知道妳的背景，說妳愛人的東西比較差，妳會不會不高興，回去對妳另一半說，他又會不會不高興？從另一個角度想，那評論家以後知道妳的背景，會不會猜他得罪了你們，以後防著你們、避著你們，甚至仇視你們？

因為他是在妳愛人不在場的時候作批評，背後的批評，傷害最大。搞不好當天聚會有一堆人知道妳的背景，聽評論家那麼答，心裡已經暗笑了！這種等著看笑話的心態對妳和評論家都不利。大家甚至因此把你們劃成敵人。原先能作朋友的，被妳這麼一問，變成了敵人。妳不是自取其辱，笨到姥姥家了嗎？

設下陷阱等你跳

換個角度，如果你碰上不知背景的人，問你對某某的感覺。除非你很客觀，而且有地位、有份量，不怕得罪人。在這種情況下，你最好少說話。再不然說「很好啊！」或者講：「對不起，我對他不瞭解。」

人心難測啊！你要知道有些人會設下陷阱，要你跳進來。譬如老張很痛恨老王，他可能私下問你對老王的看法，他問的態度就可能在引導你做負面評論。

偏偏人都有個毛病，就是見風使舵、當面討好，你很可能順著他附和幾句。舉個常見的例子，有人問你對你另一半的看法，你可能客氣，或者為了表現自己客觀，在他怪罪你老公或老婆的時候，順著說幾句：「可不是嗎？我先生就有這毛病！」

問題是改天他就可能拿你說的這句話，批評你的另一半：「連你老婆（或先生）都說你有這毛病，受不了你！」

你叫你的另一半怎麼下臺？當眾把你罵一頓，還是回家大吵一架？

還有一種人，會用「說小話」的方式拉攏「戰友」。譬如跟你說某人壞話，他慫恿你同意他的看法，你同意了，甚至也附和地罵上兩句，他以後就可以拿你背書，壯他的聲勢。

如果你不附和，表示你不和他同一戰線，加上你聽他背地說某人壞話，搞不好轉身就會告訴那個被罵的人，他當然加倍忌諱你。

更麻煩的是，有些沒有骨頭的人，他背地批評某人，事後發現你跟某人關係很好，他怕你去說，反而可能「壞人先告狀」，先去對某人說你跟他處不來，結果惹出一堆是非。

前面說了這麼多，總歸一句話，不要隨便附和別人的話，免得被對方當作背書。該喊停的時候要立刻喊停，免得搞得彼此下不來臺。該認賠殺出的時候要立刻脫手，免得把褲子跟面子都輸光。

第21堂

貨問三家不吃虧？小心被「套路」了

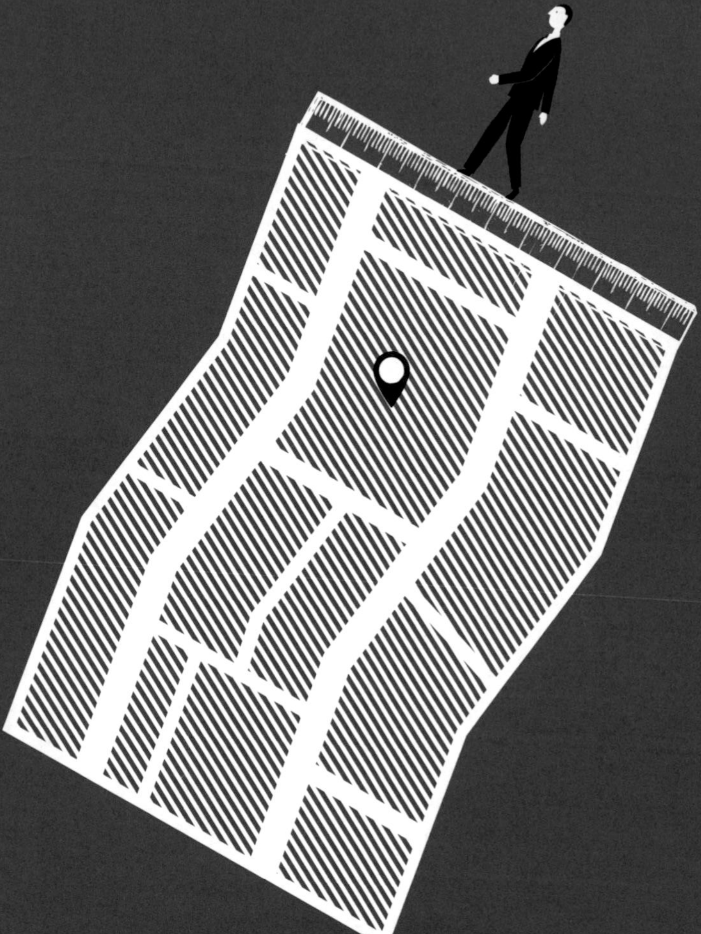

——我有位鄰居，跟丈夫離婚之後成為單親媽媽，不得不四處打工，一下子在水果店幫忙，一下子去小館兒包餃子。有一天我在街邊看到她，嚇一跳，她居然在個百貨公司門口擺起地攤了。而且生意真不錯，客人一個接一個，幾乎是搶著跟她買。

突然她站起身，跟我打招呼，問我忙不忙？能不能幫她看一下攤子，幾分鐘就好。我猜她八成要上廁所，就一口答應，站在攤子前面，有顧客問，就說賣東西的人馬上回來。

果然沒五分鐘的時間，她就半跑著回來了，手上還抱了一大箱東西。

當天晚上，我又在社區遇到她，她一見面就謝我。

我說：「看妳下午抱回一大箱東西，敢情妳是去進貨了？」

她把手指放在嘴唇上，神祕兮兮地小聲說：「是啊！是進貨。」

我好奇地問：「去哪兒進？那麼快！妳回家拿也不可能那麼快啊！」

她更小聲了，說：「去百貨公司啊！從後門進去拿貨。」

我一怔，笑說：「妳在百貨公司門口擺攤子，他們不趕妳已經不錯了，還幫妳存貨？」

她就笑得更神祕了，說：「我跟他們賣一樣的東西，比他們生意好十倍，我們是分帳的。」

製造競爭才能創造商機

故事說到這兒，大家搞懂了嗎？沒懂，就繼續聽我說。

我後來經過她的攤子，見她一邊叫賣，一邊壓低聲音說，她的東西因為沒有店租，比百貨公司便宜得多，不信大家可以進百貨公司瞧瞧，百分之百一樣的東西，是不是她的便宜。

也就有人真進去了，甚至有人才從百貨公司出來，看看她賣的東西，立刻轉身跑回百貨公司退貨，然後跟她買。

她的東西是百貨公司提供的，當然一模一樣！

原來是百貨公司請她幫忙擺攤子，目的是讓大家有個比價的機會。如果沒有她，就算百貨公司賣跟地攤一樣的價錢，大家也不會搶著買。

貨問三家不吃虧？

人都有貪便宜的心理。如果你看到一個新東西，只有一家在賣，因為以前沒見過，你很難為那個東西定價，怕吃虧，所以會遲疑。但是俗話說得好：「貨問三家不吃虧」，當你看過幾家，比價之後，就比較有信心了！

問題是，許多生意人也就因為知道顧客的這種心理，他們會特別製造比價的機會。

舉個例子，我有一天到紐約一條街上買傢俱，距離不到五十公尺就有三家傢俱店，我先看了兩家，都有我要的東西。為了貨問三家，我又跑了一家，進門就發現熟人，原來店老闆是我以前教過的美國學生。他也有我要的東西，我就明說了：剛剛已經看過旁邊兩家，現在碰上熟人，可以算我便宜一點吧！

我那學生一笑，說：「保證便宜！他們賣什麼價錢對不對？我給你再打八折。」

我笑說他真厲害，把別家的價錢摸得那麼清楚。

你猜那老闆怎麼講？

他說：「哎呀！都是我開的店嘛！」

仗打久了，就有默契了

即使三家是不同老闆，經過長久的競爭，為了讓大家都活下去，也可能漸漸發展出「遊戲規則」。

因為競爭歸競爭，那競爭還是有底線，甚至有默契的。除非真是惡性競爭，殺得刀刀見骨，輸掉的人很快被淘汰。如果時間長了，幾家看來是競爭的商家，都活得好好的，那裡面就一定有學問。

所以您或許有經驗，一條街上好多同類的商店，你在這家買東西，他沒有，說去調貨，才一下子就拿回來了，因為他根本可能是去隔壁。

那幾家商店除了競爭，也彼此支援，稱得上是「競合」，搞不好連倉庫都共用呢！

大中小盤，各有地盤

另外一個商業倫理，是大盤中盤小盤商，他們各有地盤，否則也不必分大中小了。

你不要以為批發商一定便宜，在比較遵守商業倫理的地方，除非你是同業，買一定的量，大盤常常是不理你的。搞不好，他們的價錢更沒彈性，甚至比零售商還賣得貴。為什麼？因為你是小咖！他們本來就不在乎你，何必浪費時間，為你擾亂市場、壞了規矩？他們甚至會故意算你貴些，讓你去零售商那裡買，目的是建立他們作大盤的良好形象。

一顆老鼠屎壞了一鍋粥

再告訴你個有意思的事，我有一次去香港買乾貨，一條街上都是賣魚翅燕窩干貝的商店，我因為早先在別的街上吃過虧，就不放心地問其中一家會不會有假？標價實不實在？

那老闆居然大笑了起來，指著門外一條街說：「你到別的地方我不敢說，在這條街上絕無問題，因為我們同一類的商店有約定，誰賣假貨、誰亂開價錢，誰就滾蛋，別在這條街上做生意。」

我後來想想，多有道理啊！怪不得那條乾貨街這麼有名。名聲要靠長久的信譽，而信譽是需要大家維護、彼此監督的。

由此可知，如果你買專門的東西，到專賣區應該比較可靠。但是你也不能死心眼！尤其是買比較高價的東西，一定要小心，那些商店會不會彼此通氣，甚至設局，如同前面說的百貨公司跟門口攤販，其實不是競爭，而是合作，說得難聽一點是「套招」。當你在幾家類似的商店之間比價，認為已經找到最低價的時候，要想想那邊的人會不會早就串通好，一起抬高售價。

別人推薦的不一定好

相似的道理，同一個人或單位，為你推薦幾家廠商，你也不能照單全收。

沒錯！如果他們是專業，推薦的應該夠水準，真正的問題是，夠水準不見得夠公道。如果你只在這三家之間比較，是絕對不夠的。你最好記下品牌，多比幾家，看看完全一樣的東西，別人會不會便宜得多？這個為你推薦的人會不會搞鬼。

而且要知道，人們有個心理，就是愛現。今天他瞎打亂撞，進一家餐館，覺得還不錯，立刻就可能跟朋友介紹，而且八成誇大。除了分享好消息，他還有個心理，就是：「你看吧！我可見多識廣，有門路，找到你們不知道的地方。」

問題是，他碰上的那家就一定是最好的嗎？如果那一類的餐館，大家都沒去過，他也是第一次去，誰能知道那家最好？只怕跟同類比起來，那一家最爛呢！

拉大家一起作豬八戒

人們還有一種心理，是自己買了沒把握的東西，就希望別人也買，為的是讓自己安心。愈是貴的東西這種心理愈強，舉個例子，某人買了間新蓋的房子，心裡一直不踏實，怕自己買貴了。

「是啊！怎麼只有我買，我的朋友好像都不知道，搞不好我是唯一上當的。」

這時候他會怎麼樣？

他可能先神祕兮兮地告訴他的朋友：「欸！我新買了一間房子，你們居然不知道，好極了耶，要不要我介紹你去看看？」

你一方面好奇，一方面想他介紹說不定便宜，於是去看了，搞不好也買一戶。人都有「紮堆」的習性，他和你都買了，應該不錯，結果一票朋友全去了。

當大家都去買的時候，那房子當然會被炒熱，說不定去的人多，供不應求，還漲了價。最先買的人確實比較安心，非但賺到還可能得到別的好處，譬如拿到介紹費。

問題是，那房子真有這樣的市場價值嗎？還是說只在你們這個小圈圈傳來傳去，好像不錯，其實禁不起市場考驗。於是你們一大票人，好像抓螃蟹，抓到一隻，卻因為一隻緊夾著另一隻，結果一拉拉起一大串。等大家發現情況不妙，可能那最先介紹大家去買的人已經偷偷脫手了。

死道友不死貧道

這就好比做股票，那些基金經理人可能突然打電話給你，說他有內幕消息，那一檔股票可以下手，快買！果然，你才買，就大漲。

當然漲啦！因為他四處通知，大家都進場炒高了。問題是除非你是很特別的大戶，他只會推薦你買，不會提醒你賣，就算提醒，也一定等他自己那一票人先在高檔脫手之後，才會告訴你：「可以逃啦！好多人早走啦！」

這就叫做「死道友不死貧道」！

一群道友一起上當的情況，常因為都不夠自信。

你不相信自己的判斷，只好相信別人，尤其會相信一群人。結果好像領頭羊跳懸崖，一群一起往下衝，恐怕多半往下跳的，只是盲從，死了都不知道怎麼回事。

瞭解了這一點，你先要相信自己。

就算有人介紹，甚至一堆人買了，你也可以私下去探探路。你千萬別說有朋友介紹，就算店裡問：「您怎麼知道我們有？是朋友介紹的嗎？」你也千萬不能說，因為那極可能是老闆在探底，你一說，就沒戲唱了！為了保護介紹你的人，他只可能講貴一點。

所以你要裝作碰巧看到，有點感興趣，於是問問。

遇到這種客人，賣家最沒個準，因為你不是擺明要買，而是愛買不買，他得拚命說服你。

我可以很實在地告訴各位，我用這樣的方法，多半的時候只會比朋友介紹的便宜，不會貴。

就算貴了，我不是也能回頭，打出朋友的旗號嗎？

第22堂

別讓一兩件壞事，阻擋你見義勇為

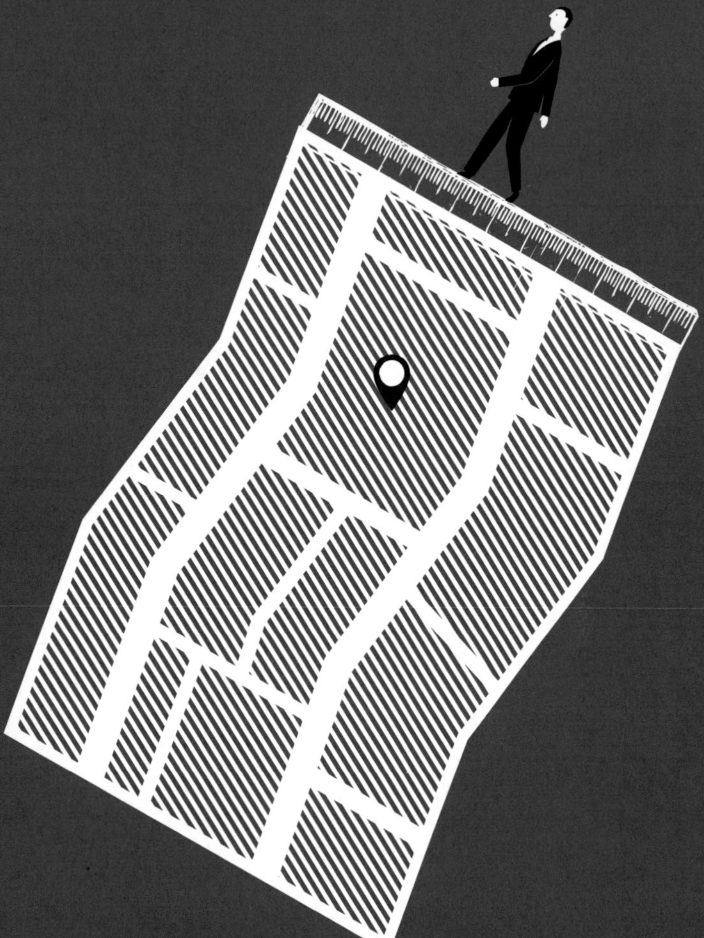

——最近看到一個網路笑話，大意是說三個人比賽吹牛，誰最有錢，第一個和第二個都舉了自己很敢花錢的例子，第三個則說他扶起了一個倒在街上的老人。前兩個立刻認輸，說：「哇！你真敢，還是你有錢！」

雖然只是個笑話，但是讓我感觸很深。想起多年前的一個新聞，有人開車不小心撞到人，下車看一眼傷者，又回到車上，倒車，把那人再壓一次，確定壓死了，才離開。那人被抓了，員警問：「你為什麼非但不救，還倒車再壓一次？未免太喪心病狂了吧？」

你猜那個人怎麼答？

他說：「壓到人，我嚇暈了，這時候只想到大家都講，壓死還好，大不了賠一筆錢，如果半死，就得管他一輩子。所以我倒車，再壓一次。」

再說兩個見死不救的事：

小心變成替死鬼

「討海人」（就是在海上討生活的人）有所謂「抓交替」的迷信，如果你救了一個人，他原本該死，被你救了，那些以前被淹死的冤魂，就會把你「拉下去」作替死鬼。

據說有些討海人只因為這個迷信，就見死不救了。

近年來在大陸總有老人倒地，大家不敢救的新聞。甚至有小孩被車輾過，路人不管，結果又被車輾過一次。

最近還看到一則新聞，是個婦人騎車自己摔倒，後面一個騎車的人下車問候，那摔倒的人卻怨，說是被「他」撞倒的。幸虧後來調出監控影像，還了後面那人的清白。即使如此，這件事還是造成好多人在網上留言，說不能做好人，做好人會倒楣。

做好人會倒楣？

前面提到的這些：「做好人會倒楣」、「老人倒地不能扶」、「壓死大不了賠一筆錢，沒死得拖上一輩子」，還有所謂「抓交替」的說法，就像口號，聽起來簡單，但是喊久了會植根在人們心底，產生非常嚴重的負面影響。

因為這些話在慌亂之中，常常會閃過心頭，造成錯誤的判斷。

可不是嗎？一個南京老太太說她被人撞倒的新聞，造成多大的影響？

一個某公益團體奢華的新聞，造成多大的負面影響？

僅僅是千萬件善事當中出現的一件惡事，就把千萬的善行抹殺掉了，甚至把我們善良的傳統美德抹殺了。

以訛傳訛是一種公害

不久前有個民調，在美國如果看到別人遇難，見義勇為的佔百分之八十幾，在中國只有百分之五。甚至有超過一半的人說如果在路上看到受傷倒地的人最好別管。前年，天津爆炸案，我請在大陸的朋友幫我捐款給當地某一個公益團體，後來聽說的人居然都罵我笨，說我怎麼能捐給那個團體呢？

問題是大家說公益團體不公益，拿得出多少證據？就算有不公不義，又會是完全不公不義嗎？「勿以善小而不為，勿以惡小而為之。」就算有一點義，對受災的人有一點好處，我們也不能全盤否定，甚至想都不想就說ＮＯ啊！

積極的行善態度

南亞海嘯的時候，我有位朋友捐了一大筆錢給災民，也被不少人批評：「你知道當地政府有多腐敗嗎？你捐去的錢只怕都被貪去了，能有十分之一到災民的手裡就不錯了。」

我這朋友回答：「能有十分之一到災民的手上，總比沒有好！有十分之一，就會有十分之二，這個世界應該積極向善，一步步向好走去。如果什麼都往負面發展，連十分之一都沒了，這世界還能有多少希望？」

如果每個人能夠幫助身邊的人

再說個故事：

我有一年到貴州山裡看我捐建的希望小學，歡迎的學生當中，有一個小朋友不是站著，而是蹲著，原來她的眼睛瞎了。我把那小朋友的病歷送給好幾家醫院，都說沒辦法。幸虧北京同仁醫院願意試試，於是我們全家陪著那位叫孫琴珍的小朋友去北京，居然沒幾天的工夫，她的一隻眼睛就復明了。

有人聽說，笑我：「太大費周章了吧！你們一家陪一個小孩，要花多少錢？全中國有多少需要救治的孩子，你們這點力量能有多少效用？不過幫一個小孩！」

乍聽他說得沒錯。問題是全中國有多少有能力幫助人的人，如果每個人能幫助身邊見到的一個可憐人，是不是就差不多了？

說實話，我遇過不少有問題的公益團體，舉個例子，有一天我在臺北街頭遇到兩個募款的小女生，頂著冬天的冷風，流著眼淚，訴說他們的公益活動。從她們的臉上我看到了真摯、善良、同情，她們確實是在做行善募款，於是我掏出了錢。

只是後來就再也沒消息，說是會寄給我的公益刊物也沒收到。

我要怨那兩個小女生騙了我嗎？從另一個角度想，她們很可能也是被騙的。有人利用她們的愛心與純真，去打動善心人。

我寧願相信，她們的初衷應該是行善，何必往壞的方向想呢？

我們在這社會上處處可能上當，有必要因為上了一次當，就四處敲鑼打鼓，說再也不要捐獻了，甚至拿這麼一件事當作以後不再行善的藉口？

善人也要養家，熱情也會冷卻

我也對某些奇怪的社會現象，抱同情的態度。因為我發現很多迷信，都有它產生的背景。譬如我小時候常去臺北近郊的碧潭，那裡有個險灘，經常有人被沖下去，我好幾次看見租船的業者，站在岸上跟遇險的人討價還價。似乎對方不給錢，他們就見死不救。

我曾經很不以為然地怨船家怎麼能夠這樣。當時船家歎口氣，說他們以前總是義不容辭地下去救，好幾次自己的命都差點送了，把人救上岸，卻連句謝都不一定說。即使現在要求報酬，被救的人也可能過河拆橋，上岸就不認帳。船家說得好：「我們也是人啊！我們也有自己的活兒要做啊！我們不能從早到晚都做白工啊！」

幾年前有個新聞，漲大水，好多人被淹死，屍體沖到下游。在電視上只見船家伸著長長的竹竿，撈水面的浮屍，據說還要跟死者的家屬要錢。

記得那時候社會上一片罵聲，一面倒地罵那些船家沒良心。問題是他們也有工作，也有家要養，甚至說得更直白一點，屍體太多，他們的熱情也會被磨掉。這社會應該諒解，而非斥責。應該以同理心對待，想辦法補償啊！

記得二十年前我有一陣子捐助臺灣一個公益團體辦活動。活動結束，公益團體舉辦員工旅遊。我問他們去哪裡，他們很不好意思地說：「真不好意思，我們住那麼好的旅館。」

這時候，我講：「你們這陣子太辛苦了，好好度個假，才有力量繼續衝。」

我從來不認為公益團體的人就要窮得要命，他們也是人，也有家，也會累，憑什麼他們就一定要犧牲奉獻？他們在公益團體工作，只要他們努力，把大家的善心善款，盡力送到需要幫助的人手上！就是好好完成了工作，應該得到合理的報酬。

我也從來不會嘲笑「義工比公益團體的職員還熱心」。因為義工是義工，他們比較沒有約束，而會來來去去，職員則有固定的職責，那是他們的工作。任何公益團體，要想辦得成功、辦得長久，都既要有熱心的義工，更要有冷靜的職員。好比作醫生的人，既要能「視病如親」，又要能夠放下激動的心情，冷靜地救治傷患。

希望發生在自己身上的悲劇不要發生在別人身上

談到醫生，讓我想到最近看到的一個感人的新聞：

一位醫生媽媽救人無數，自己二十一歲的兒子卻在公車上心臟驟停去世，十幾分鐘竟然沒有一個人去救。

這位傷慟欲絕的媽媽說，她以後要投身公益培訓，教大家心肺復甦術，希望以後別人遇到這類的情況，能夠獲得救治。

這是多麼偉大的情懷！當大家都認為她會怨恨好人沒好報的時候，她卻展現了積極的愛。

群眾旁觀不見得是真冷漠

心理學家研究，當你一個人看到有人受傷倒在眼前，你八成義不容辭地過去救，因為那是良知，是自然的反應。

相對的，當一群人看到有人受傷，倒在馬路上，反而可能圍在四周觀望，心想：「別人不去救，一定有原因，不能救！」再不然想：「別人都不去，我為什麼去？」還可能想：「我別出這個鋒頭。」但是當有人站出來，則可能一呼百應，突然間大家都搶著幫忙。

這話說得很有道理，我也有親身的體會：

二十八年前的十月十號，我去臺北近郊山上掃墓，下山時看到一群人圍著一個滿身是血的小男孩，議論紛紛卻沒人去救。我立刻下山去打電話叫救護車，卻等半天車都沒來。只好再跑回現場，看見有個女人正過去抱男孩，說太重，抱不起來。我趕緊把小男孩接過，大聲問有沒有車？有個計程車司機說他有，正要去開，司機的家人卻阻止說會找麻煩上身。但是司機沒聽，把車開來，送去一家醫院，醫院拒收，又送另一家。才進門，醫院裡的清潔工，看到我滿身染滿鮮血，就喊：「你是好心人，對不對？但是你麻煩了！」

當時我回了一句：「沒關係，有人怪我，我負責！」

雖然我們救了那個孩子，但是我後來檢討，真正偉大的是當大家圍觀的時候，第一個過去把孩子抱起的婦人。

今天我們的社會不缺善心，缺的是善的行動。問題是如果大家只把善存在心裡，不能化為行動，那善心又算得了什麼？

說了這麼多，最後我要建議大家：

第一，盡量不要把「做好事會倒楣」這樣的話四處傳播，因為那非但沒有行善，而且成為了「行惡」！

第二，行善要量力而為，從身邊的人開始照顧。因為不對自己的親人好，卻對外人一味付出，是不對的。如果人人都能從身邊的人愛起，逐漸擴大，我們才會擁有一個愛的世界。

第三，我們要謹慎行善，因為捐錯了一個公益團體，就少捐了一個對的公益團體。但是謹慎不等於拒絕，更不能作為不幫助別人的藉口。

第四，遇到可憐人，在大家觀望的時候，如果我們有能力，就做站出來的第一個！你站出來，大家很可能會跟上來。一群人把惻隱之心化為行動，好比看到有人被壓在車子下面，大家一起把車子抬起來，那是多麼感人的畫面！

第五，人人都應該學習心肺復甦術，而且從身邊的人開始推廣，救別人，也可能有一天，救自己！

第六，謝天最好的辦法是助人。今天這麼進步繁榮，我們除了慶幸生在這麼美好的時代，更應該把多出來的幸福，讓可憐的人分享。

第七，不要勉強別人捐獻。喜捨！喜捨！要甘心樂意地付出，而不是做「不樂之捐」。尤其不要比較別人捐款的數字，基督教《聖經》說得好，一位寡婦捐出的銅錢，可能勝過富豪拿出的千千萬萬。

第
23
堂

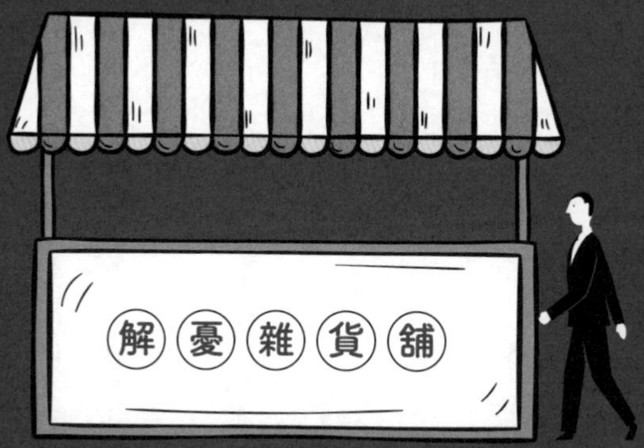

不只是老師，每個人都要懂「因材施教」

今天要答覆幾位朋友的來信。

「且聽風吟」說她特別愛說話，碰上同事有困難，能幫忙一定幫忙。遇到有問題，只要她會就毫無保留地教到對方理解。但是被幫助的人事後又好像一點也不領這個情，對她不屑一顧。可她就是這個脾氣，下次碰上同事有問題，還是不忍坐視不管，只是常常心理不平衡。

我的答覆是：

你愛幫助人，很好。但是吃力不討好的事經常有，幫助人或者行善的時候更常發生。為什麼？

調解的人反而把事情張揚了

因為幫助人的人，心想他對你好，也會期盼你能感念他，甚至報答他。當你沒有特別回饋的時候，就會心生不平。

但是從另一個角度想，受幫助的人欠了人情，又常常不知怎麼還，有時候因為自卑，怕別人知道，反而可能躲著，或在人前故意表現得冷淡。

還有個狀況是俗話說得好，「多管閒事多吃屁」，閩南還有句俗話「公親變事主」。這是因為「皇帝不急，急死宦官。」當事人不急，那熱心幫助他的人可能反而著急。原先當事人不想讓別人知道，當你太熱心的時候，事情反而張揚了。

少聽閒話，少傳閒話，免得惹事上身

我曾經聽殘疾的朋友說，當大家都不把他當殘疾人看待的時候，讓他最自然，最不覺得自己有殘疾。所以當我們熱心幫助別人，尤其是對方沒有來求你幫助的時候，你要看情況，先想想適合不適合你介入。甚至當對方主動來跟你說另一個人不好的時候，如果那人是他的親人愛人，你最好少聽。當他把親人罵得很難聽的時候，你要緩頰，譬如說：「不要那麼想！我看還好！」

你或許會說這不是火上加油嗎？不是應該附和朋友多罵幾句，對方才會高興你跟他站在同一陣線嗎？

錯了！第一，如果那是他的親人、愛人，是不能否定、不能改變的事實。他今天罵得再狠，過去的情分還在。你打打圓場，他表面怨你不跟他站在一線，心底多半並不會太氣，甚至冷靜下來會覺得你比較厚道，夠朋友！

當死對頭成為戰友，原先的戰友就成了死對頭

還有，他們是親人，今天鬧翻了，把對方罵得一文不值，甚至透露很多私事。但是「床頭吵床尾和」，沒過兩天，他們又好了。在枕頭旁邊說他們吵架的時候，你一副幸災樂禍的樣子，他們會不會合起來恨你？如果你又聽去一大堆髒事、醜事、見不得人的私事。當他們和好了，會不會反而躲著你，或者猜忌你會把那些事說出去？

所以，幫助人是美德，但是你既然「行善」，就要有行善的胸懷。「歡喜做、甘願受」，要任勞，也要任怨。東漢的崔子玉在他寫的〈座右銘〉裡說得好：「施人慎勿念，受施慎勿忘。」你既然有善心，就要有不計得失、不計毀譽的胸懷。好人總有好報的！

是父母變了，還是子女變了

「笑語嫣然」的問題。說他父親今年五十歲，最近兩年對家人脾氣特別暴躁。以前都好好的，不知怎麼變成這樣，怎麼辦？

這個問題很難答，因為是家務事，外人很難分析。但是當一個五十歲男人的脾氣由好轉壞的時候，最少你可以往幾個方向去想：

是不是他的男人更年期提早了？是不是工作壓力太大，把氣帶回家？是不是因為要退休了，心裡不安？是不是外面有狀況，對家的感情變了？是不是他的健康出了問題？

尤其最後一個，你們要注意，很多老年癡呆的人，早期會有脾氣很不穩定的情況。血壓、血糖有問題，心血管有問題的人，也可能脾氣壞，甚至有「譫妄」的表現。總之，心理和生理出狀況，都會影響情緒。

當然，還有一點，是家裡面的人，包括另一半和子女也要想想，你們會不會也在不知不覺中改變了。爸爸不再是原先的爸爸，家人也不再是原先的家人？想想以前爸爸的好，也想想自己以前的好？當你們覺得爸爸脾氣壞了，也要想想自己還像以前那麼好嗎？

對不起，說得這麼直，祝你們家庭和樂，一如往昔。

工作就是工作

「獨善其身」的問題：

他說他的直屬上司總打壓他，可是為了這份穩定的工作，他不能辭職，上司周圍也有一群人等著看笑話，還會冷嘲熱諷，怎麼辦？

我的答覆是：

工作就是工作，工作可能辛苦，可能受氣，但既然你說為了這份穩定的工作，不能辭職。那麼你就把它當作工作，把受氣也當工作好了！服務業不是有句口號嗎？「顧客永遠是對的！」就算顧客不對，也要受著。今天你的直屬長官和同事都排擠你，為什麼不能把你擠出去？一定因為你沒出錯。既然你能不出錯，表示你能勝任，為了這份穩定的工作和薪水，就繼續做下去吧！

而且從另一個角度想，你的工作穩定，你捨不得辭掉，表示收入應該也不錯。你覺得不錯，別人也會覺得不錯，說不定好多人正想著把你擠走，取而代之呢！你何必讓那些人如意呢？

而且工作就是工作！我在美國百貨公司，見過有意思的一幕：一個老太婆莫名其妙對店員發脾氣，這也不對、那也不對。店員耐性好極了，居然一點也不急、也不氣，慢慢為老太婆解說。突然，店員不說了，由另一個人接手。

為什麼？因為時間到，他下班了！

受氣也是工作的一部分

雖然是很平常的事，但我常想：那店員不動氣，因為受氣是他的一部分工作，而且顧客永遠是對的。

還有，那老太婆耗掉好多時間，一講講個三十分鐘，店員也應付三十分鐘，那三十分鐘可不是白做的，每分每秒都是拿錢、拿薪水的。

他何必動氣？何必急？上班工作，領錢回家，何必把辦公室的不愉快帶回家？

我還常想：多少人受氣，甚至受辱、受苦、受難，都為了那份薪水、為了自己的家。那犧牲有多麼偉大！

為了自己、為了家、為了生活、為了愛，既然不能辭職，就請堅持下去吧！

就是要說ＮＯ！

「櫻桐」的問題。

他說對於朋友的請求，他總不知道怎樣回絕。即使很不願意，怕朋友翻臉，也只能編理由迴避。很困擾。

我的答覆是：

人要成功，要活得自在，必須先懂得做事的輕重、緩急。問題是每個人的時間能力有限，你不可能在同一時間做許多事，也不可能滿足許多人的請求，為了把優先的事做好，你當然要會拒絕。

你愈沒自信、愈怕得罪人，愈不敢拒絕人。

你愈不會拒絕人，你答應的事愈不值錢！

因為什麼人找你，你都不拒絕，你的答應就不稀奇了。相對的，如果你從來就很果斷，不行硬是不行，當你有一天答應，別人特別會值這份情。

還有，一個什麼事都不拒絕的人，除了會把自己累死，也不太可能有好的表現，因為他的時間精力有限，不可能三頭六臂。更麻煩的是那些對外人總扮好人的，往往回到家已經累歪了，反而對家人失去耐性，讓家人受氣。

請問，這樣值得嗎？

拖是毛病還是本事？

「雲」的問題是，他的孩子有拖延症，每次作業總往後拖，而且理由充足，讓他無言以對。

我的答覆是：

這個問題很有意思。你說你的小孩每次拖延，你罵他，他都講得出道理，而且讓你無言以對。表示小孩說得有理啊！既然他有理，你又無言時，只好接受啊！

還有，他拖，是一拖再拖，最後沒做？抑或拖到後來，還是把作業完成了？

我猜八成還是做好了，否則你不會無言以對。既然他能及時完成，表示他有拖的本事，沒有誤事，就不能說他有「拖延症」，那不是「症」，只是習性！

著名的學者羅素說他在大學的時候就愛拖，大家的作業都早完成，他還沒動手，甚至交件截止日的前兩天，還出去冶遊。直到最後，熬一天一夜，硬是在截止的那一刻把作業交出去。

你說，羅素是有「拖延症」，還是他有本事拖？也因為他有本事，所以不必早早動手？

還有一點，有些看來拖的人，其實他表面沒動手，卻可能偷偷動了腦，他把問題懸在心裡醞釀，到時候靈感泉湧，很快就能完成工作。

所以，你可以觀察你的小孩，譬如他晚上有四個小時在準備功課，如果有四樣功課，是不是做第一件事用的時間最長，愈到深夜，也就是愈到不能再拖的時候，做得愈快。搞不好，第一樣花了兩小時，第二樣花了一小時，第三第四樣，並不容易，他卻一小時就完成了。

這時候顯示他確實在時間還早的時候比較不專心，可能拖。但是他有拖的本事，既然能不誤事，就不必盯得太緊了。

相對的，如果他因為拖，功課總不能做完，成績一落千丈，又不是因為能力不足，而是不敢面對問題，有逃避的情況，甚至因為逃避而蹺課，就真有「拖延症」，需要對症治療了。

我前幾堂課曾經說，父母盯得太緊，容不得小孩有一刻不在讀書，孩子常常會消極反抗，就是表面用功其實不專心。碰上這情況，你放鬆一點，讓孩子自己面對問題，往往會更好！因為你不能盯他一輩子，未來他總得獨立。

第24堂

討價還價有學問，如何談判能雙贏？

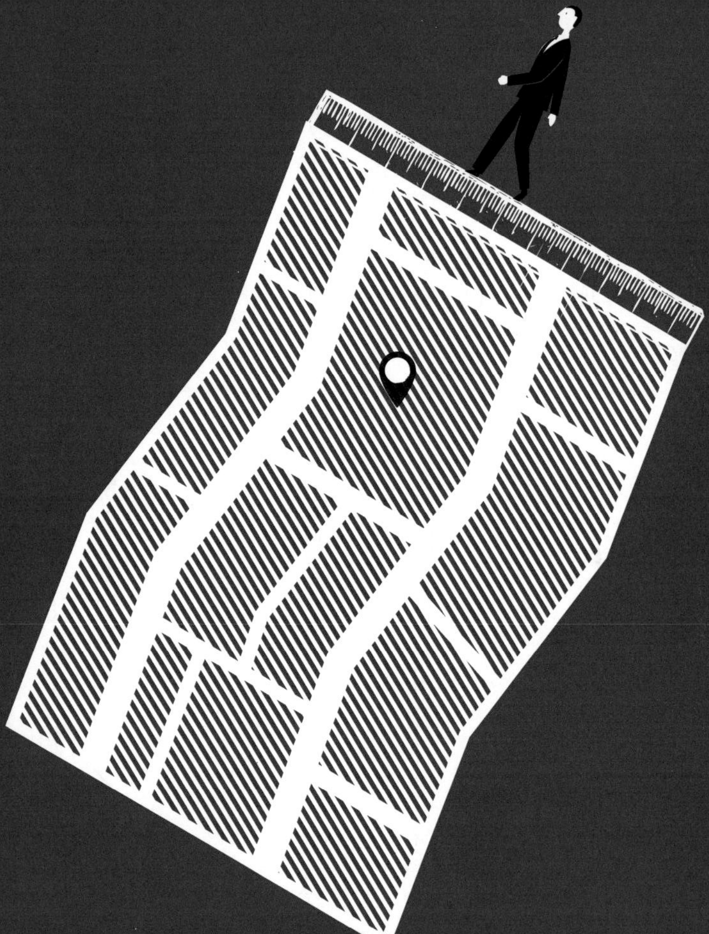

——有一天我到臺北的花市。雖然稱為「花市」，應該是賣花的，其實他們也賣些古董藝品。我那天看上了一塊越南進口的沉香，問價錢，老闆娘說是論重量的，需要秤。我心想這可了不得，秤下來一定貴得很，但是看老闆娘已經動手秤，也就沒阻止。我有東西放上秤，老闆娘打打計算機，居然不太貴，原來那沉香看來挺大，其實很輕。我有點喜出望外，就說：「好！我買了！」老闆娘顯然很高興，一邊打包一邊問我，要不要配個黑檀木的座子？比較好看？沒等我答話，就去架子上挑了一個，挺漂亮。我問多少錢。老闆娘一笑說：「不要錢，送你的！」我說：「您對我真好！」老闆娘又一笑：「因為你沒還價啊！」

還價是為了安心

我把東西拿回家，正好有位收藏家來訪，就把剛發生的這件事說給他聽。我說現在一般我是不還價的，因為別人做生意，討生活，不容易。

沒想到我那朋友立刻好像觸電似地說：「不行！不行！有時候你非還不可！不還價買不到好東西，而且還價讓你開心，也讓賣家放心！」

多稀奇！他這是什麼道理啊！

今天咱們就從討價還價這件事聊起吧！

我那收藏家朋友說了個故事給我聽：

有一天，他去古董商場，就是那種一眼望去一大片，擺地攤賣所謂古董的地方。他們賣的多半是假貨爛貨，但有時候也能撿漏（就是用便宜價錢買到別人不識貨的好東西）。

當天他一眼看上個小瓶子，品相很不錯，但是他沒直接把那個小瓶子拿起來，先去拿了些顯然是假的東西，拿起來、放下去好幾次，也一一問價錢，大約都是千八百的。最後他拿起那個小瓶子，問：「多少？」地攤老闆說一千五，我這朋友搖搖頭，其實他已經斷定那是個好東西，最少值幾萬。但是他沒說話，把小瓶子放了回去，又去看別的，接著作勢要轉身離開。

地攤老闆急著喊：「您看上什麼，今兒快收攤了，算您便宜。」我那朋友還裝樣子，噘著嘴笑說：「太貴啦！」又故意回身拿起兩樣東西看看，最後舉起那個價值不菲的小瓶子，很隨意地問：「剛才你說多少？」

「一千五。」老闆講，「算您一千二吧！農村收來的，老東西！」我那朋友還是搖搖頭放回去了：「太貴啦！」

「您說多少嘛？」老闆講。

「八百！賣就賣，不賣拉倒！」我這朋友正要把小瓶子放回攤子上，老闆伸手阻止：「九百！九百行嗎？」

「不行！八百都嫌貴了！」

各位猜，他買到了嗎？多少錢買到？

當然八百塊買到。

有人「打眼」，有人「撿漏」

那天他跟我說這事，我說他太差勁了，明明知道值幾萬，人家要一千五，還要還價，簡直欺侮人嘛！

我這朋友居然說：「你怎不說我除了為自己好，也為他好呢？你想想，今天你買個沉香，沒還價，老闆娘是大方，送你個座子，問題是你會不會想你還是買貴了？就算加上座子，還是多花不少錢？還有，幸虧不是什麼好沉香，也有一定的市價，如果你買的是古董，只怕你一句話『買了』，老闆娘還會不高興呢？」

我問為什麼？

他說：「你猜啊！她會不會心想，你那麼爽快地二話不說就買下，是不是因為她不識貨，賣太便宜了？很簡單，那天我買小瓶子，如果老闆說一千五，我立刻掏錢，那老闆以前見過我，知道我常逛古玩市場，八成是行家，行家急著買下，一定是見獵心喜，撿了漏，是他把真東西當假東西賣了，說不定老闆立刻改口說不賣了。所以我才會還價，而且由一千五砍到一千二，一千二砍到一千，一千砍到九百，還要再砍到八百才下手買，表示這小瓶子確實只值這點錢。你想想，當我拿著小瓶子離開，那老闆是不是挺高興？搞不好，他是十塊錢從農村收來的，能賣八百已經開心極了。結果我開心，還讓他安心，不是雙贏嗎？」

討價還價的心理背景

在古玩市場上，因為看走眼，吃虧上當的事多了。我這朋友的做法，用八百塊買個幾萬，搞不好十幾萬的東西，這種做法對不對？我不評論，真正要談的是討價還價的心理。

我曾經在雜誌上看過個笑話，眼鏡行老闆對夥計說：

客人來買眼鏡，拿起一副眼鏡架子，問多少錢，你可以講個中間價，試探一下客人的底子有多厚。他如果說太貴了，就講：「還包括鏡片啊！鏡片要配，多貴啊！」相反的，如果他一點都不在意，好像還嫌便宜了，你就講：「只是鏡架喲，您還得配鏡片。」說出鏡片的價錢，如果那有錢人還是不在意，你就再加一句：「只是一只！一副眼鏡要兩只，所以乘二。」

按說眼鏡行應該不會這麼沒良心。但是誰又講得準？說不定就有地方這樣，而且對某些客人，不把價錢抬高，只怕客人還會看不上！所以有時候還價是必要的，最起碼不能露出見獵心喜的表情，否則對方可能由小開口變成大開口。

碰上綁匪也得還價

相信大家一定看過綁架的新聞，有幾次受害的家屬會照綁匪要的價錢照付？

就算有錢，碰上這種事也得裝窮，就算哭啊喊啊在電話裡求啊，都得把姿勢放得非常低。說我們家表面看有錢，其實全是空的，還欠了一屁股債呢！所以到後來付的贖金多半遠遠少於綁匪要的。

話說回來，碰上綁匪開口，你能爽快答應嗎？「一千萬，沒問題！」只怕還沒掛電話，綁匪就加價了。你讓他覺得他少收了，吃虧了，他能高興嗎？能不改為獅子大開口，切下一隻耳朵給你寄來嗎？

為什麼遲到的反而有位子

為了謀利，生意人不能不用點心機！

舉個例子，有一天我有外國的朋友來訪，我臨時去訂個有名的餐館，我問七點有沒位子。餐館說沒有，但是如果我能早到，五點半就有。

我說不行，就算了！餐館一面道歉，一面留了我電話，說如果有客人退訂，就通知我。

放下電話沒多久，餐館就打來，七點有位子了。

那天晚上我發現根本沒客滿，還有好幾個空桌呢！

後來再遇到餐館這麼說，我都留電話，說如果有了位子，就打電話回來。居然屢試不爽。

各位猜，為什麼？

因為那些比較熱門的餐館，常有臨時到的遠客或者熟客，他們如果發現來訂位的人似乎時間很有彈性，往往先把你往前一個時段放，而把黃金時段留給別人，也可以說是留給他自己。

要談判嗎？讓我先往前跨一步

討價還價乃至餐館訂位，都帶有談判的色彩。

什麼是談判？談判的原則是，第一，守住自己的底線，第二，獲得原先沒有的好處。

如果你要守住自己的底線，你能夠一開始就從你的底線談起嗎？這樣你不會贏，只會輸，頂多維持在底線。

所以談判一定要先跨過中線一大步。譬如你賣房子，心想要賣一百萬，但是你開價一百三，然後由對方殺價，一點一點減。減到一百零五，他買了，你比原先想的多賺了。對方也高興，他把你要的價錢從一百三殺到一百零五，得意極了。

壞話說在前面，好人作在後面

同樣的道理，政治上的談判也要往前站一步。

所以我們常見到，某國元首要出訪，行前先發表談話，說自己絕對堅守什麼原則。

你乍聽，會想：「天哪！你馬上要去人家那裡作客了，怎麼還講得那麼硬？搞不好，人家不邀請你了。」

其實他把狠話硬話說在前面就是要看看對方忍耐的程度。

更深一步想，他先撂下狠話硬話，其實也是為對方著想。可以說，他的狠話其實並不硬，而是有彈性的，只是他出發之前先把步子往前站一大步，到時候雙方碰面，見面三分情！再討價還價，各退一步。

有時候為了表示「雙方都在做事」，甚至有潛規則。

舉個例子，我買房子，請一位當律師的高中同學幫忙。他跟賣方的律師面對面，對方是個一百九十公分的大個子，我同學才一百六十公分，縮在椅子裡，更顯得小了。但是只見我同學伸手指著買賣合約上的條文，左邊叫對方改一改、右邊也堅持要改。大塊頭律師都乖乖照做。

簽完約，我對老同學豎大拇指，說你真棒，好神喲！你猜我同學怎麼說？他一笑：「老實跟你講，這些都是合約上設計好，讓買家爭的，也是賣家非讓不可的。」我說何必呢？他說：「才顯得買家的律師棒啊！你不是覺得我很神嗎？」

向前一大步，向後一小步

說到談判往前站一步的技巧，交朋友談戀愛也一樣啊！

今天你想看科幻片，但是你猜女朋友想看文藝片。你要怎麼問她？

你能問：「你要看什麼片子嗎？」女生說文藝片，你怎麼辦？要她退一步嗎？

但是如果你先往前站一大步，先講：「有個很棒的恐怖片耶，我們去看好不好？」

女生說不要。

你再說：「那麼還有個很棒的科幻片行不行？」

兩害相權取其輕，說不定她就要了，還心想：「幸虧你讓一步，否則就得去看恐怖片了。」

這種說話的方式就是往前先站一大步，再退回一小步的方法。結果，兩邊都高興。

自負是談判的弱點

談了這麼多，最後我要說，無論是日常買東西，討價還價，還是折衝樽俎的談判，我們都不能掉以輕心，自以為了不起，千萬別被對方灌兩句迷湯，說您真內行，你就真裝起內行了！而且當對方開出價錢，你就算覺得便宜，也得裝裝嫌貴的樣子。因為你只要自以為了不起，就會鬆懈，也就會讓人有機可乘，到頭來吃大虧。

謹慎的態度，是尊重對方，也是尊重自己。是讓對方高興，也讓自己高興。

第25堂

成功男人的背後，都是怎樣的女人？

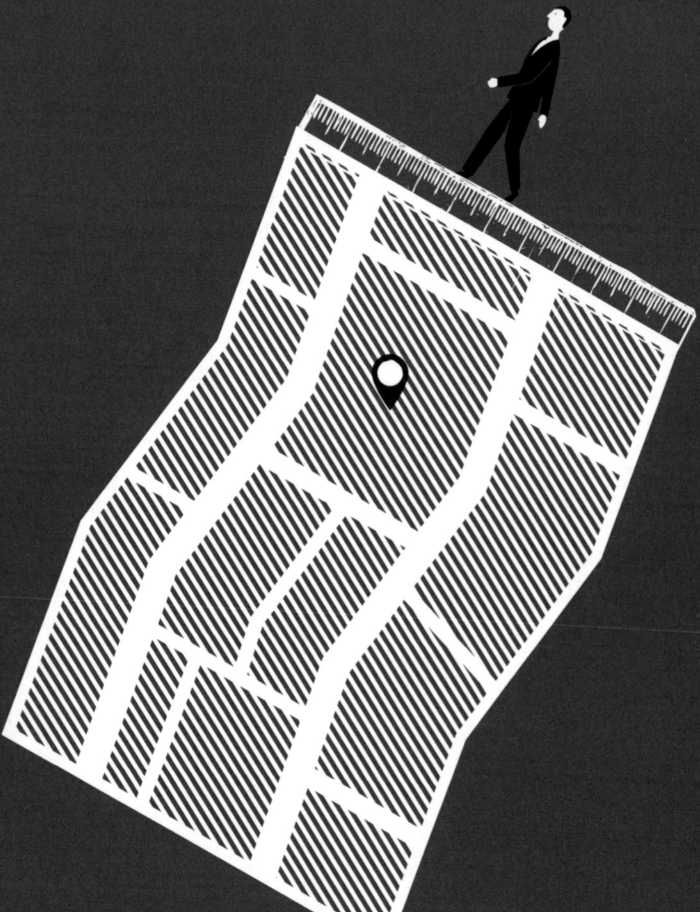

——我五十多歲的時候，曾經有一段時間，每年都去馬來西亞巡迴演講。接待我的都是專門在大馬推展華文教育的董總，其中有一位陳清德先生，給我留下很深的印象，尤其是他說的一個故事。

他說他的一對雙胞胎女兒，都已經念大學了，有一年情人節，小女兒的男朋友送來一束鮮花。他把花放在小女兒床邊，看一旁大女兒的床邊沒有花，覺得好可憐。突然想到不久前買生日蛋糕的時候，盒子上附帶了三支用來裝飾的塑膠玫瑰花，就把花拿來，捲上玻璃紙，放在大女兒床邊。又想到寄住在家的外甥女，也沒人送花，就又放了一支在外甥女的床邊。這時候還剩下一朵，是最差的一支，已經掉了好幾片花瓣，扔了可惜，想到還有太太，就再用玻璃紙包一包，偷偷放在太太的梳妝檯上。

情人節過了，小女兒的鮮花早凋了，扔進垃圾桶；大女兒和外甥女的塑膠花也不見了，八成也扔了。令他驚訝的是，送太太的那朵只剩幾片花瓣的塑膠花，非但沒扔，而且被太太插進小瓶子，放在梳妝檯上。

陳清德跟我說到這兒，歎了口氣，低著頭，說他那時候才發現，太太跟他幾十年了，家裡不富裕，孩子又要念書，他從來沒送過花給太太。大概加上忙，連想都不曾想過送花。說到這兒，他的聲音沙啞了。

那次見面沒隔多久，陳清德就因為肝癌逝世。但是我總想到那天他訴說往事的樣子，還有，他送太太的那朵塑膠玫瑰花，可能至今還留在他太太的梳妝檯前。

心靈的花朵

情人節送花，應該是年輕人常做的。生活在困苦時期的老一輩，大概跟陳清德一樣，多半連想都沒想過。碰上特有心的，送太太一把花，只怕還要被太太責備：浪費！

我還聽朋友說，他送花，太太一把摔在桌上，說：「拿錢來！比較實際。」

問題是，錢能代表一切嗎？如同陳清德送的花，只是塑膠的，還是點心鋪掛在盒子上的裝飾，世俗的價錢一文不值，但是在他太太的眼中，卻是丈夫一生當中送的唯一一朵。說不定如今陳太太看到梳妝檯上那支塑膠花，還是會有千百種滋味浮上心頭。

從這條路想，我那位把花扔在桌上的太太，說不定表面責怪，心頭卻很溫暖。

回頭也留不住遠行的腳步

曾經看過一個電影，劇情早忘了，只記得丈夫要出征了，躍上戰馬，他的妻子匆匆跑過去，遞給丈夫一朵玫瑰花。丈夫把花插在馬鞍上，沒有彎下身親吻妻子，只是笑笑，做了個飛吻，然後拿起長槍，縱馬向前。

妻子站在原地一動不動地望著丈夫的背影遠去，消失，丈夫居然沒有回頭。

記得當時有觀眾罵：「這丈夫是死人啊！連頭都不回。」

另一個人說：「回什麼頭，回頭也得去打仗，回頭也不能留下來，只怕走得更痛苦。」

可不是嗎？我曾經聽一位老兵說，打仗的時候，偶爾接到家鄉妻子的信，坐在燈下看了一遍又一遍。但是真正到了戰場，信雖然放在口袋裡，卻不能想。老兵說得好：「當子彈在耳邊飛的時候，我能回頭聽老婆的呼喊嗎？」

很多人都說男人心硬，但是也能說男人為了在外拚命，不能不忘掉一些事情，心硬常常是為了能夠活著回到妻子的身邊。

這也讓我想到，以前女兒生病，我在家焦慮得不得了，但是到學校去教課，站上講臺，就忘了。才走出教室，對女兒的憂愁又襲上心頭。我甚至想，男人們幸虧在上班的時候能放下一些家裡的憂慮，否則可能壽命會更短。所以有時候男人忙於在外打拚，感覺起來對家人不夠親近，是可以諒解的。

為什麼朋友比妻兒還親

生物學家也由觀察黑猩猩的生活當中發現：

有兩群黑猩猩，一個生活在艱苦的環境，雄性的黑猩猩每天都要到很遠的地方找食物，母的黑猩猩再帶著小黑猩猩跟過去吃。

問題是那些黑猩猩丈夫，找到食物先跟其他一起覓食的雄性分享，對自己的太太孩子很兇，甚至當著其他雄性的黑猩猩，打自己的老婆孩子。

至於另一群黑猩猩，很幸運地住在環境好的樹林，離家不遠就能摘到足夠的果實。那些黑猩猩丈夫就不一樣了，他們對太太孩子親愛得多。

生物學家分析，因為當雄性黑猩猩必須跟別的雄性合作，出去打獵的時候，自然對外面朋友會顯得很「哥兒們」。那是必須的，因為他們要一起戰鬥，戰鬥其實是為養活自己一家。至於不需要怎麼出外戰鬥的黑猩猩，少了外面「討生活」的壓力，當然親情的本性會呈現，對太太孩子都比較溫柔。

重拾青春年少的情懷

人類社會不是差不多嗎？

許多年輕時候在家不苟言笑，總是在外的丈夫，年歲大了，脾氣就改了。不是脾氣真改，是環境改了！當子女不再在耳邊吵來吵去，當生活不再拚死拚活，情趣就回來了。

所以各位家裡的另一半（丈夫或妻子），如果在家脾氣不好，或許我們可以想想，他們是不是在外面有太大的壓力？也可以想，當有一天壓力小了，生活寬裕了，就不一樣了。

問題是，當原來兇悍的那個人變得不再兇悍，總是留在家裡的那位會不會反而不適應？說實話，我常聽見作太太的怨丈夫退休之後，一天到晚把眼睛盯在老婆身上，讓太太沒了自由。

我也聽過不少丈夫，還不見得是退休的喲！當他們年歲大了，在外面不再像年輕時候那麼拚，而想回家多享受一點天倫之樂的時候，家裡的那一位，卻變得沒有了情調。

丈夫下班看太太正炒菜，心疼太太真辛苦，於是進廚房摟摟太太，這麼有情調的舉動，卻可能換來的是太太猛地掙脫，罵一句：「你幹什麼？我一身油煙一身汗，走走走！去看電視！」

晚餐之後，丈夫很可能希望跟太太一起看個電影，或者出去散散步。另一半卻說沒空：「你沒看我一直忙嗎？這碗盤鍋子要不要洗？桌子要不要擦？」有些有潔癖的太太能夠每天花一個多鐘頭收拾。加上年歲大了，體力有限，收拾完，還能剩下多少情趣？

其實這也不見得是上了年歲的夫妻，年輕夫妻也常這樣，兩個人都在外面打拚，漸漸生活成了制式，吃飯成了功課，清洗打掃成了工作。卻忘了家是共有的，這不再是男人一定主外，女人一定主內的時代。誰有空、有體力，就可以為家盡一分力。

所以讓我在這兒建議作太太的，千萬別只顧做家事，忘了生活的情趣。更別一邊把丈夫往廚房外面趕，一邊怨做家事太辛苦。至於在外面衝鋒的，當你打完仗，跳下戰馬，就該好好享受一下家庭的溫馨。

還有，作兒女的，如果你還跟父母住在一塊兒，也幫助他們分擔一點家裡的大小事吧！這是一生難得的機會，因為當你完成學業、出去工作，這一出去，就難得回來了。快趁自己既有體力，又有時間，為父母付出一些，讓那兩位辛苦了半輩子的，能夠重拾一點生活的情趣。

第26堂

生活中，你不得不防的一些「拖延」陷阱

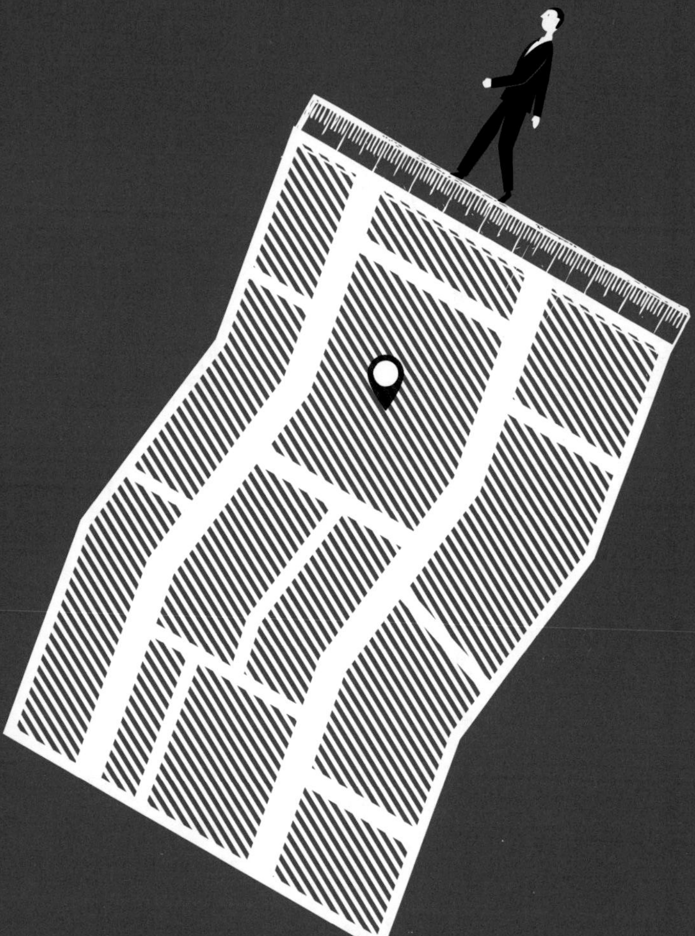

——最近好萊塢影劇大亨哈維．溫斯坦，因為幾十年來的性侵疑雲，鬧得沸沸揚揚。不但愈來愈多女明星出來指控，連馮小剛都在上海電影節上炮轟了。

馮小剛說：「哈維這個人，他經常跟中國電影人打交道，慣用的伎倆就是買我們電影的北美發行版本權。他一開始出價八百萬，別人一看這樣就不跟他搶了。他當時給二十萬美金訂金，等到電影拍完，他說這電影我不要了，退貨，你想賣給別人就晚了。這時候他再找你，只出一百萬。」

新聞上沒說馮小剛有沒有接這一百萬，但是如果換作是你，你怎麼辦？你不接，別人早就放棄了，你再回頭去求別人嗎？

求人就會弱勢，既傷面子又討不到好處。

先上車，再補票

這種狠毒的做法，其實相當普遍。舉個例子，多年前有一位收藏家去看新銳畫家的展覽，看上眼，在開幕酒會就宣佈，畫得太好了，我全買了！

如果你是這位畫家，能不興奮嗎？單單以收藏家的大名，要全部收藏，就夠宣傳了。

問題是，畫展結束，畫家把畫送過去。跟哈維．溫斯坦一樣，收藏家居然不認帳了。說：「真抱歉，手頭沒那麼多錢！」然後砍價三分之二：「你願意賣，就拿那三分之一的錢去，不願意賣，訂金給你，畫，我不要了。」

問題是，這時候你把畫抽回嗎？訂金是象徵性的，沒多少。而且話傳出去，大收藏家又不要了，不是成為反宣傳嗎？你的臉拉得下嗎？畫展已經結束了，一整個展覽的作品，你往哪兒送？又怎麼解說？大收藏家不要了，誰要？

當然，畫家認栽了。非但認栽，而且啞巴吃黃連，不能到外面說。說，只能害了自己。如果藏家再批評兩句，說他細細看了之後，覺得不值，所以反悔，這傷害會有多大？

官威太大，得罪不起

這跟哈維．溫斯坦的手法，不是如出一轍嗎？

溫斯坦為什麼能平安無事幾十年？

因為那些明星吃不起，讓溫斯坦得手了，告他，不見得會贏，自己前途卻麻煩大了。溫斯坦在那個圈子財大勢大，你得罪不起，只怕得罪了他，別的地方也不敢用你了。如果你沒讓他得手，他沒惱羞成怒，給你兩句負面的評語已經是萬幸了。那些女明星，敢告他性騷擾嗎？

正因為這樣，直到最近事情捅出來了，憋了一肚子氣的受害者才一一跳出來。

包養到她過氣

這讓我想起以前在臺灣有個電視臺的老總，只要看到很有潛力的歌星演員就搶著簽約，而且每次簽約都大發新聞。有人問他：「你有那麼多節目嗎？簽了一堆人，你用得了嗎？」

你猜那老總怎麼說？他說：「我簽下來不用，總比讓對手搶去好得多，這新人有潛力、有才華，對手很可能把他栽培成大牌，拿來對付我的大牌，傷害可大了。所以花點基本演員的薪水把他們養著，就算冷凍都好。凍到有一天，他們的威脅不大了，甚至過氣了，再釋出！」

你說，他狠不狠？問題是，這世界處處都有這種狠招，只是你不一定覺察而已。

把頭洗了再說

我去個理髮店，十張椅子，只有兩位師傅、一個洗頭小妹。我跟那師傅熟，笑問他怎麼忙得過來？如果他沒空，客人進來了怎麼辦？

「簡單嘛！先把頭洗下去！」師傅倒真說實話。

可不是嗎？說不定您就經歷過，進去先洗頭，洗完給你一杯茶、一疊書報，把你擱在那兒。

各位不要笑怎麼可能十張椅子，才兩位師傅？

想想，醫生診所，是不是可能才一位醫生，外面候診室卻坐了一屋子病人。他叫你掛了號，拿走你的卡，甚至收了你的錢，你怎麼辦？有些醫生大概懂得病人心理，怕病人焦急，他會設很多間診療室，先讓你在外面候診室等，再叫護士把你帶進診療室，量量血壓、秤秤體重。接著人不見了，你坐在診療床上乾等，等他出了一間，進一間，再出一間、進一間，最後輪到你，不知過去多少時間了。

「把頭洗下去！」「把號先掛好！」就好比先把米扔進鍋裡，然後加水，然後，連煮都不煮，過了很久才開始煮，卻煮好了還不開鍋。

你能怎麼辦？米已經泡了水，你把米拿回去嗎？飯煮了一半，不等熟，你就掀鍋蓋嗎？號掛好了，你不看病了，要求退錢、走人嗎？

我們經常受害，都因為頭被洗下去了、錢繳了、人被帶進診療室了。

當生米煮成熟飯

再舉個例子：

我鄰居房屋改建，應該一年就完工，他卻足足耗了三年。我問鄰居怎麼回事，鄰居苦笑，說他當初其實很小心，問能不能盡快動工，建商說沒問題。他就用了那個不必讓他等的建商。

對方也確實準時開工，兩三下把舊房子拆個精光。但是接著人不見了。三催四請，終於回來打地基，挖了半邊，挖土機留在工地，人卻不見了。等到工人再出現，地基挖好了，又說要等，等地基穩固，再打水泥。

總之一句話，每個階段完成，工人就不見了，說是要等下一批工人進場。最後連屋頂木板都釘好了，卻沒有人來上瓦。只見屋頂上鋪著黑塑膠的防水布，經歷一整個冬天，半點消息都沒有。

我鄰居實在急瘋了，打電話罵建商，建商推得一乾二淨，說：「我是立刻把舊房子拆了啊！可是別的工班跟不上啊！我也著急啊！」又說冬天結冰結霜，滑得要命，怎麼能鋪屋瓦？要是工人摔下來怎麼辦？你總不會喜歡新房子沒進住，先摔死人，成為凶宅吧！

各位！這不是等於「把頭先洗下去」，或者收完掛號費，把人先帶進候診室，而且一間等過一間嗎？

遇人不淑，再嫁也難

在工作忙，競爭又很激烈的情況下，生意人往往不考慮他做得了做不了，先把客戶抓住再說。他們甚至先想好，大不了讓你扣錢，這要被你罰的錢，他早放在預算裡了。

問題是，你就算罰了他的錢，又能抵得上你的時間和精神損失嗎？

為了避免這種情況，你千萬要把商家調查清楚，他有沒有能力接你的工作？還是說他會轉手，二包三包四包出去？

此外，他就算有能力接，他有沒有空接？這跟選餐館的道理一樣，你不會選門可羅雀的餐館，因為東西八成不好吃，所以沒人上門。而且東西放久了，容易不新鮮。

問題是如果你去個生意好的餐館，看門口排了長龍，大家都在等，你可以等也可以不等，大不了換別家。但是當你知道一家公司，夠大，人也夠多，設備還齊全。並不代表他就能好好為你做。為什麼？因為他生意接不完，除非你的生意夠大、你的後臺夠硬，難免被他拖延。

為了避免這種情況，你必須事先講好。譬如你去美髮，進門先問，或者打電話先預約，說清楚，你幾點鐘有事，非離開不可。

先小人後君子

至於比較大的工程，你不但要先講好，還得白紙黑字寫清楚，什麼時候完工交件。非但寫好時間，而且連罰則也要寫清楚。遲一天罰多少！

要知道生意人是很怕這種白紙黑字的，有些人可能聽說你要寫清楚，他害怕，就不做了！

他不做正好，表示他對自己沒信心。他對他自己都沒信心，你能信他嗎？

如果他寫好也簽好了，這份合同保證會成為他的壓力，逼得他寧可拖延別人，也不敢拖延你。

我甚至建議，即使是家裡的小裝修，也要簽約。而且你可以找大公司做小工程，因為大公司有一定的合約，即使是小買賣，也會跟你簽約，而且為了它的信譽，大公司不太敢亂搞，犯不著為你這麼個小買賣把信譽砸了。

你也可以找小商家簽合約，小商家多半抗拒簽約，但是如我前面說的，只要他簽了，就不一樣。因為改天你告他，他受不了。他就那麼幾個人，跑兩趟調解的法庭，耗掉幾天時間，生意就垮了。

債多人不愁，虱多皮不癢

說到這兒，我必須叮囑一句，即使你簽了約，也得盯著工程進度。因為當生意人勉強接下你的工作，他卻做不來，就難免拖，拖到後來，怕被你罰，又非趕工不可。結果沒日沒夜地做，雖然及時完工，但是品質不佳，搞不好上一個階段沒完，就硬是進行下一個階段的工作，短時間不出問題，以後也會出問題，到時候找他已經來不及。

還有一點是趕工會製造人情的壓力，舉個例子，你請人裝修，說好過年前要完工，他明明做不來，還是硬接，到年前幾天，他一家子都出動了，甚至背著孩子為你粉刷油漆。孩子哭、大人喊，當他深更半夜，滿臉油漆滿身大汗，一邊哄孩子，一邊告訴你終於完工的時候，你明明不滿

第27堂

干擾少些，創意才能多些

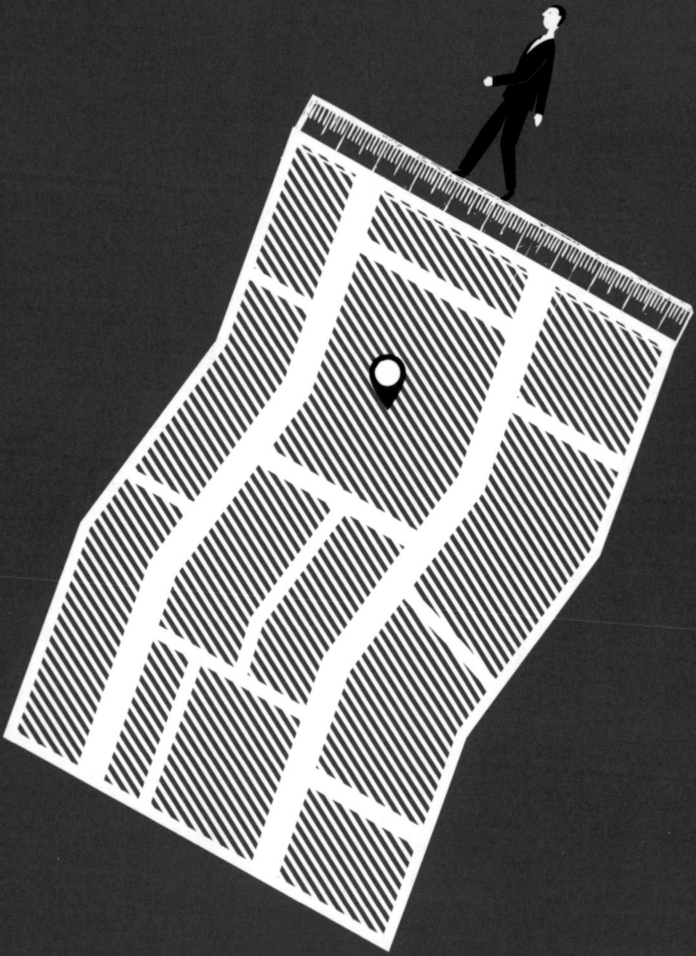

——前幾天跟一位資深電影導演吃飯，閒聊的時候我問他對現在新銳導演的看法。沒想到這位一向很自負的老導演居然先歎氣，然後很乾脆地說：「我趕不上這些年輕人。」我問為什麼，資深導演說：「因為他們是玩出來的，我們是磨出來的。」我說：「磨當然比玩好啊？」導演又一笑：「我是在片場磨出來的，從小弟、場記、燈光、場務，一路爬到導演，好處是我被狠狠地磨過，不太會犯錯。缺點是，我打不開現成的框框架架。至於那些新人，他們可能剛從學校出來，搞不好根本不是學電影的，所以老犯錯。問題是犯錯歸犯錯，在錯裡面卻可能有對，有那些我這種老人怎麼都想不到的點子。在今天這個時代，你不犯錯容易，有創意卻難啊！」

這是一段多麼耐人深思的話！過去我們認為設個規矩去磨練比什麼都重要，卻忽略了某些制式的教育可能扼殺創意。

大人別多嘴，讓孩子自己想吧！

教育非常重要的就是要開發孩子的潛能，讓他們能夠獨立思考、發揮創意，讓我舉個最簡單的例子：

我在辦「簽售會」的時候，常常有爸爸媽媽或爺爺奶奶帶著小孩兒來，看到小孩，我多半會跟他們講幾句話，譬如問：「小弟弟今年幾歲啊！」多半的孩子立刻就會答他幾歲，但是也有些小孩兒會怔在那兒，然後回頭看大人，大人再提醒小孩說：「說啊！你今年幾歲。」小孩才照樣回答。

可能各位會說因為小孩緊張，所以看大人。這或許對，那些沒有大人陪，自己跑來跟我說話的小孩，確實多半答得很爽快，甚至很快、很大聲，還很神氣地說他幾歲。相對的，有大人陪的小孩，可能比較怕生，也可能比較依賴，所以常常會徵求大人的意見，才答。

問題是，這表現的差異完全因為小孩怯場不怯場嗎？怯場會不會跟大人有關？

我曾經花很長時間觀察小孩答問題的情況，包括我自己的孫子孫女在內。

我發現當你問小孩問題的時候，他答不上來，四周的大人常會幫他們答。祖父母通常最愛幫忙，其次是媽媽。好像小孩答不上來會丟他們的臉，再不然是不忍心為難小孩。

問題是你不讓小孩自己想，你能跟他一輩子嗎？

所以我曾經跟家人說，如果問小孩問題，大人不要多說話，讓孩子自己想，只要那題目合於小孩的程度，就都別吭氣，甚至大人可以走開，讓小孩自己想。

因為只要有大人在，尤其是過去總幫他「解圍」作答的大人在，小孩就會有依賴性，他覺得每一秒鐘，旁邊都可能有個人告訴他答案。各位想想！如果是你，當你一心想著旁邊有人幫忙，你還會全心全意地想答案嗎？

搞不好，這時候小孩的腦海反而變成一片空白。

用餐點菜也能反映個性

我曾經在紐約餐館看見一家老美，父母帶著兩個小孩，服務生送上菜單，大人有大人的，小孩有小孩的。

小孩的菜單很簡單，大概就那麼兩三樣，其中一個孩子馬上決定了，另一個小孩卻選來選去，一直拿不定主意。大人居然完全不管那小孩，三個人的菜都上了，那個沒點菜的小孩還在傷腦筋。

我當時覺得有點奇怪，但是後來想，如果一個孩子連點菜的時候「三選一」，或「二選一」都沒辦法決定，怎麼成呢？

別說小孩了！在這個社會，尤其是職場，大家想想，如果聚餐的時候，菜單送上來，有人看一下，很快就決定吃什麼。甚至連開胃前菜、湯、主菜都很乾脆地說出來，是不是會給人很smart的感覺？相反的，如果有人想東想西、問東問西，不斷徵詢四周人的看法，還沒辦法決定，是不是給人優柔寡斷的印象？

依賴常會「弱化」獨立思考的能力，尤其是創意。

該讓專家發揮創意的時候

舉個例子，今天你買了新房，是「毛胚屋」，要隔間裝潢，你把設計師帶去，有兩種做法：

第一，你告訴他你家裡有多少人，年歲跟生活需求大約怎樣，然後讓設計師提出構想。

第二，你告訴他你希望進門是什麼樣子，臥室是什麼樣子，窗子要怎麼開、燈光要怎麼打。

請問，如果是你，你會用第一，還是第二。

且不說誰對誰錯，大家先要知道你請的是誰？是不是專家？他是專家，抑或你是專家？如果你是，你又何必花錢請設計師來？

還有，既然來了專家，你何不好好利用這位專家，先耐下性子，聽聽專家的建議？說不定設計師提出的構想，是你原先沒想到，又好得多的。

就算你自己很內行，既然請專家來，也要讓對方發揮創意。舉個例子，我寫的書常常在臺灣先出繁體字版，再到大陸出簡體字版。

臺灣的出版社知道我是藝術家，而且以前都親自設計封面，常會先徵求我對封面的想法。這時候我會說，既然由你們出版，就讓你們的美編發揮創意，我不適合置喙，因為藝術家要尊重藝術家。

等到大陸出版，我又會叮囑大陸的出版社，不要完全照著臺灣的版面設計，原因是，大陸可能設計得更好。

他們往往讓我有意外的驚喜。

再舉個例子，我有位朋友買新房，先跟我說他要怎樣裝潢隔間，貼什麼壁紙、漆什麼顏色，鋪怎樣的地面。等到真正喬遷，我去賀喜的時候，卻發現跟他原先的構想差了十萬八千里。原因是，他聽了設計師的建議，推翻了先前自己的想法，出來的成果比他原先想的好得多！

相反的，如果你不等設計師先獨立思考，就好像囉嗦的家長，先說一堆，孩子沒了自己想的機會，設計師也可能失去發揮創意的機會。尤其是那些比較沒有創意的人，圖省事也圖討好客戶嘛！既然你一開始就這麼說，他就乖乖照做。做錯是你的想法，他連責任都不必負。除非那是個有堅持有主見，甚至說有良心的設計師。

我有位朋友把舊房子拆了，全部改建。我先介紹一位設計師給他，沒過幾天，他說兩人談不來。

那設計師也跟我說他做不來，因為業主太外行，卻處處堅持，設計師基於他的職業良心不能做，如果做了，讓其他專家看到，會挨罵。設計師舉個很有意思的例子，說：「如果你硬讓裁縫把扣子和扣眼釘在不對稱的位置，別人看到，是罵你，還是罵為你做衣服的人？」

問題是，那房子還是蓋好了。我那朋友終於找到一位對他唯命是從的設計師。我朋友怎麼說，設計師就照做，連用大腦都省了。只是後來去過的人，都偷偷議論：「奇怪！他花了不少錢，怎麼做得怪怪的？連大門在哪裡都讓人搞不清？」

看醫生還是指導醫生？

或許各位會說，您不裝修房子，更別提重建了。那麼讓我談談最常見的例子吧！

如果你今天胸口和肋骨的地方有點痛，去看醫生。你是把病情說給醫生聽，讓醫生給你檢查呢？還是一進門先講：「醫生啊！我剛旅行回來，路上這兒就疼，八成提行李傷到了，上次我去旅行回來，也痛了好一陣。」再不然你說：「胸口疼，八成又食道逆流了，老毛病，給我開點制酸劑吧！」搞不好，你連藥名都報給醫生了。

這年頭尤其醫生多忙啊！病人一堆，等在門外。聽你這麼說，他會不會就不往別的方向想了？乾脆給你開點止痛、肌肉鬆弛劑或制酸劑就算了？

問題是，如果你才回家，就倒在地上，心臟病發死了，到底要怪誰？

說話有個要嚴格遵守的原則，是無論你多麼愛講話，看醫生的時候，除了詳盡地說出你的病況，其他的推論先別講，你要等醫生自己去為你檢查、為你想。等他想完了，你再提出自己的想法、自己的推論！雖然久病成良醫，生病的人常知道，尤其久病的人比誰都清楚自己的身體狀況，問題是會不會這次猜錯了？甚至一向猜想的都錯了？

還有，連醫生為你開藥的時候也一樣，除非他主動問你，你最好在旁邊也別多講話。這好比當你數鈔票的時候，不希望別人打擾。很多時候醫生開錯藥，都因為病人在旁邊囉嗦，讓他分心了。

我為什麼這麼說，因為我的醫生就有兩次給我開錯藥。一次是漏開了，一次是劑量錯了。都因為我跟醫生太熟，他一邊開藥，我一邊跟他聊天說笑話。

下象棋的時候，棋盤上常寫著兩行字：「觀棋不語真君子，起手無回大丈夫。」當別人需要專心，自己思考、自己負責的時候，旁邊人千萬別自作聰明，免得對別人造成干擾，也免得到頭來自己吃虧！

第28堂

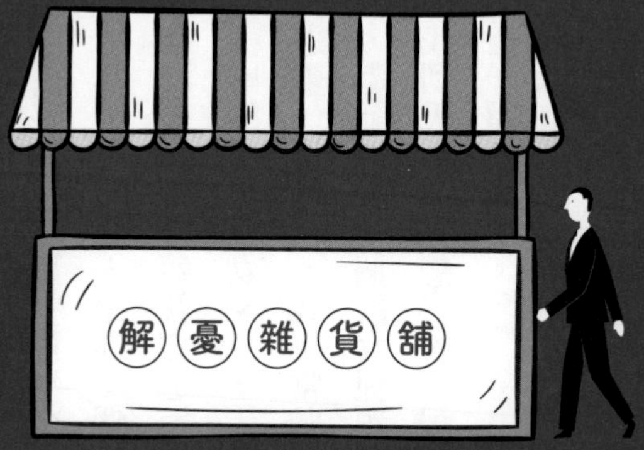

跟青春期的孩子交朋友

「解憂雜貨舖」是互動的環節，目的是跟聽眾和讀者做雙向的溝通，今天選的是「善報善終」聽友的來信。他的問題是這麼說的：

「我女兒今年十歲，她現在對任何事都漫不經心的態度怎麼辦？我又看不慣她懶散的樣子，就忍不住囉嗦幾句，但她就是不出聲，讓你一個人怎麼說都不理，不知道該怎麼辦？」

提到女兒，我以前還沒生女兒之前就知道這個「爸爸前世的情人」是不好對付的。那時候我在大學教國畫，有不少美國的中年婦女來學。大家圍著桌子看我示範之後，再回自己的桌子畫。因為很自由，也就會一邊畫一邊聊天。我經常聽見她們抱怨女兒，一下子說跟女兒又吵架了，一下子說女兒用沉默抗議，還記得有一個說女兒跟她頂嘴，一摔門，半夜跑出去，害她和老公兩個人整夜開著車四處找，找到天亮，正想去警察局報案，赫然發現女兒居然好端端地睡在床上，猜想小丫頭一定是半夜爬窗子溜進來了。

總歸一句話，女兒到了青春期就很難應付，而且不知道為什麼特別會找媽媽的麻煩。其實男孩也差不多，他們成熟比女生稍稍晚一點，到了青春期的叛逆表現卻比女生強，而且恰恰跟女兒相反，男生容易跟父親衝突，我兒子以前就常跟我大吵。

什麼是青春期？為什麼到了青春期的孩子會有叛逆的表現，很簡單！因為他們大了，個頭高的有些都超過父母了，表面上他們很強壯，可以獨立了，偏偏還是什麼都得靠父母，搞不好連早上起床都得父母喊，連穿多少衣服都得問大人。

這下子矛盾了！一邊是要獨立，一邊是還不能獨立，一邊是要自己作主，一邊又處處不能作主。很簡單！舉個例子：他們晚上不睡，你三催四請他們就不去睡，好多父母為這個也不能睡，陪著、等著少爺小姐就寢。但是沒隔幾個鐘頭，該起床了，他們又不起，怎麼叫都起不來。這時候做爸媽的人難免會罵：「晚上不睡，早上不起。」這話一點都沒錯，他們沒半句好辯，但是他們心裡可矛盾啦！

晚上不睡，就是不睡，是他們要作主。

早上不起，硬是不起，是他們很無能。

前面才神得要死，後面接著就不神了。你說，這些孩子心裡能不矛盾嗎？他們丟人哪！他矛盾，他丟人，他怎麼表現？他們沒臉表現，就可能一肚子說不出的不爽，早上拉個臭臉。如果這時候你再「哪壺不開提哪壺」，罵他幾句「晚上不睡，早上不起，沒出息！」這類的話，他們就更要惱羞成怒了。惱羞成怒，卻沒理能跟父母辯，只好掛個臉，或者你送他上學，他連聲拜拜都不喊，搞不好還重重地關上大門或者車門，揚長而去。

今天這位「善始善終」的聽眾說他十歲的女兒不吭氣，八成就因為孩子已經開始進入青春期了。尤其在那個要進未進的時候，他們特別矛盾。他們要獨立、要離開父母，卻還不能獨立，想黏著爸爸媽媽。一腳要離開家，一腳離不開家的矛盾，是最麻煩的。

這時候父母跟孩子溝通就得開始講究。因為過去小孩子多半認為父母是對的，只會抗議，不太會唱反調。

「抗議」跟「唱反調」可不一樣喲！抗議，舉個例子，你叫他快回家！他抗議，說他才在外面玩一下，要再玩一陣。這是抗議。

至於「唱反調」常常是沒道理的。我兒子劉軒上了大學，回來對我坦白，說得最妙，他說：「老爸，你知道為什麼我以前，你說東我就要說西，你說黑我就要說白嗎？我明明知道你對，我錯，但是就算我錯，你總得讓我自己錯一回吧！」

瞭解了這一點，各位有青春期子女的家長，你就要先解開這個結，對青春期的孩子，有時候你很難講理。你那大道理，他從小到大已經不知道聽幾千萬次了，他不是不知道，也不是不知道你講得有道理。

問題是，他就是要不講理，他們存心跟父母對著幹啊！所以這時候你不能直接再拿你的大道理壓他。你壓他，他可能一臉不以為然的樣子，或者不吭氣，再不然自己窩在屋子裡，躲著你！

為什麼他們這麼表現？因為他們不敢面對你，他們知道講理講不過你。

這時候你千萬別貶抑他，因為愈是理虧的人愈恨得理不饒人。既然他們長大了，翅膀硬了，要作主了，你就愈得尊重他，把他當大人看。也可以說，你不能再用以前管他的方式劈頭就罵，甚至動手體罰了。

他是大人，是獨立的個體，你得以平等的方式跟他溝通，也可以說跟他討論、向他請教！

既然是討論、請教，你能一邊炒菜，一邊面對著電視，一邊訓孩子嗎？

各位想想，當孩子放學回家，如果你正在炒菜，一臉汗水、一頭油煙，然後轉身就問話、訓話，你有威儀嗎？

俗話說：「兒不嫌母醜、狗不嫌家貧。」各位要知道不嫌母醜的多半是很小的孩子，當你的孩子大了，他會開始比，你知道你家大小姐看見你滿頭滿臉油煙，對她大罵的時候，她心裡會怎麼想嗎？

他們心裡可能會往兩個方向想，一個是媽媽罵人的時候真不漂亮，甚至很醜，看了就厭煩。另外有一個想法，是他們會偷偷地心疼妳，天哪！我年輕美麗的媽咪，為什麼會變成這樣？但是後一個感覺是隱性的，孩子可能在心靈深處這樣心疼妳，卻非但不會說出來，還因為不願意接受父母老去的現實，而有逃避的想法。

要教訓孩子，先得挑時間、挑地點

你既然把他當大人了，你就更要像個大人的樣子。話說回來，當你最狼狽的時候，最好別去訓孩子。要訓也要先把你自己收拾好，從容些、大方些，再跟他談。

談也要看場合，舉個例子，老爸坐在沙發上看報，見到兒子經過，於是把報紙放下來，從老花眼鏡上面，盯著兒子訓話，這場面好嗎？是作父母的有利位置嗎？

當然不是！第一，孩子經過，你冷不防把他抓住，太不正式了，當然沒有力量。

第二，他如果站著，你坐著，孩子青春期可能已經長得高大，好大一截寶塔，後面又是天花板上的燈光，他大大的黑影壓在縮在沙發裡的你。你有威儀嗎？

既然他要作大人了，要獨立、要平等對待了。你就要順著去做。首先，就算要訓話，你也要先尊重他。

就算在家裡也可以約好了見面

舉個例子，你可以對孩子說：「孩子啊！今天爸爸有點話要跟你說，等會兒，九點鐘，爸爸到你房間談，好不好？」

告訴各位，常常你這麼幾句話，孩子先縮了一半。他會想：「奇怪！以前老爸都不這樣，今天怎麼了？我出什麼大問題了？還是家裡出什麼問題了？不會是老爸老媽要離婚了吧！」

總歸一句話，即使你要訓話，也得跟他約。到時候你去敲他的房門，就算他開著門等你，你也可以先敲敲門板：「現在可以跟你談談了嗎！」

然後，別說是他坐著、你站著，因為長輩站著，孩子大剌剌坐著，你會有失身分。但是也別叫孩子站起來，你們兩個站著面對面談。因為這樣壓力太大，容易衝突。你最好也端把椅子，坐在孩子旁邊談。如果是非常嚴肅的問題，你可以跟他面對面坐著。否則各坐在桌子的一側，略略轉過身，會有一些緩衝的作用。

還有個好方法，尤其是父子談事情，可以兩個人出去散步，併肩走，邊走邊談，因為你們兩個人面對的是同一個方向，有共同面對問題的氛圍，而且因為不是面對面，可以降低敵對，增加共識。加上只有你們兩個人，不必顧忌別人偷聽或者插嘴，也比較能敞開來談。

母女也像手帕交

至於母女，最好的方法也是兩個人面對同一個方向，而不是「面對面」。舉個例子，妳可以叫女兒坐你同一張沙發上談。更可以到女兒房間，先坐在她床邊，再叫她過去，跟媽媽並排坐著。

還有個更好的方法，是媽媽擠進女兒的被窩，記住！妳得先問她，能不能跟她小時候一樣，讓媽媽坐在她床上，否則那小叛逆會不高興的。

當小丫頭恩准妳跟她一起坐在床上、擠在被窩裡，就凡事都好說了。為什麼？因為那會在潛意識當中喚起母親懷抱的記憶，而且母女靠在一起，敵對性容易消失。這時候如果妳再拉著她的手，很溫和親切地問：「女兒啊！心裡有什麼事，有什麼不痛快，跟媽說！」

許多她原先藏著的、堅不吐實的，都會傾訴而出了。

一個傾訴，一個傾聽，許多壓力、許多解不開的結，都能釋然。

第29堂

別讓劫財變劫色，談情變談錢

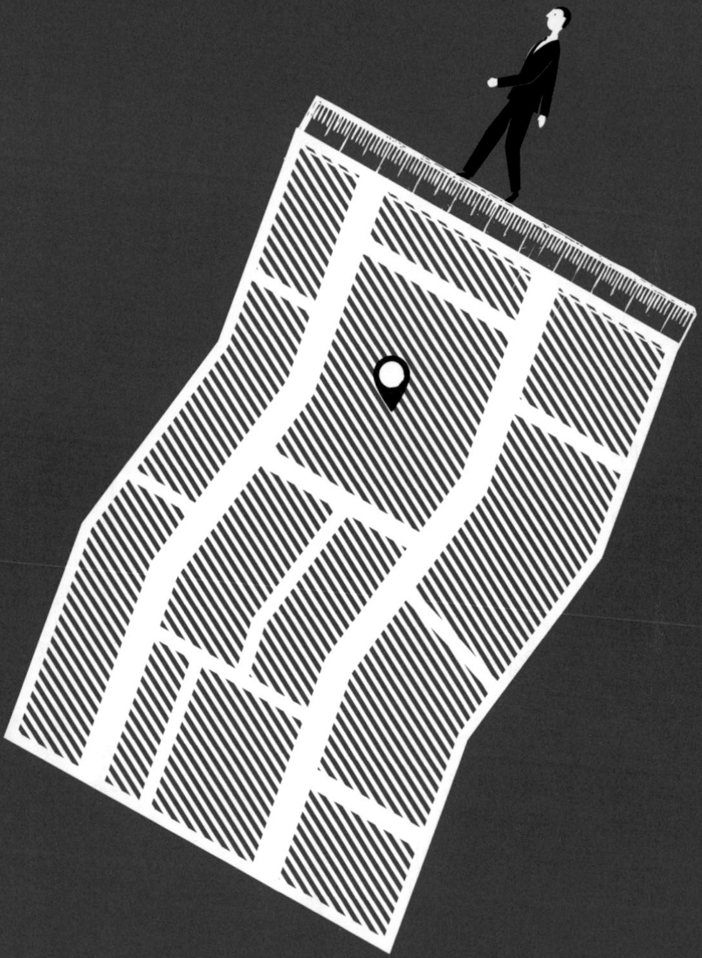

——我兒子以前在曼哈頓念高中的時候，紐約的治安非常不好，常常有搶劫的事。學校一方面叮嚀學生小心，一方面居然教學生怎麼被搶。也就是實在躲不過搶匪的時候，用怎樣的方法去面對，才能避免受傷。

學校跟學生們說，第一點，你不能讓搶匪認為你要攻擊他，否則他可能先動武。所以如果穿了外套，而你的錢在裡面的上衣口袋裡，千萬別伸手去掏錢。因為外套遮著，搶匪看不到你的手，會誤認為你可能去拔槍。學校甚至說必要的時候你可以把外套左右拉開，露出裡面的上衣口袋，讓搶匪自己拿。但是，女生絕對不能讓搶匪伸手，以免搶匪由原先的「劫財」變成劫色。

小心補牙變植牙

或許各位說你住的地方治安很好，不必學這一套。但是我必須講，避免造成對手轉換焦點，是非常重要的處世技巧。

舉個例子，今天你去看牙，最好別一去就先自己問：「這牙還保得住嗎？會不會得拔了，是不是要植牙？」

原本醫生很可能給你消消炎、治療一下牙周，或者只是抽神經補一補就成。他會不會聽你這麼一說，乾脆建議你拔掉植牙算了？

好比我院子裡的一棵樹生病，我問園丁該怎麼除蟲治病，但是多說了一句話：「能救嗎？還是得挖掉再種一棵新的？」

園丁本來正想怎麼噴殺蟲藥，或切掉感染的部分，聽我這麼一說，會不會立刻改變了方向？當然挖掉或砍了方便，既省掉噴藥殺蟲的工夫，還因為買新樹，重新種下去可以多賺一票啊！

希望大事化小，就別小事做大

再舉個例子，你屋子漏了，找瓦匠來。你應該只告訴他屋子漏水了，漏在哪裡，指給他看，然後請他自己去找出問題。他很可能爬上屋頂檢查之後告訴你，哪一塊瓦鬆了、哪裡裂了，下面的木板也有損傷，得把那塊木板換新，重貼防水布，再換幾塊瓦。

但是當他爬上屋頂，掀開瓦，說瓦壞了，屋頂木板有損傷的時候，你能說「我看這屋子老了，只怕過不了幾年就得整個換新瓦了」嗎？

就你這麼一句，很可能他立刻轉變了焦點，開始想「你不排斥整個換，也八成有這計畫、有這預算」。於是順著你的話說：「真不行了，下面都爛了，就算修，也撐不了幾天，乾脆現在就全換了吧！多花不了多少錢，卻一勞永逸，比東補一塊西補一塊好多了！」

這時候如果你說不換，修修就好。你認為他會非常認真為你修？還是大有「死馬當活馬醫」的意思？

因為當他轉了焦點，發現有更大的利益可圖，甚至已經打定主意：這屋頂是非換不可！這時候你要他「回頭」，他八成不爽。更糟糕的是，有些壞心眼的人，表面照你說的修一修，目的是先接下你的生意，然後一邊拆瓦一邊歎氣，愈拆愈大，最後雙手一攤：「老闆！不行耶！一大片都爛了，你看怎麼辦？」他甚至會請你爬上屋頂看，把「小事」說成「中事」，把「中事」說成「大事」。

問題是瓦已經拆了一大片，他說沒救了，你聽還是不聽？

如果你說暫時小小修一下，對付一陣子，他能細細為你修嗎？連你這業主都不看好，他能看好嗎？

我自己也碰過這類事，是我浴室的磁磚掉了幾塊，請水電工來，他說裡面的水管有漏，得把牆敲開修水管，然後補水泥和磁磚。

我問磁磚能找到一樣的嗎？

工人說：「這很久了！當然找不到了！」

我苦笑說：「那看起來會不會很難看？搞不好得換一整面？」

好！就我這麼一句話。水電工立刻改變了焦點，拿起鏟子往牆上好端端的瓷磚下面用力鏟，劈里啪啦鏟下一大片磁磚，掉到地上都碎了。他一邊鏟一邊說：「乾脆要換全換了吧！你看都老了，要掉了！」

我們前面幾集聊過轉變焦點，譬如你胸部疼痛，別進門就對醫生說你可能是旅行提行李箱傷到，以前每次旅行回來都這樣。免得醫生原先該往你心血管的方向去想，聽你這麼一說，病人又多，就不去想了。

那些都是轉變了「注意」的焦點，今天談的轉變焦點，則是轉變了「利益」的焦點和「興趣」的焦點。

別讓孩子跟你談條件

連我以前在美國大學教書，都發現了這一點：為了鼓勵學生回答問題，每次我問比較難的題目，看下面一片沉默，就會問：「誰能答？誰知道答案？」沒反應，我會再加一句：「加分喲！答出來的加分。」

起先這一招很管用，大家搶著答。但是後來學生的焦點轉變了。當我問問題的時候，常常他們不答，先問：「有沒有加分？」

也可以說學生由學習的樂趣，轉向了「得分的利益」。

上課時答老師的問題是應該的，怎麼反而跟老師講起條件了呢？

同樣的道理，有些家長為了鼓勵孩子做家事，會給錢，洗碗多少、吸塵多少。結果明明家是一家人的，父母忙不過來，孩子幫幫忙，是「義務」也是「親情」，孩子卻也可能漸漸轉變焦點，變成每次都要跟父母討價還價，沒錢不做。這不是糟透了嗎？

別誘使員工跟你講條件

帶領員工也一樣，今天你做大老闆，看見外面傾盆大雨，還有個員工出去為公司辦事，回來一身濕透了。你這個老闆可以誇讚幾句，但是你能從口袋裡掏出錢「立馬打賞」嗎？

你賞，是夠派頭，夠爽！一片叫好。但是你要想想，今天下大雨，他濕透了，改天別的員工也一樣，你賞不賞？搞不好，改天哪個員工也落湯雞地進門，你沒看到，他還特別跑去你辦公室讓你看看呢！

如果那是工作，大家應該共同努力，你可以有一定的考核辦法，卻不適合「立馬打賞」。因為這樣做，會跟前面說的學生答問題、孩子幫忙家事，要加分收錢一樣，轉移了焦點。

會溝通的人，不主動讓別人轉換焦點，也避免別人轉換焦點，譬如劫財別變成劫色，講情別變成講錢。

是情感就別混入金錢

對於生意人，尤其要注意，即使你跟他是老朋友，除非必要，也最好別把你自己跟他的利益掛在一起。

舉個例子，我有一天去逛畫廊，老闆知道我是畫家，就帶著我一邊看、一邊解說，兩個人聊藝術，聊得挺高興，但是當我們看到一張畫，我說：「啊！我收了他的作品。」畫廊老闆眼睛立刻亮了，問：「您也收藏？」我說：「是啊！我收不少東西。」

這下麻煩了，由原先談藝術變成談市場、談收藏，畫廊老闆立刻把話題轉到了賣畫。真可以說是一路推銷，等我告辭，沒買畫，看得出他一臉失望的表情。

只怪我看畫就看畫，欣賞就欣賞好了，不該說到我也收藏。但是有時候，你沒講錯話，對方卻可能把他的利益跟你的人情攪在一起。

大家或許都有經驗。你無話不談的老朋友，突然間變了，從見面就繞著同一個話題轉，你跟他談別的，他好像都聽不見了。

而且，所謂「好東西與好朋友分享」，他不是要你買什麼，而是要救你，簡直像傳教似的。

大家八成猜到，他搞了直銷。

在這兒我要說，對來向你直銷的，你要諒解，他們為了升什麼紅寶級、藍寶級、金鑽級，有業務壓力。你也要諒解，直銷團體的「群體催眠」有很大的力量，他們可能確實堅信自己的產品了不得。

應付這情況，除了諒解，有一招立刻管用！就是買他一個產品。只要你覺得跟他的情分，超過他產品的價錢，就乾脆買下，表示支持。常常花不了多少錢，卻能保住朋友的交情。

遺產是親情的最大殺手

最後，我要說還有一種焦點的轉變，最令人傷心。

就是當父母老了，他們有錢、有寶貝，又有許多子女的時候，常常對父母本來就應該的孝心，也會轉變焦點。以前見到媽媽問：「媽！您這臉上的老人斑，好像多了耶！我可以帶您去雷射美白。」

現在可能問：「媽！您以前常戴的那副翡翠耳環還在嗎？」

下面的話我就不說了。

當人老了，要有智慧處理子女轉變焦點的問題。處理不好，麻煩大了！這是另一門功課，咱們改天再談！

第30堂

人生是一連串的再學習、再出發

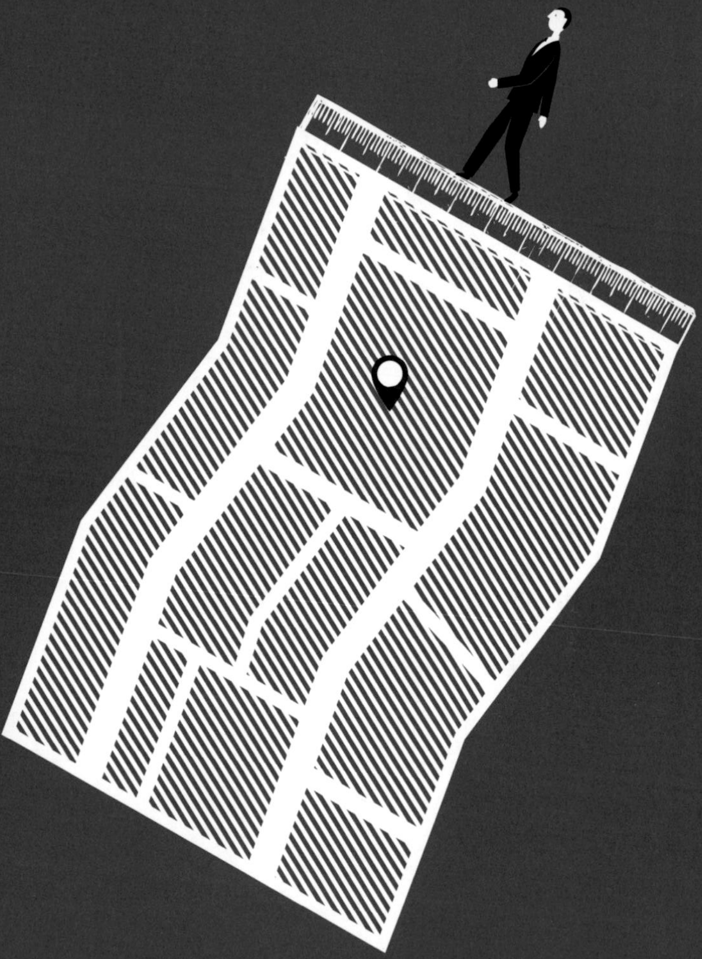

——我女兒是美國出生的，為了教她中文，她小時候我除了每個禮拜固定時間給她上課，也總是在餐桌上考試。因為吃飯的時候，她坐在我對面，保證躲不掉。有一天我考她：孔子說他十有五而志於學，三十……

她說：「而立！」

「四十？」我問。

「而不惑！」

「真不錯，那麼五十呢？」

「而知天命！」

「真棒！六十呢？」

「六十……六十，」她想了一下，摸摸耳朵說：「而耳順！」

「太神了！」我接著問最後一個：「七十呢？」

「七十……七十……」她想了又想：「……七十而從心所欲，……什麼不矩……」

我沒答，等著她說，旁邊八十歲的外公說話了：「成了！答對了！七十歲是不舉了！」

這時候小丫頭很不服氣地看看外公說：「那麼外公八十了，八十怎麼辦？」

這下子輪到我答不上了！可不是嗎？孔子那時候，醫藥保健不發達，人都活不長，七十已經是古稀之年，沒幾個人能活到七十歲，孔子也只活到七十二歲。

當壽命加倍，人生規劃能不改變嗎？

問題是現在的人平均壽命都延長了，有研究說現在出生的孩子能活到一百二十歲。連退休年齡，以前是五十歲，現在是六十，最近更有人主張七十歲退休，未來很可能八九十歲才退休，人們的生活方式和生活態度能夠不隨著改變嗎？

我以前看西方傳教士上個世紀初在中國農村的調查報告，說中國人的理想是「三代同堂」，其實農村的平均壽命很短，男人常常三十幾歲就死了，三代同堂少之又少。換作今天，總是聽見誰作爺爺奶奶了，我老岳父今年九十八，早做曾祖父了，三代同堂根本不稀奇。

早年在中國，丈夫死了，還在世的妻子，出殯的時候常要哭天搶地抱著棺材，甚至有些「未亡人」會喊著你別走啊！用頭去撞棺材，撞得滿頭是血。她可能確實捨不得丈夫，也可能要表現給四周的親友看。

問題是，如今壽命長了，老公九十歲走，八九十的老太太，也要去撞棺材嗎？也要表現多麼捨不得，會為丈夫守寡一輩子嗎？

我有個朋友說得好：「以前說家裡男主人死，得倒楣三年。那是因為男主人常常在壯年就死了，把太太孩子留下來，生活難免困難。換作今天，八九十歲才走人，加上有社會保險，還倒楣三年嗎？只怕家人反而變得比較輕鬆呢！」

我朋友這段話說得可能有點謔，但是不是也有他的道理？

從哀樂中年到哀樂老年

二三十年前，就常聽人說「哀樂中年」，四十多歲的中年人，下頭要照顧小的，上面要照顧老的。是啊！四十多歲，孩子可能才十歲，甚至不到，上面卻有六七十歲的老爸老媽要照顧。

但是現在說法又改了，說現在是「哀樂老年」。因為大家壽命長，子女已經進入老年，上面仍有父母要照顧，結果是六七十歲的老子女，照顧八九十，甚至上百歲的父母。

當人們的壽命變長，很多事情都會改變，民俗可能改、社會福利、醫療制度必須配合，甚至連學習和就業的方式也得跟著改變。

牌子重要還是本事重要？

在農業社會，常常是「克紹箕裘」，父傳子、子傳孫，許多特殊的技術都一代傳一代，所以說「家有萬貫不如一技在身」。

進入工業社會，教育普及了，大家重視的是學歷，動不動就說誰是某某名校畢業，好像只要拼上好的大學，下面幾十年，靠那張畢業證書就不愁了。

問題是今天還這樣嗎？

當然還這樣，你能進好的大學，表示你的程度好，加上重點大學師資好、同學好，當然畢業之後大家搶著要。

但是從另外一個角度想，那些一般職業學校畢業，甚至沒上過大專學校，全靠「自學」的人就一定差嗎？很簡單，看看微軟的比爾蓋茲，看看蘋果的賈伯斯，一個大學念一年，一個連一個學期都沒念，他們差了嗎？尤其在這個網路資訊發達的時代，很可能教授在上面教課，下面學生已經從網上得到最新的資料，發現：「教授，您過時了！」

嘴上沒毛本事不差

以前是「嘴上無毛、辦事不牢」，現在也不一樣了。

多少「嘴上有毛」的人都有這樣的經驗，電腦出問題，滿頭大汗搞幾個鐘頭都沒辦法解決，正好「嘴上無毛」的兒子、孫子經過，就請他們幫忙，只見他們探過頭看一眼，再伸手，劈里啪啦，沒幾下，嘴上有毛的還沒看清楚呢，沒毛的已經把問題解決了。

以前年輕人非出去闖天下不可，現在好多年輕人，成天待在家，卻跟世界的每個角落溝通，我有個學生說得好：「閉門家中坐，把東西送上網，睡一大覺醒來，已經賺了好多好多銀子！」

大家在飛，你能不動嗎？

再談談學歷，畢業證書確實有用，以前可以用半輩子，甚至唬人一輩子，今天還成嗎？你剛畢業，真才實料，沒問題！真正出問題的是，如果你不繼續努力學新的東西，過不了幾年，就算你在你那保守的單位還很神，出去比一比，還能神嗎？

我有個學生跟賈伯斯似的，大學混兩天，等於根本沒念，進入社會，沒幾年，居然作上外商的高階主管，拿的薪水高得驚人。我問他，沒學歷，怎麼混的？他笑笑說：「起初確實有麻煩，但是有一家用了我，我表現好，一路爬到主管。再找別的工作就簡單了，人家只要看在上一家公司的職位跟表現，根本就不問學歷。入社會十年了，學歷管什麼用？學校的那些只怕早過時了，真正是你當下的表現如何！這個世界一直在改變，你能總是待在一條船上嗎？」

失業是再出發的開始

可不是嗎！我以前念研究所的時候，教授指定讀一本書《日本第一》（Japan as Number One）！紅紅的封面上印著富士山的山頭，還加個副標題：「給美國人的教訓」。

那書裡說日本人對公司多麼忠實，公司對員工的照顧也是無微不至，甚至結婚的時候，新娘名貴的和服腰帶都由公司準備。連墓地都準備好了，死掉埋在一塊。

可是才讀了沒幾年，情勢改了，日本就開始沒落了，大家今天還說「日本第一」嗎？

說到這兒，讓我想起有一年我們全家去加拿大的路易斯湖旅遊，在餐館遇到兩個年輕的日本人，我問他們在哪兒工作，兩個人說「失業中」。然候十分興奮地說，公司解散了，不過正好。可以利用這段時間好好想想，換個跑道再出發。

換個跑道。以前這麼說，就算換，大概也是白領換白領，換個相關的，差也差不遠。但是今天總聽說白領換藍領，藍領換白領。

可不是嗎？原先在電子大廠拿高薪的人，年紀輕輕，突然退休，跑去務農。然後用他比較先進的觀念，種植出完全不同的成果，行銷到全世界。還有人跑去賣咖啡、三明治，也做得有聲有色，跟別人不一樣。

相對的，有些農家子弟，不甘心用老一輩的方法，上網學最新種植和管銷方法，成為大企業。

你的腳步夠活？你的身手夠快嗎？

這又讓我想起許多年前在歐洲的一個小國列支敦斯登，也是用餐的時候，看見上菜的是兩個東方人。我就問他們是移民嗎？兩個人搖頭，說他們是騎著腳踏車在歐洲各地旅行，盤纏不夠，又到了旅遊旺季，所以決定在這個瑞士餐館打工，賺夠了錢，再繼續旅遊。其中一個人說，他已經決定回國之後要開個瑞士小火鍋店，因為在這兒學到不少。

於是我心裡浮起個畫面，說不定哪一天到日本旅行，去個瑞士料裡的餐館，就看到那兩位在列支敦斯登遇到的年輕人。

可不是嗎？以前我們去餐館，看到的是傳統的廚子、服務生。現在去很多餐館，看到的是說得出一大番道理，上過研究所的廚師。連我兒子當年哈佛大學畢業的時候，都跟我說，他的同班同學要搬去加州，打算賣他的史坦威鋼琴，我說就是那個父母在ＭＩＴ教書的同學？我兒子說是啊！我又問，他去加州做什麼？

我兒子說：「做廚師」！

活到老，學到老，衝到老！

這個世界不一樣了！以前「十年寒窗無人問，一舉成名天下知」。中了舉、當了官，可能作不了多少年，四十歲就報銷了。中間工作不過二十年。

現在二十歲進入社會，六七十歲退休，中間是四五十年。二十年可以跟四五十年比嗎？四五十年的人生規劃，能跟以前的二十年一樣嗎？

好比手機、電腦，這世界不斷在變。連我拍電影的朋友都說：「現在拍片子不能不快了！」如果照以前拖個一兩年才殺青，電影播出，人家看演員拿的手機就會喊落伍了！

在這個瞬息萬變的時代，我們不能不跟著變！不能不跟著學！我們需要不斷地再學習、再起步、再出發！

連古人都說「活到老、學到老」，今天我們比古人多活幾十年，當然要多學幾十年！

第31堂

想要出人頭地，先得懂得用時間

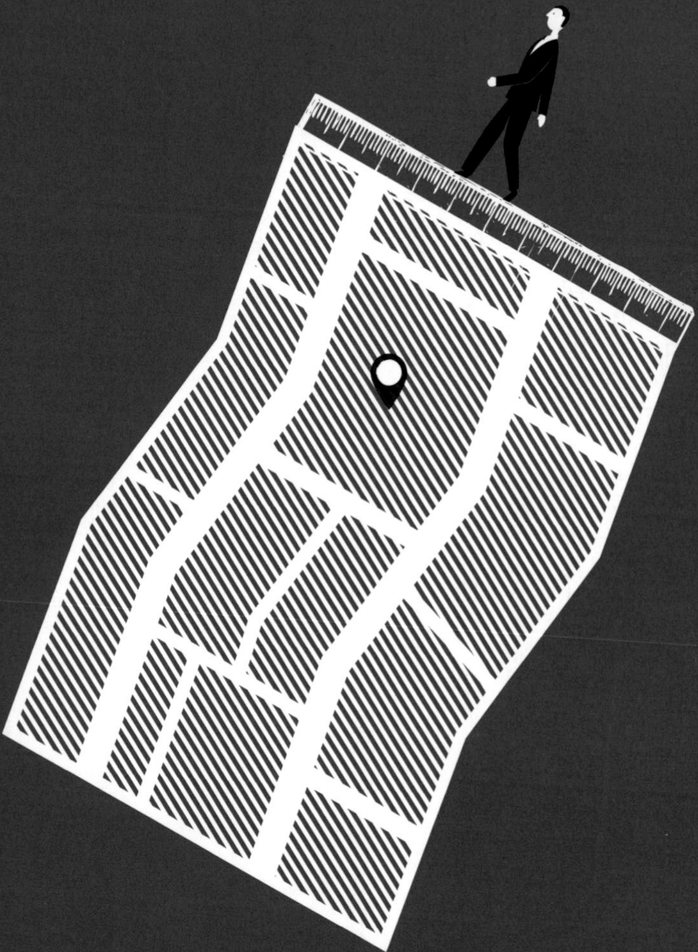

——老天爺很公平，祂給每個人的時間都一樣，王公貴族和販夫走卒完全沒有差異。問題是用同樣的時間，有些人創造傑出的成績，有些人可能交出白卷，這當中最大的不同，就是用時間的方法不一樣。

今天就談談如何用時間。

把握時間就是把握生命，不把握時間就可能浪費生命。擴大了想，當你浪費生命，不把握時間，也可能因此耽誤別人的時間，浪費別人的生命。

會用時間的人，除了從自己的角度想，也會從別人的角度想，想怎樣一方面珍惜自己，一方面珍惜別人，在用時間上創造雙贏。

房不急著修，病不急著治，死不急著埋？

先從這個為別人考慮的雙贏談起。說個笑話給各位聽：

有個病人去看醫生，醫生說得特別安排時間進一步檢查，問病人什麼時候有空。病人翻他的記事本，找了半天，說下下個月三號下午三點可以。

醫生笑說：那我也得看看我的時間，於是也拿出手機看他的行事曆，接著對病人說對不起耶！我那天下午三點鐘約了通水管的工人來通水管，因為下水道不通了。

病人說：天哪！你下水道不通了，居然要拖到兩個月以後才找人通，那怎麼了得？

醫生也笑說：天哪！你身體的下水道也不通了，居然也要拖兩個月？還不快點進一步檢查？

這笑話一方面表現那病人好像忙死了，日程排得很滿，連看病都得拖到兩個月以後。一方面醫生也用同樣的方法諷刺，說我也忙，忙到家裡下水道不通，搞不好都淹水了，也非等兩個月之後才有空處理。還有一個可能，是水管工人也忙死了，非要排到兩個月之後才能為醫生通下水道。

用動作暗示精確

雖然這只是個諷刺笑話，但是讓我們想想，當病人和醫生分別拿出記事本或手機，看自己的備忘錄約時間的時候，單單這個動作是不是就顯示了他們對時間的重視。

舉個例子，今天有人跟你約，你隨口就說：「明天下午吧！」

另外一個情況是，你說：「明天下午三點好不好？」

再有個情況是，你拿出行事曆看了看，說明天下午三點。

第四種情況是你說：「對不起，我的記事本不在手邊，我查一下，馬上打電話給您。」接著撥過去說：「明天下午三點。行不行？」

請問這四種情況，哪個顯得慎重？

說實話，有時候為了表示慎重，即使你心裡很確定明天整個下午都是空的，也要說得精準一點。譬如講三點鐘。如果你說：「明天下午吧！」那顯示你太閒了，再不然對方太重要了，好像你可以用一整個下午等他。如果你們又是談業務，你不是一開頭就已經表現弱勢了嗎？除非你是存心放低身段，排除一切其他約會，恭候對方的大駕。

還有個情況，是你在檢視行事曆之後，說：「對不起，三點不行耶！三點二十行不行？」

想想，如果你這麼說，是不是更顯示你的精準了。你可以用這方法暗示對方你很忙，時間排得很緊，也可以暗示對方要守時。

把時間規劃說在前面的好處

約會，除了約見面的時間，常常為了慎重，也要約好結束的時間。

譬如你說：「三點二十，但是很失禮，因為我四點十分接著有另外一個會，四點非離開不可，咱們談四十分鐘，不知道夠不夠？如果不夠，就另外約。」

你很委婉，也很客氣，但表示了你的精確。而且，把能夠約談的時間長度，先說清楚，對雙方都有好處。當對方原來想從盤古開天說起，跟你慢慢磨的時候，知道你下面有會，到時候非結束不可，他當然得開門見山，廢話少說，直接進入正題。而且你事先已經講好四點結束，屆時你起身送客，也不顯得失禮。

相對的，如果事先不講好，對方才開個頭，你突然說：「對不起！因為我下面有個會……」不但會讓對方吃一驚，該說的話沒說完，而且他會猜想因為他什麼地方說得不對，你不高興，所以下逐客令。

話說回來，你跟人約時間會談，把開始和結束的時間先敲定，對對方也是有利的。

但是說話的方法很重要，譬如你跟別人約的時候不能說：「老王，我想跟你約見面，但是只能談四十分鐘。」因為對方可能想：既然是你來找我，表示有事，又為什麼你自己先設限？如果你這麼忙，就另外找時間吧！

但是如果你稍稍改幾個字：「老王啊！我想跟你約見面，不佔用你太多時間，四十分鐘就好。」感覺就不一樣了！為什麼不一樣？因為你把約談的時間講定，不是從你的角度想，是從他的角度想，為了怕耽誤他的時間。

很可能原先他怕你屁股太沉，不想答應見面的，聽你這麼一說，就答應了。

打電話不也一樣嗎？你正忙，有人來電，你原本沒時間跟他談，打算一口拒絕，對方卻開口就說：「兩分鐘！佔你兩分鐘！」你是不是就可能聽下去了？

別人的時間也是時間

說了這麼多，第一是講在今天這個社會，時間要精準，第二，是除了要主動掌控自己的時間，也得尊重對方的時間。

不知道大家會不會有這樣的感覺，就是看美國電影，老師上課講到正精彩的地方，突然下課鐘響了，老師一句話都沒講完就手一揮：「下課！」也就見到下面的學生幾乎在同一秒收拾東西，起身離開。

我以前在臺灣看到這個畫面，心想美國老師實在太不認真了，好像多一分鐘都不願意教，一下課就急著跑。換作國內的老師，非講完一個段落不可，有些認真的老師甚至能講到下一堂課的上課鐘響，那多賣命啊！

我自己四十年前到美國大學教「東亞美術概論」的時候，碰上打下課鐘，就不會像美國老師立刻下課，常常總要多講一陣，我那時暗自得意：「瞧！還是我認真吧！每堂課都多教不少！」

問題是，有一天學生對我說：「老師啊！你能不能打下課鐘就下課，不要延長，因為我們下面都有事。」

我的臉立刻紅了，這時候才想到：是啊！好多學生要趕到另一棟大樓上另一門課，還有好多學生打工，得趕去上班。如果我下課晚了，只怕他們因為怕遲到，拚命趕，會危險呢！

我原本以為我賣命，多用點自己的時間上課，是好事。從另一個角度想，那卻是我自私，沒有為學生考慮，尊重學生的時間。

自從有了這個認識，我除了準時下課，出去演講也會嚴格講好時間。甚至在我的演講辦法上，要求主辦單位盡量在前面少佔用時間，因為這個致詞、那個致詞，拖二十分鐘，下面的聽眾就少聽二十分鐘演講。

不知道是不是也跟我早年同樣的想法，很多邀請我演講的單位會說：「您可以後面延長時間，晚一點結束啊！」

為了適應民情，我確實可能在講到「後半場」的時候，先問聽眾能不能多講一些時間。這時候大家多半會熱烈鼓掌，甚至歡呼，表示高興。

但是我注意到，也會有人用手機發簡訊，很可能是告訴家人要慢一點回去，或者告訴原先約好開車來接的人晚一點出發。即使如此，早先約好的時間到了，還是會有少數的人離席，想必他們下面有事，再不然，因為那些人太早進場佔位子，一坐三個多鐘頭！實在「憋不住了」！

別人正在演講或演出的時候，中途離席，既會影響場上的觀眾，對臺上的演出者也顯得失禮。問題是，他們造成的不尊重，也是臺上演出者造成的啊！是不是因為演出的人沒有為這些人著想，沒有尊重他們的時間造成？

為大家看守電梯？

儘管我在西方世界已經生活了幾十年，最近報上刊登的一篇文章還是讓我眼睛一亮。那篇文章是一個中國人寫他到紐約生活的感想。他說除了進出要為後面的人拉門，以免打到別人。進電梯時，如果站在樓層按鈕旁邊，要主動問別人到哪一層，然後為對方按，免得電梯裡、一個一個伸長了手去按樓層。還有一點，就是如果靠近門邊站，要主動去按關門的鍵。

看到這兒，我心一驚，因為電梯門會自己關上，我常常進電梯之後是不理「close」鍵的。

問題是，那篇文章寫得好，他說你可以不趕時間，但是別人可能趕時間，當你最靠近關門的按鈕，卻不理不睬的時候，是忽視了公眾的利益、沒有尊重別人的時間。

會用時間的人，先要尊重別人的時間，當你尊重別人，為別人考慮的同時，也能換來別人對你時間的尊重。

第32堂

找人辦事，別挑這些時間

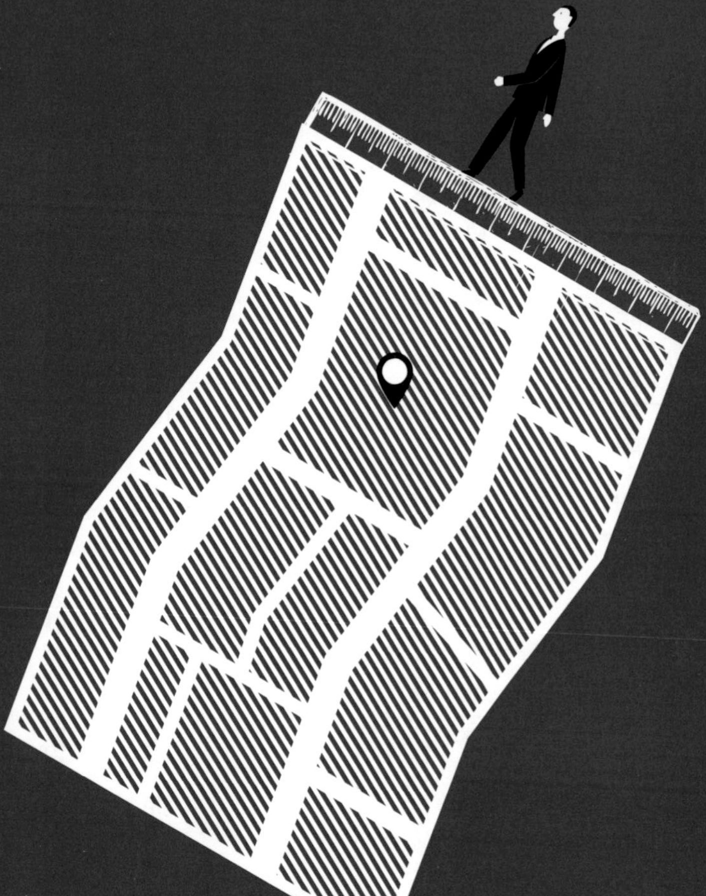

——己所不欲，勿施於人。為別人著想很簡單！就是用同理心想一想。當你能夠考慮別人，常常也能為自己創造機會。

今天繼續談用時間的方法。

前幾次提到當你打電話給對方，他原先正忙，跟你說「能不能改天談」的時候，如果你說只佔用他兩分鐘，很可能他就答應了。常常原先講不成的事，就因此辦成了。

所以有些人在對方可能忙的時間打電話，會先說：「只耽誤您兩分鐘，拜託！」從一開始，就先卸下對方的心防。

既然你可以推想對方在某個時間可能正忙，除非你的事情實在緊急，非分秒必爭不可，最好別打電話去打擾。

什麼時候對方可能忙？

要吃中飯或要下班的時候，對方最可能忙。

他要去吃飯，搞不好已經在餐廳排隊，甚至嘴裡已經嚼著飯菜，這時候他能安下心來跟你談事情嗎？而且人在餓的時候，脾氣特別壞，你還恰恰在此刻打擾，更是自找沒趣。

要下班的時候不適合談事情

因為要收攤了，對方可能正在整理東西、鎖抽屜、穿衣服、交代事情，搞不好已經約好一票同事要出去樂一樂，或者車子已經在外面發動了。這時候你找他，當然也是自找沒趣。

假日前一天會心不在焉

譬如星期五下班的時候，人最沒情緒辦公事。就算他敷衍你兩句，說要為你辦，你也要想想經過下面禮拜六禮拜天，他會不會把你的事情忘了？就算不忘，也記不清了。

星期一早上不見得好

因為很多人有「藍色星期一」的上班氣，整個人還沒進入工作情緒。加上很多單位都在星期一上午開會，工作壓力大，更不適合跟外人談事。

至於下午，也不能太早

因為有些人每天都要午休，打個盹，你得看當地的民俗，或對方的工作情況。

考慮對方的工作情況

你要找他幫忙的事，如果跟他的工作流程有關，就更得注意。舉個例子，你去診所抽血驗血，如果你知道每天來收取化驗材料，拿去化驗中心化驗的人都是下午一點鐘到。而你希望盡快知道化驗結果，當然就得在中午以前把血抽好。

再舉個例子，如果你要發新聞給報社，知道為了隔天一大早出報，加上編輯校對和印刷，報社晚上十一點必須截稿，你能十一點半才把新聞資料送去嗎？

但是也就有人因為知道這一點，故意在截稿前一刻發消息，尤其是發人家的「小道消息」，他知道記者收到消息之後，為了怕漏新聞，一定得發；但是又因為已經截稿，沒時間再去查證。

結果造成第二天見報的，可能全是他的「一面之詞」。

被議論的人要辯白也得等隔天了！

打籃球的時候不是也一樣嗎？尤其到了結束前幾秒鐘，進攻的一隊明明還落後一點，卻可能傳來傳去拖時間，到最後才出手，如果一下子投進，就倒贏一兩分。而這時候時間到，對方想再扳回已經來不及了。

給對方留空間

會用時間的人既給自己留空間，也給對方留空間。譬如你跟人約好六點，最好準時到，或者雖然準時到，但是在門口或車裡等著，等過了幾分鐘再進去。

當對方知道你這麼做的時候，會對你特別有好印象。因為：

第一，你確實準時，甚至提早到了，但為了不打擾，你在外面等！

第二，如果他早準備好，從窗子看見你到了，他可以立刻打手機給你，或者主動開門。

第三，你雖然準時到達，但對方還可能在收拾，搞不好因為太忙，眉毛才畫一半，或者還披著浴袍，正急得像熱鍋上的螞蟻，知道你早到了，卻體諒他，在外面等。這種體貼他能不感動嗎？

所以準時赴約是對的，但是在許多地方大家有默契，晚幾分鐘登門更對！

給對方冷靜思考的時間

另一個給對方留空間的方法，是你把問題丟給對方，但是不要叫他立刻答覆。尤其是對那些急脾氣的人，如果你打電話，說出你的想法，他很可能立刻跟你毛，事情就弄僵了。

但是你用電郵、發簡訊、用微信，而且說明不立刻要答案，請對方考慮一下。很可能他剛收到的時候心裡說「不可能」，等過了幾個鐘頭，或過了一夜，就由「不可能」變成「可能」了。這改變，是因為你留給他時間，冷靜思考的結果。

給自己留退路

上一堂課提到跟人約時間的精確性，譬如說好會面的時間跟長度，到時候就結束。

還有個類似的情況是，你要到朋友家住一段時間，或者朋友邀你去住些時。就算你很喜歡去他家，也最好先說：「你請我，太好了！但是我只能待一個禮拜，因為下面還有事，到時候可千萬不能留我喲。」

你這麼說，第一，是讓他放心，你不會黏在他家不走了。第二，是你給自己留了後路，到時候你要走，他留你，你可以說當初說好你只待幾天。不是因為朋友招待不周，所以要走。第三，俗話說得好：「一碗米交個朋友，一缸米得罪個朋友。」當你在朋友家待久了，新鮮勁兒過了，熱情也差不多了。為了給自己留一個「漂亮轉身離開的姿態」，你可以先說。而且到時候如果你們真彼此捨不得，他留你，你再留下來，也漂亮！

為自己留活路

許多政商界的「人物」也用這一招，他可以接見你，但是先跟你說他只能跟你談幾分鐘。到時候，你很可能發現他的祕書進來提醒他下面有約。那位「人物」卻手一揮，說把約延後，然後轉身對你說「咱們繼續聊」。其實他後面根本沒有約，只是先留了一手。這跟你與朋友先說好住幾天，到時候他留你，你再延期是同樣的道理。

會用時間的人永遠要為別人想，不能勉強別人做不可能的事。舉個例子，如果一個工程就算日夜趕工，都得半年才做得完，你不能要求對方提前兩個月。你要知道就算他答應了，也辦不到，到時候不能交件或者品質不佳，吃虧的是你。

別做時間的夢想家

如果你是接工程的人，也要注意，時間都在那兒，不可能從天上多掉下來一分鐘，所以絕不能高估你的時間效率。當對方跟你簽約，你知道時間不夠，做不完，就最好別簽。因為如果你簽了，逾時不完工要罰這個、扣那個，你就可能落入對方的圈套。到時候，你非聽他的不可，甚至不得不賄賂他。

為了避免別人一時衝動，沒多花時間考慮，就草率地跟你簽約，很多合約上還特別有一條，容許對方在多少時間內反悔。譬如你跟人簽約給家裡換新的暖氣設備，不要以為他跟你簽約之後，立刻就去買材料了。很可能他會先不動，等簽約幾天之後，合約確定生效了，才開始工作。

那幾天時間是用來做什麼的？是用來讓你冷靜的，甚至可以說是讓你反悔的。用時間，永遠要為自己考慮，也為別人考慮，合情、合理，才能雙贏。

第
33
堂

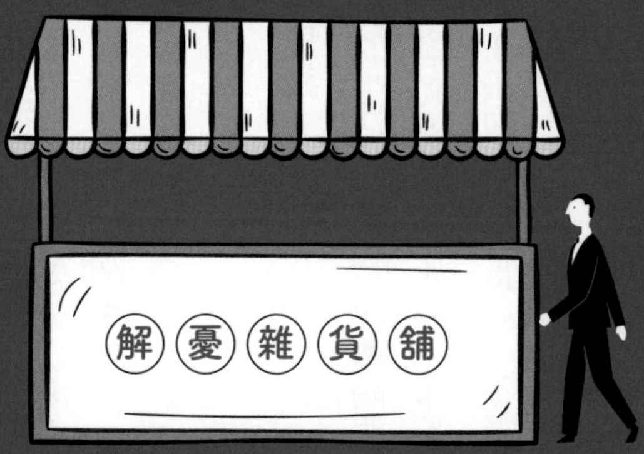

孩子遭遇校園暴力時，家長該怎麼辦？

今天的解憂雜貨舖要答覆四位朋友的來信。

第一個是小羽問的，他說：「劉老師，前陣子聽劉軒說，您認為唯有過極簡的生活才能寫出極致的文章，喜歡簡單的生活。可是我卻又在您的書中，看到對於劉軒滿世界旅行，挑戰自己時的欣賞。我想問的是，對於我們現在的年輕人（我是大學生），劉老師建議我們怎麼去規劃自己的人生、事業，以及生活方式？」

沉靜中回味得來的情緒

我確實主張過極簡的生活，所以每次讀陶淵明的〈歸去來辭〉都很有感觸，陶淵明說「田園將蕪兮，胡不歸！」我確實每年在海外忙一陣子，回到家會有這樣的感覺。陶淵明說「請息交以絕遊。」我也確實隱居在紐約鄉下的長島，不怎麼跟外界打交道，有時候簡直是足不出戶，只有碰到重大的事情才會進城。

但是您要知道，無論陶淵明或我，都並不是總隱居的，而可能在外面跑了一大圈，再隱居起來。唐代的詩人王維不也一樣，後來才在輞川隱居嗎？

也可以說他們都是在外面喧譁之後，再歸於寧靜。也只有寧靜能讓他們咀嚼外面的喧譁，把許多感觸，在作品裡抒發出來。

人是社會的動物，不能永遠離群索居。但是藝術的創作又不可能在喧譁裡完成，必須要有一顆沉靜的心。

咖啡室的寧靜

所以我寫過文章，說現代人要有「咖啡室的寧靜」，你走在大街上，看看時間，距離下面的約會還有一個鐘頭，於是推開咖啡室的門，進去靜靜坐下來，上上網，翻翻書，看看外面熙來攘往的人群。

原先你在街上，是喧譁的，動態的，但是那一刻，你沉靜下來，看外面，是用靜的心情觀察動的外界，你疏離開來，從另外的角度觀察，有了美感距離，愈能有感觸。許多靈感因此產生，就算你不能立刻寫，也可以記下重點，回家，在安靜的環境中回味。所以西方的「詩論」，有句名言：「詩起於沉靜中回味得來的情緒。」

一個整天瞎忙的人，很難有這種回味的情緒。

過極簡的生活，是把生活中的干擾減到最少。舉個例子，如果下午要創作，我中午絕不會吃太多，免得肚子太撐，血液都去消化了，頭腦不清楚。我午餐也不會吃麻煩的東西，像是螃蟹，因為太麻煩，太花心思。

畫禪宗水墨最好能明窗淨几

我有個朋友說得好，你要畫禪宗水墨，那種非常蕭疏清冷的趣味，最好別先吃紅燒蹄膀。食物會對思緒有很大的影響，當你吃得簡單、過得平靜，又能把眼前收拾好，明窗淨几，心緒平和，最適於創作耐人深思的作品。相對的，如果你自己都沒時間深思，怎麼可能寫出令人深思的東西呢？

交遊多了，包袱沉了！筆下重了！

過極簡的生活，有時候確實要摒除不必要的應酬。

為什麼？因為你結交的人愈多，筆愈重。

舉個例子，某雜誌請我寫一篇介紹藝壇的文章，我需要選幾位代表性的人物，正好前一天才跟某畫家相談甚歡，我是不是比較可能把他列入？如果不提他，他會不會怨我？我提他，又能不能很公正地評論？

請注意，我是講「結交」要少，不是「接觸」要少。

為了能接地氣，我們必須走入人群，可以接觸眾生，只是不必有太多結交、太多罣礙。

當然當你這麼做的時候，也可能成為邊緣人。人們需要互相唱和、互相吹捧，你不去參加他們的圈圈，很容易被遺忘，甚至被排斥。所幸這是個網路的時代，你可以把你的作品、你的想法放上網，自然能得到知音。

說個事，只怕你很難相信。我去年在浙江美術館開畫展，幾乎沒有發請帖。為什麼？因為我兩年前在北京畫院辦畫展的時候，發了請帖，好多朋友老遠地趕來，我卻在畫展被粉絲包圍，沒能多跟他們說幾句話，太失禮了。

凡此，都是罣礙！一個藝術創作者愈少罣礙愈好，所以「君子務本」，我寧願專心創作，不去應酬。我寧願在畫展會場，為一群小朋友們講解，也不希望四處鞠躬作揖，搞外交。

抱歉！這只是我個人的想法，可能不合時宜，只能解釋我為什麼喜歡過極簡的生活。

今天要答覆的第二個問題是37°C女人的問題，她問：

「我家男孩子今年十歲。今天回來哭泣被四個孩子圍攻打了一場架。哭泣完了我諮詢是否需要我問一下老師，找那幾個孩子談談？孩子讓我不用找，說他大不了繞道走，又不是只有那條路走，他不想計較，我有些小題大作了。我是不是觀望會好點？」

疏導勝於阻攔

先說個我自己的經驗，當我剛搬到紐約一個叫灣邊的地區時，四周很少華人，有些人顯然有種族歧視，我跟兒子在街上打羽毛球，他們會出來喊，叫我們離開。更麻煩的是鄰居小孩，居然會從街對面對我家扔石頭。我兒子要出去打架，我說先試試跟他們交朋友吧！於是我們邀請鄰居孩子一起玩球、一起跑步。我在後院種菜，還邀鄰居孩子來看，有一天挖地，挖出一塊很大的白石頭。鄰居小孩回去跟他爸爸說，他爸爸跑來看，說他院子裡正需要這麼一塊，如果我不要，他能不能搬去。結果從小孩到大人都成了朋友。

拉幫結黨的少年

進入青春期的孩子，都有結成小圈子排斥外人的傾向。這是因為「在家靠父母，出外靠朋友」，當孩子夠大了，逐漸有一種與生俱來的力量，把他們推向外面的世界，但是他們沒有安全感，所以會拉幫結黨、彼此撐腰，很多青少年的問題也因此產生。

我過去開青少年諮商中心，很多女孩子，只因為別的女生組成小圈子排斥她，就想尋短。也有不少男孩，莫名其妙就是被欺侮，有時候可能只因為他走路的樣子不同，說話的方式不一樣，或他父母開的車子是什麼牌子。

家長們應該互通聲息

碰上這些，絕不能掉以輕心，但是除非事態嚴重，最好別強力介入，否則可能更解不開那個「結」。

孩子最在乎的是被群體接受，他就算不挨打了，如果變得孤立，事情會更嚴重。所以我建議私下找老師談，瞭解問題在哪兒，也可以多跟其他家長互動，你能夠因此得到許多小孩子間的內幕消息。

甚至可以說，有些孩子被排斥，其實有家長的因素，好比在美國如果白人小孩歧視有色人種，多半受到大人的影響。解鈴還需繫鈴人，先冷靜下來瞭解整個情況，然後慢慢開導，常常會更好。而且有時候孩子打架，造成大人爭吵，結果大人還在吵，孩子已經和好了！

今天答覆的第三個問題是穎果君問的，她說：

「我最近有個困惑，就是今年剛出社會工作，聽前輩說，每年的公司年會，關於喝酒這一方面，新人都會被當靶子，至少那一桌的主管得挨個敬一遍，但我是個乖乖女，從小老爸就告訴我：女孩子在外面不要喝酒。我覺得有道理，也就一直踐行著。現在最多就喝過一小杯啤酒。關於剛出社會工作，要敬主管酒這一方面（特別是怎麼委婉地拒絕），請問您有哪些好的建議嗎？」

把姿勢放低才好脫身

很多人確實有鬧酒的習慣，好像把人灌醉是一種樂子。說不定其中也有看人出醜、甚至虐人為樂的心理。但是即便如此，大家還是有分際的。

舉個例子，我以前在新聞界工作，那是最愛鬧酒鬥酒的圈圈，可是每當大家要我喝酒，我就說我有氣喘的毛病，危險，不能喝。起初還有些人不信，硬勸酒，我硬是不喝，說我得保命啊！

沒多久之後，不但再沒有人要我喝酒，甚至當不認識的人灌我酒的時候，同事還出來擋：「他有氣喘！不能喝酒！」甚至把酒搶過去，幫我喝！

風格和原則是堅持出來的！你可以像我一樣，低姿態，說你有身體上的問題。也可以說你有某種原因，不能喝。前者好像請病假，容易准。後者好像請事假，比較難被諒解。但是如果你能堅持到底，寸步不讓，大家就會接受了。他們可能會私下猜你為什麼不喝，主動為你找理由。因為他不為你找理由，反而使他自己下不來臺。

你也可以象徵性地「碰碰唇」，說你實在不能喝。看你一副可憐兮兮的樣子，長官們應該會諒解，哈哈一笑，放你過關。

最糟的是只要你有一次破例，從此就難逃了。

今天第四個答覆的問題是張豔問的，她的題目是：

「我是一個十四歲男孩的母親，最近幾日因為孩子的問題很矛盾苦惱，以前由於我對孩子錯誤的教育以及關心不夠，孩子基礎差，學習成績很不好，初中一年級了學習非常吃力，每天晚上寫作業到十點、十一點多，早上四五點起來還寫作業，孩子非常累，沒有時間背老師留的作業，我知道孩子已經進入了惡性循環，我想讓他休學補一下以前的知識，他不同意，但是他也說學習太累了……望您能給指點。」

每個孩子有他天生的才具，不是只有讀書

您說得不錯，可能因為前面的基礎不夠好，下面就難上加難。好比蓋房子，地基沒打好，上面再用心也不保險，必須從基礎重建。再不然，你原先要建十層樓，因為地基不好，就別把目標設得太高，乾脆改成蓋個兩三層的小樓。

你或許可以讓孩子休學一年，找老師為他重新打基礎，再復學。再不然先硬撐，把初中念完，再想下一步，或進職業學校，另外學一門東西。

每位家長都要知道，你小孩在小學拿前三名，不代表他進入中學還能排在前面。為什麼？因為小學東西容易，當別的孩子一天做一個小時功課，你逼孩子做三個小時，你的孩子當然能表現比別人好。

但是進入中學，大家一天都用功三個小時，你小孩能拼六個小時嗎？勤雖然能補拙，但是勤也有個限度啊！如果你的孩子不愛學習、不能學習，你硬逼他，不但身體壞了，精神上的壓力也受不了，而且壓力隱藏，可能影響孩子一生。

換個角度想，那些學霸就一定行嗎？我看太多了，只會讀書，不會做事；考試輕而易舉，手腳拙陋無比；功課強得要命，情商爛得要死。

在今天這個多元文化的時代，千萬不能死心眼。是小提琴就作小提琴，不必扮演鋼琴。人各有才，人各有分，人各有長。相信您的孩子一定有他特別的長處，等著大家去發現，等著他自己去發揮。

第34堂

憂鬱症跟心情不好有何區別？

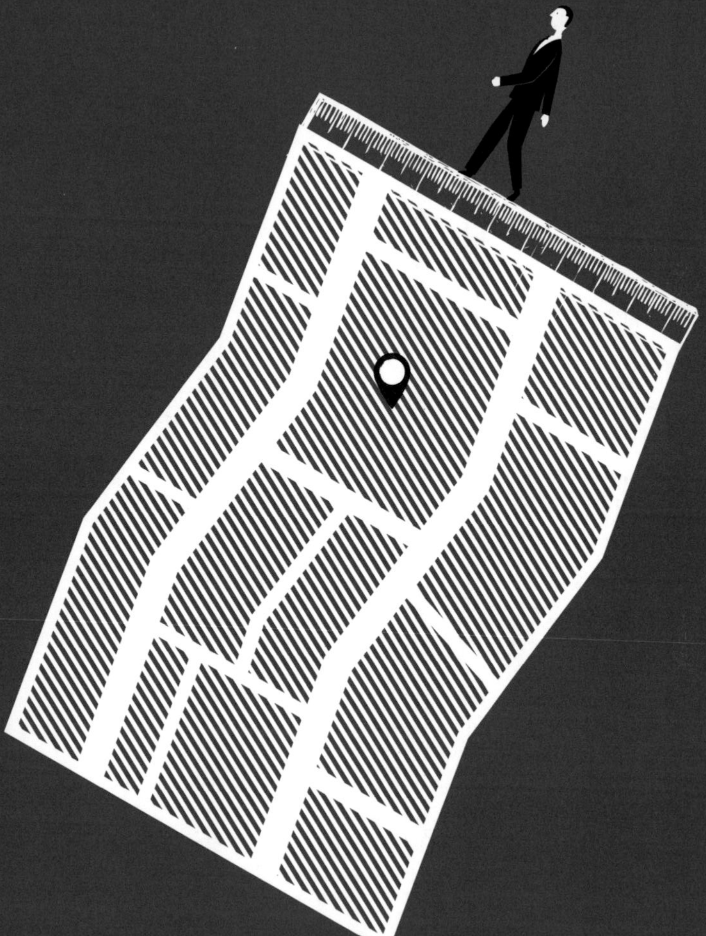

——今天我要跟大家談談憂鬱症，很多讀者可能問，憂鬱症跟處世有關係嗎？我必須說當然有關係，他跟處世、親子、教育都有關，據統計全球大約有三億多人有憂鬱症，而且在不斷增加，更嚴重一點的統計，女性有四分之一，男性有百分之十有憂鬱傾向，我們一生都可能在某個時期有憂鬱的問題。如果我們對憂鬱症能夠有認識，就比較能夠諒解一些自己或者家人不尋常的行為：

為什麼明明約好的，他會爽約。

為什麼他沒碰上什麼大事卻無精打采，整天睡覺？

為什麼打電話給他他明明在家卻一直不接？

瞭解憂鬱症使我們知道怎麼跟憂鬱症的人溝通，那是一門很大的學問，否則很可能產生反效果。

不是沒能力，而是不適應

我太太以前在美國大學擔任入學部主任，其中有一項很重要的工作就是招到好學生。妙的是，很多高中成績特棒，會考成績最佳的學生，是開學之後好幾個禮拜才進來的。還不一定是招進來的，是自己跑來的。不！應該說常常是由爸爸媽媽帶來的。原來那些學生，可能進了離家很遠的名校，但是不能適應，不得不轉學。

舉個例子，我有位朋友的兒子，高中成績好極了，但是錄取常春藤盟校之後總是不去上課，學校通知到家裡，媽媽打電話，孩子不接，發電郵也不回。媽媽不得不開好幾個鐘頭的車去學校，只見孩子躺在宿舍床上，四周全是零食的空袋子和瓶瓶罐罐，東西亂七八糟，人像是躺在垃圾堆裡。沒辦法，只好跟學校請假，先帶回家看心理醫生。

媽寶要媽媽照顧到幾時？

我相信在世界任何地方都有不獨立的孩子，但是我也猜想，咱們的孩子保證不少。不是有好多家長為了陪上大學的孩子，會辭掉工作，離開家鄉，跑到孩子學校旁邊租個房子陪讀，照樣為孩子燒飯洗衣，甚至為孩子繼續請家教嗎？

我在美國就認識這樣的家長，他們給孩子從中學到大學都請家教，硬是讓孩子念完常春藤名校，而且成家立業了。當然也可能有不少「媽寶」，父母一路照顧，還一直長不大。

為什麼那些孩子會這樣？我前面幾次曾經說，因為你一直無微不至地帶他。好比我種的番茄，我一路隨著它生長，一路為它搭支架，居然能長到一丈高，甚至要我登上梯子去摘番茄。（各位千萬別不信，我在我寫的《花痴日記》裡就放了我站在梯子上的照片，各位可以上去看。）可是那番茄沒結幾個果子，只要綁在支架上的繩子鬆了，細細的莖立刻折斷。相對的，如果我讓它自己生長，只略略支撐、常常修剪，那番茄則可能粗粗壯壯，而且結實纍纍。

要放手！要修剪！他才長得好！

由此可知，如果你不希望孩子離家之後不能適應，甚至一離開家，功課就一落千丈，最好的方法是早早放手，非但不能嬌縱，而且要給予適當的管教。

至於已經有「媽寶」的家長也別太傷心，我剛才說了，只要你知道怎麼繼續照顧，也有能力繼續照顧，孩子一樣會長大，而且可能慢慢獨立。如果是寶貝兒子，兒子不能獨立，給他找個有能力的太太，也可能被繼續照顧、繼續管教，有不錯的成績。

政界有位名人就說過，他考大學念什麼科系，是他爸爸決定的；他娶誰作太太，是媽媽決定的；他生幾個孩子，是太太決定的。有一天，他當醫生當得太累了，說他要出家，他爸爸立刻說要為他蓋一間廟。他被父母管、被妻管，照樣有令人刮目的成就。

但是回過頭來，想想今天我一開始提到的，那個進了常春藤名校，卻不去上課，躺在床上吃零食過日子，媽媽怎麼聯絡都不理的孩子，問題就比較大，恐怕確實得了憂鬱症，非看心理醫生不可。

憂鬱症是怎麼回事？

什麼是「憂鬱症」？很難講！有些問卷，可以幫助判定是否有憂鬱症。譬如做什麼事都不帶勁，覺得存在沒什麼價值，懷疑自己的能力，常常有罪惡感，不願理睬任何人，把自己完全封閉，甚至有厭世的想法。

如果照這個標準，我們每個人一生當中，都可能有過憂鬱的時候。問題是：什麼事情造成憂鬱？

海明威用雙管獵槍轟掉自己的腦袋，三島由紀夫切腹自殺，川端康成口含瓦斯管而死，張國榮從樓上跳下去，這些人都那麼有成就，卻為什麼走上極端？

川端康成死後，日本著名的評論家金東光說了一句耐人尋味的話：「不為什麼而自殺的人，才是真正的自殺。」

我們可以想那些人因為已經有太高的成就，當他們不能突破、不能更上層樓的時候，決定了結自己的生命。也可以想，他們或許心裡有一種不安定，也可以說是說不出的憂鬱，使他們終於走上絕路。

莫名其妙的不高興

所以當你莫名其妙地，就是不舒服，生理完全沒問題，就是心情不好。不想交際、不想理人、不想工作，甚至不想吃飯，可能確實有了憂鬱症的問題，最好立刻看醫生。

但是如果你原先好好的，只因為有人倒了你一大筆錢，造成你憂鬱。或者夫妻關係變壞，原本快快樂樂的，變得陰沉沉。或者工作壓力太大，讓你因為受不了，而不敢面對現實。這種憂鬱都是有原因的，可能問題解決，憂鬱就會消失。

相信大家常在影劇新聞上看到，有某明星，因為沒有戲拍，天天在家等通告都等不到。又不敢出門，怕被人認出來，於是請朋友或經紀人送食物，甚至每餐只吃速食麵，日子久了，得了憂鬱症。

通常這種消息，都是在那個明星後來又有戲拍、又紅了、甚至得獎之後自己說出來的，說的時候已經走出陰霾，十分陽光了。

每次我看到這類的新聞都會想，他這能叫做憂鬱症嗎？

有原因的憂鬱比較好辦

我也有個朋友，嚴重失眠，跑去中醫扎耳針，說是可以寧神。因為不管用，又跑去做交感神經失調的電療。還不成，去看醫生拿安眠藥，仍然睡一半就醒，醒了就睡不著。最後去看精神科，說是得了「憂鬱症」，吃樂復得、百憂解，似乎也沒能解得了多少。突然間，他好了，原來因為他幾乎賠光的股票又漲回來了。

我就問他，你這算是憂鬱症嗎？

他聳聳肩，說他嚴重的時候確實想尋短。

我還有個鄰居，丈夫突然重病，經濟出了問題，一下子整個人都不正常？說她的房子要垮，說有人要害她，然後把貴重的首飾都拿去送給親戚朋友，每天窩在家裡不出門，只要抬頭看見屋樑，就想上吊。朋友把她送進精神科，醫生給藥，她不吃，藏起來，還拿給去探望她的朋友看。實在沒辦法，精神科給她用電擊治療，連續九次，她居然好了，恢復了原先的樂觀，還參加跳舞班、讀書會，過得好極了！

問題是，時候很巧，她的丈夫病情穩定了，經濟問題也解決了。這就讓我想，到底是因為電擊治療管用？還是因為問題解決管用？

使他有成就感，幫他度過低潮

我還有個學生，天生手腳長得跟別人不一樣，因為有憂鬱厭世的傾向，初中老師把她帶來看我，做心理諮商。我發現她很有畫畫的才份，把她介紹給報社主編，居然為文章配插圖，上了報，她的情緒就改進了。

接著她出國，大概美國人對殘疾人的態度比較好，她過得很自在，後來上柏克萊加大、芝加哥大學，四處代表參加殘疾人藝術治療的國際會議，馬上就要拿博士學位了。

這個學生每次到紐約，都會來我家住幾天，像是我女兒。我常想，當她初中被同學用異樣眼光看的時候，如果沒有設法開導，建立起她的自信自尊，沒有後來國外學校的栽培，會怎麼樣？

我也在看到某些名人的子弟得憂鬱症，出了悲劇之後想，為什麼似乎那些成功人士的孩子比較容易出問題？是因為父母太成功、太忙，沒時間關心孩子，還是成功成名的父母容易給孩子造成壓力？又或者因為憂鬱的個性會遺傳，他們家族就有這方面的問題？

但為什麼他們父母那麼成功？

原因會不會因為很多憂鬱的人都有追求完美的個性，他們是工作狂，拚命工作，用工作壓住了不平靜的心情，也因為工作成就了事業。可惜的是，孩子雖然遺傳了他們某些個性，卻沒能好好運用。

對的！好好運用！很多憂鬱的人，當他把多愁善感和追求完美的個性，與內心的躁動轉化，常常能有了不得的成就。

今天先講到這兒，下一講我們繼續討論怎麼化憂鬱為力量。

第35堂

憂鬱症患者，該如何自我療癒？

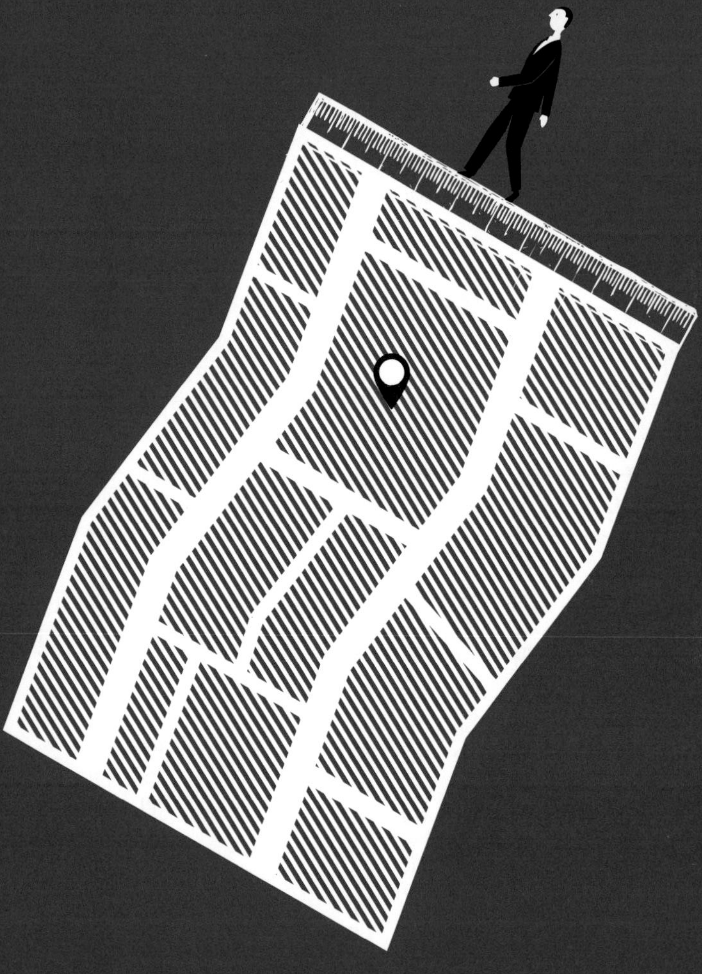

——大概因為到了秋冬的季節，最近很多朋友跟我說他們心情莫名其妙地不好，不知道是不是得了憂鬱症。

據統計，季節轉換的時候，確實是憂鬱症的好發期，像是由夏天轉入秋天，很多人都會「悲秋」，古人造字「愁」這個字不就是上面一個「秋」，下面一個「心」嗎？秋天的心情就是愁。

也有人從冬天進入春天的時候，會容易情緒波動，所以有所謂的「桃花癲」，犯病的人可能突然變得很亢奮，最近新聞還有某少婦突然變得很愛說話，好像不需要怎麼睡覺，精神就好極了。而且性欲特強，需索無度，搞得丈夫累死了，不得不把太太送進醫院。「桃花癲」大約是「躁鬱症」裡的躁症發作。

情緒的兩極變化

什麼是「躁鬱症」，從它的英文名稱「Bipolar Disorder」大概就可以知道，它好像地球的兩極（polar），一下子情緒到了北極，一下子又到了南極。不過那一下子不是真的一下子，常常是一陣一陣的，而且慢慢改變。譬如到了秋天，他變得很消沉，什麼事都提不起勁，只想睡覺，甚至躲起來不願見人。但是冬天過去，春暖花開，這個人又慢慢活了起來，由內向變得外向，睡眠少了，做事也積極。

有這種現象的人應該挺多，只是我們常常只注意到某人很有活力、很快！很衝！很有效率，卻不知道他隔一陣就變得憂鬱消沉了。因為消沉的時候他躲起來，大家看不到，看到的是「躁」

的一面，不是「鬱」的一面。

正因為這樣，很多看起來特別開朗、特別有「喜感」，甚至已經是著名喜劇演員的人，像是好萊塢的羅賓．威廉斯（Robin Williams）突然自殺死了，大家都很難相信。

寫個心情日記吧！

如果你或你的親人有這種現象，我認為可以用個方法觀察，就是做心情日記。譬如你把情緒好壞列為十等，情緒特別低是一，特別高是十，中間上上下下，用二三四五六七八九來表示，你可以在記事本上記下來，也可以列個表，每天標示一下。譬如情況八、九、十的時候標高一點，一、二、三的時候標低一點。過幾個月你把這些標記連在一起，成為統計的曲線，說不定就看出來了。尤其是經過一年以上的統計，你很可能發現自己的情緒顯然跟季節變化有關，也可能無關，卻很平均地一陣子高興，一陣子不高興，一陣子情緒亢奮，一陣子特別低沉。

幫他統計、幫他預測、幫他面對！

問題是，自己做這個統計，常常有困難。因為當你憂鬱症發作的時候，對什麼都不關心，連標示的動力都沒有。這時候，你可以請家人或朋友觀察你，幫你記錄。你如果發現家人有躁鬱症的表現，也可以偷偷記錄，這會很有幫助，一個是幫你確定他的病情，一個是你可以預期對方的情緒會往「哪一極」發展，這好比有些男生會關心另一半的月事時間，知道每個月到哪幾天自己最好小心一點，因為女生脾氣會變壞。

瞭解自己的情況是很重要的，如同醉酒卻不承認的人最危險。相對的，如果醉了自己知道，尤其開車的人，如果懂得找人代為駕駛，會安全得多。

所以不論你是不是確診有「躁鬱症」，都可以做個心情紀錄，然後在發現自己或家人莫名其妙心情不好的時候，看看曲線：「噢！我恐怕最近進入了低潮，可能有些表現不恰當。」也有些自知的人，會避免這段時間做重大的決定，或者參加交際應酬。

憂鬱症是病，不是丟臉的事

有憂鬱症一定要自知，這毛病已經跟愛滋病、癌症並列現代人三大殺手之一了。說實話，它並不稀奇，而且常常發生得有道理，是可以諒解的！

舉個例子，秋天憂鬱症，不愛動、沒活力，或者變得特別愛吃甜、吃澱粉類食物，造成體重增加。這就跟小動物冬眠一樣啊！為了冬眠的時候有足夠的熱量撐下去，小動物秋天都會猛吃。那些冬天起不來床，總是縮在被窩裡的人，不是就像冬眠的小動物嗎？

有些憂鬱症的人，當他焦慮的時候，會不停地吃，甚至半夜起床，把冰箱裡冰冷的白飯、饅頭、麵包都吃掉。還可能藏一堆巧克力、糖豆之類的零食，讓身體一下子像吹氣球似地胖起來。如果家人不諒解，拿著零食的空袋子，或指著冰箱責罵，就麻煩了！

為什麼？因為那些暴食的人自己知道不該這樣做，他們不希望自己一路發胖，甚至痛恨自己。只是他們止不住啊！他們心裡實在太不舒服了，吃，畢竟能暫時讓他們好過一點。你罵他，讓他罪惡感更加重，只會變得更糟。也可能他一下子變了，由暴食變成厭食，瘦成皮包骨，甚至送命。這種例子太多了，碰上這情況，犯病的人和他的親人都要諒解病況，可以偷偷憂心，偷偷觀察，但是不要當面責備，必要時帶他去看醫生。

一考試就猛吃的壓力暴食

有些人一有壓力就不斷吃東西，尤其愛吃甜食。好些學生碰上考試，可能胖一圈，這種「壓力暴食」（stress eating）更容易瞭解。因為碰上壓力、碰上戰鬥，當然先要補給，這是生存的本能，從原始人不就這樣嗎？當考試過去、壓力消失了，焦慮性的暴食多半自然就停了。正因此，有些學生會一下胖、一下瘦，到了高考期間更是如此。碰上這情況，除非真影響了健康，應該不必過度緊張。

白天變短就情緒變壞

季節改變、環境改變，都容易對有憂鬱傾向的人造成影響。

季節改變，除了氣溫氣候的變化，最會影響人情緒的是日照的差異。尤其進入秋天，白天時間愈來愈短，會影響人的內分泌，譬如褪黑激素。

這也可以理解：白天變短了、能夠活動的時間少了，當然會變得比較懶。所以有些憂鬱的人會追逐陽光帶，也就是往熱帶跑，我猜想著名的畫家高更住到大溪地，就可能跟他的憂鬱有關。峇厘島上有不少外來的藝術家，其中很多來自北歐，也可能因為這些藝術家需要追求陽光帶。事實證明那些住在接近北極南極圈，冬天有永夜的居民，患憂鬱症的比例確實比較高。

曬出好心情

瞭解了這一點，憂鬱的人可以多曬太陽，甚至使用「光療機」照射，居家也最好採光明亮。對那些總愛開著大燈的憂鬱症患者，家人要諒解，因為他們這樣會比較舒服，千萬別讓憂鬱的人躲在灰暗的環境，那樣只會加重他們的病情。

憂鬱症的人除了要多接受陽光、多接近大自然，還要多運動。其實每個人都一樣，同樣困難的一件事，躺在床上想和起床之後想、運動之後想，會大不同。你愈有活力，愈能面對難題。從醫學的角度想，運動會增加我們的血清素，降低憂鬱的問題。

憂鬱的人除了比較不想動，也常常不愛去陌生的環境，所以許多憂鬱的人變成隱士，我們可以猜想寫《湖濱散記》的梭羅，和寫《麥田捕手》的沙林傑都有憂鬱的問題。梭羅隱居在華爾騰湖畔的小房子，沙林傑隱居在新罕布夏州鄉下的山頂小屋，很多作家、藝術家不是都有類似的表現嗎？包括我在內。

第36堂

對憂鬱症病人，什麼才是最大的幫助？

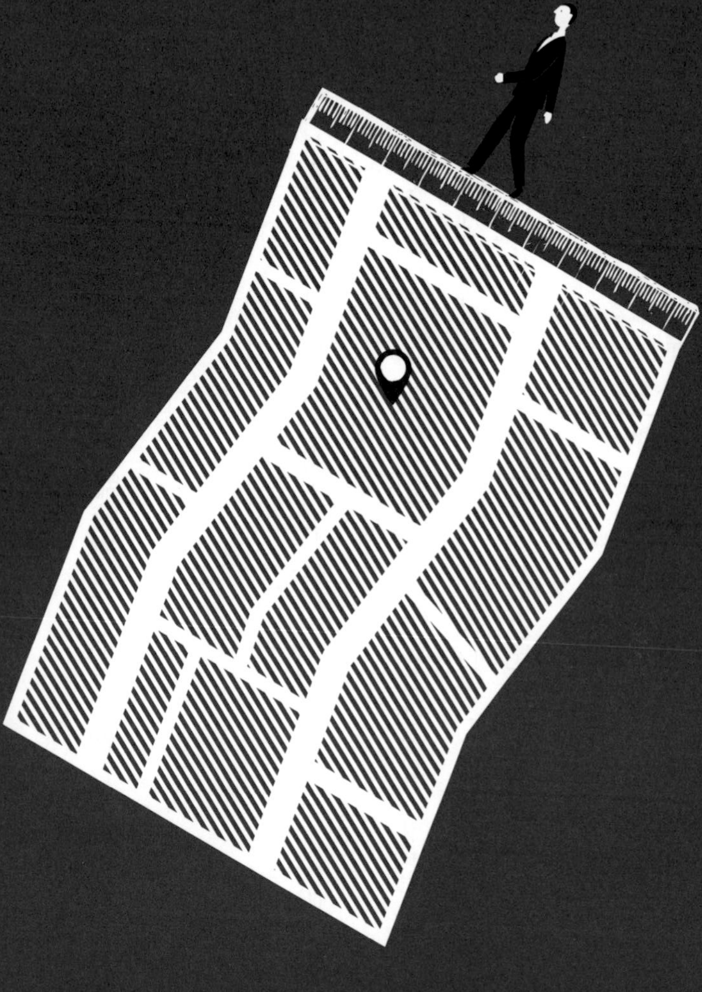

——憂鬱症的人常常不喜歡改變環境，我有位朋友的太太得了憂鬱症，除了躲起來、不社交，也抗拒旅行。

有一回她有事必須到美國，訂好機票，出發當天車子都在門口等了，她卻突然不走了。就這樣連續四次，每次我朋友都請假送她，也就跟公司請了四次假。最後朋友的老闆不高興地問，你老說要請假送你太太出國，你太太到底走不走啊？我這朋友說：「今天我保證，把我太太推也推上飛機！」

知道了這一點，碰上特別愛拖延，或者總愛臨時變卦，把每個約會都看作沉重負擔的人，我們要想想對方是不是有憂鬱的問題。

三毛為什麼會去撒哈拉

已經過世的名作家三毛，就曾經寫信對我抱怨某出版社社長中午請客，害她前一晚完全沒辦法入睡。

還有些人只要生活的規律被打亂，就會有焦慮的表現。譬如晚上有聚會，早上的脾氣特別壞。所以跟這種人不適合很早就約定時間，所謂「選日子不如撞日子」，你挑個陽光普照的日子，臨時找他，說咱們出去走走吧！可能反而讓他最沒有壓力，也比較容易接受你的邀請。

起不來床是否因為憂鬱？

對於那些早上起不來床的學生，如果上課的日子他起不來，放假出去玩的日子卻一點問題也沒有，不用叫就起來了。大約你可以猜想他們平時起不來只是睡得不夠，或者青春期的孩子需要大量睡眠，再不然因為學校的壓力太大，一想到當天沉重的課業就起不來。但是如果他們無論有課沒課都起不來，每天窩在屋子裡，就要注意了。

避免長期壓力造成的傷害

壓力太大確實會造成憂鬱症。為了應付壓力，我們的內分泌，像是正腎上腺素、多巴胺、血清素都會受影響，容易造成整個內分泌失調。壓力讓你不開心、不振作，不敢面對現實，可能過一陣子壓力解除，就沒問題了。但是如果長期憂鬱下去，尤其是當你不敢面對外面的世界，把自己封閉起來，一直走不出去，甚至覺得活著沒意思的時候，一定要立刻看醫生。

正面看待自己的忙碌

醫生可能跟你談談話，讓你心裡的結可以打開。我發現這種談話，一方面是讓你把藏在心裡的話傾訴出來，一方面是讓你諒解自己的病。舉個例子，我有個朋友忙死了，因為壓力太大得了憂鬱症，他去看心理醫生，說他忙死了！累死了！為誰辛苦為誰忙？真想一了百了。那醫生說：「你怎不想你有這麼傑出的成就，接下這麼多任務，都是你自己要做的，你本來就該這麼忙。」

沒想到，那朋友就漸漸看開了，總笑說：「我這是瞎忙，我活該！自找的！」是啊！當你想你是自找的，你就可以不再自找，當你認命了，就不會再對自己做無理的要求。當你看開了，就海闊天空了。

看開一點，大不容易！

但是請注意！「看開了！」「看開一點就好了嘛！」這種話，可以病人自己想，外人卻不適合用來安慰憂鬱症的病人。

我們必須瞭解，很多憂鬱症是因為腦裡面的化學出了問題、腦神經傳導出了問題，他們就是不高興。一般人一下子就忘了的事，有憂鬱症的人硬是忘不了。他們很可能為自己說過的一句簡簡單單的話，在心裡一直想一直想，認為自己說錯了。他們也會為別人的一句話，總是掛在心裡，覺得人家是話中有話。有些人會整夜想自己白天說過的每一句話、做過的每一件事，覺得一無是處，這種罪責感不是簡單幾句話就能開導的。

當外人說：「沒什麼事嘛！看開一點就好了。」聽在憂鬱症病人的耳裡，感覺不是你關心他，而是你不諒解他，甚至你是在諷刺他。

可能腦裡的化學在作怪

這種揮之不去的負面想法，常常是因為腦裡缺乏「血清素」（serotonin）造成。

我喜歡用個比喻，血清素好像河流上的擺渡，當岸上的人背著大包小包的行李，走到岸邊，擺渡就把他們載到彼岸。如果河上的擺渡很多，岸邊的人不怎麼需要等待就能渡河了。相對的，如果擺渡太少，岸邊就站了好多等船的人，他們背著的行李，裡面可能裝了憂鬱、裝了問題。那些憂鬱和問題就一直過不了河、放不下，甚至把人壓垮。

許多抗憂鬱的藥，都是為了增加河上的擺渡，也就是「血清素」。那些藥品可能是「選擇性血清素回收抑制劑」（SSRI）。也就是當擺渡要下班、收船收工的時候，叫他們多待在河上一些時候。這樣擺渡多了，岸邊等船的人就不會太擁擠，那些有一點事就放在心上，把自己壓得受不了的人，也能很快地忘憂。

愈是靈丹妙藥，愈要小心服用

精神科醫師常開的「百憂解」（prozac）、「樂復得」（zoloft）都屬於這種藥。

但我必須說，您即使自己覺得確實有這個問題，也一定要看專科醫師，不能自己隨便吃藥。而且既然開始服用，就不能自作主張，說停就停。很多人就因為吃藥之後覺得挺好，覺得不必再治療了，自己把藥一停，結果造成嚴重的悲劇。吃這類抗憂鬱藥物的人也不能急，因為服藥之後必須經過大約兩個禮拜才能見效。

非做不可的強迫症

缺乏血清素的人除了同一種想法總是繞在心頭，不容易排除，還可能重複做同樣的事，或者有強迫症。譬如總是洗手、總是擦桌子，總是洗頭洗澡。其中最常見的是很多人會在出門之後認為自己沒關爐子，一次又一次地特別跑回家，其實每次早就關好了。

再不然他們會在出門的時候，已經關門上鎖，又不放心，非重新打開門衝回房間，檢查開關爐臺水龍頭甚至門窗不可。甚至一次不夠，要鎖門、開門、鎖門、開門好多次。

如果次數不那麼多，我們還可以說這個人比較慎重，但是如果過度頻繁，好像有一種無形的力量強迫他做同樣的事，大概就是有「強迫症」了。

強迫自己去做賊？

更麻煩的是有些人會強迫自己買東西，像是一口氣買一大堆名牌包，甚至一次訂下好多棟房子。搞不好還會偷東西，我就聽說有個丈夫隔幾天就去一趟菜市場，四處問誰被他太太偷了，然後二話不說，就付錢。新聞上也常有有錢人，甚至明星偷東西的消息，我猜他們可能就有強迫症，看到就不得不下手，而且要偷，據說偷了才刺激、才舒服。還有些人的強迫症以怪癖的方式呈現，我記得以前著名演員傑克．尼克遜（Jack Nicholson）就演過一個角色，出門一定先要向哪一邊轉，就算他要去左邊辦事，也得先向右邊走。

因為強迫，所以成功

但是從另一個角度想，有強迫症的人，常常是完美主義者，也由於他們會專注在同一件事情上，百做不厭、樂此不疲，往往能有傑出的成就。

日本畫家草間彌生，就因為有嚴重的強迫症，不斷重複畫同樣的圖案，創造出特殊的風格，成為國際知名畫家。一直到現在，草間彌生還住在精神治療所，每天去附近的畫室創作，她的強迫症促成了她的創作，創作幫助她克服精神上的問題。草間彌生常說，如果不是因為藝術，她可能早就輕生了。

最後我要說認識自己的憂鬱！接受這個病的現實，該治療就別猶豫，是我們面對憂鬱症最好的方法。

一個憂鬱症的患者如果懂得怎麼跟自己的憂鬱或躁鬱相處，很可能有傑出的成就。因為憂鬱的多愁善感，使他們能夠「病酒悲秋」，當別人沒有感動的時候，他們感動。加上躁症引起的無窮活力，又使他們能把作品在很短的時間創作出來。歷史上像是邱吉爾、海明威、貝多芬、舒曼、梵谷、拜倫、托爾斯泰、川端康成，都是憂鬱症的患者。正因此，日本著名的作家廚川白村說「文學是苦悶的象徵」，世間還流行一句話：「天才和瘋子只有一線之隔」。

作個陪伴傾聽的人

憂鬱症患者的家人則要知道，憂鬱症的人既要有自己的空間，又需要家人的陪伴。所以你要讓他覺得他很自由，又覺得你就在離他不遠的地方關懷他。

對待憂鬱症的人，關懷常常比糾正更重要，你要學會聽他們傾訴，而且無論他們怎麼說，都認真聽，用同理心做正面思考，處處為他著想。你要很技巧地引導，盡量不要直接唱反調，否則他可能病情加重，甚至把你看成敵人。

為憂鬱的人打開希望的窗戶

憂鬱症的病人，雖然無法接受太大的工作壓力，但也不適合無所事事，因為沒事做，更容易胡思亂想。早上不必起床上班，使得他們更容易晚睡。愈晚睡愈容易失眠，失眠又容易加重病情。所以最好給他們恰當的工作，或者讓他們學點東西，讓他們生活有意義、活得有價值，逐步走出陰霾。

對於那些因為無法面對困境而憂鬱的人，最好的方法則是幫他解決困難。譬如有人因為欠債而憂鬱，但是當社工人員把他的債務攤開，為他分析還錢的方法，他發現原來不是毫無希望，憂鬱的情況就改善了。

由此可知，與其叫憂鬱的人放鬆心情，不如為他展示真實的願景，因為憂鬱的人最需要存在的價值跟希望！

我雖然不是專業的心理學家，但我看很多這方面的書，作很多青少年諮商，而且，我必須承認，我自己有憂鬱。正因此，我連續三次用最簡單易懂的話談憂鬱症，希望我的這番親身感觸，對大家能夠有點參考價值。

第 37 堂

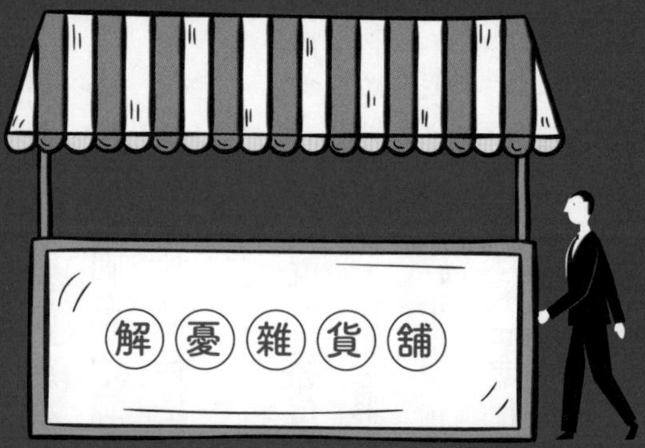

孩子教不好，很可能是管得太多了

今天的「解憂雜貨舖」要答覆三位朋友的來信，一位是李鶴，他在信裡說：「我沒自信、沒主見、做什麼事情都沒有激情，打不起精神。」

另一位「色調NO.3」的朋友是說他跟弟弟的關係不好，現在大家都成年了，可是弟弟已經頹廢兩年多沒上班，平時就是對著電腦遊戲，到了廢寢忘食的程度，一天到晚也不說幾句話……

還有一位朋友也說他沒自信，尤其最近打不起精神，覺得存在是多餘，懷疑自己得了「憂鬱症」。

其實類似的問題相當多，所以我就一併在這兒談了。

我有一陣子常在臺灣做巡迴演講，在演講當中有「答問」的環節。但是後來接到很多聽眾反應，說公開場所不方便，很多問題不好說，而那往往是特別重要的疑問。所以我又在臺北開了一個「青少年免費諮商中心」，可以由家長或老師帶著有問題的青少年來跟我聊天。

孩子有問題常因為大人管太多

正因為有經常跟青少年談心的機會，讓我對他們的問題比較瞭解。首先我發現很多家長帶著孩子走進我的諮商中心，才進門，從家長的臉上，我就看到了問題。

請容許我說一句可能過分的話，大概有一半以上青少年的問題跟大人的管教有關，不是大人沒管，而是管得不妥當，甚至可以說管得太多。

既要親近又想脫離

讓我先舉個養小動物的例子，如果你養過狗，應該有這樣的經驗，就是狗有兩個面，雖然跟你親得要命，在家總偎著你，要你抱抱，可是帶出門，如果沒牽著，他們又可能往前衝，衝得老遠老遠，再飛也似地衝回來。

既想偎著你，又想跑遠遠的，這兩個表現在狗的身上很矛盾地呈現。

小孩不也一樣嗎？你看那些在外面玩的小小孩，是不是起先不敢離開媽媽，後來漸漸敢了，但是隔一下就跑回媽媽身邊，抱一抱，求得一點溫暖，又跑出去玩了。

不愛我，就咬你！

再回到小動物身上，如果你養隻小動物，每天餵牠好吃的、抱著牠疼愛，總把牠栓在身邊，有一天你把籠子打開，說：「你長大了，應該自己找食物了，我不能再餵你了！」

你把牠趕出籠子，趕出屋子，牠會立刻走遠嗎？牠可能跑開一下，接著跑回來，要吃要喝要抱抱。但是你說不能再給吃給抱了，因為牠長大了，得出去獨立了。

你把牠推出去，牠硬不走。如果你堅持不餵牠、不抱牠，還趕牠，牠會怎樣？

牠可能突然發脾氣，咬你一口。

人類的世界有什麼不同嗎？我們處處可以見到對著祖父祖母爸爸媽媽兇的小霸王，是上一輩沒疼他嗎？當然疼。只是爺爺奶奶爸爸媽媽不能跟他們一輩子，你總得放他出去獨立啊！

什麼時候放他？你心裡有個譜嗎？

你是一步一步叫他去獨立，還是突然就說他長大了，該獨立了？

你前幾年還每天帶著他學彈琴、學體操、學畫畫，突然間說不學了，沒時間學了，功課重要！好好念書，然後盯著他的成績，差一點你就急。然後你嚇唬他，說如果考不好，就一生都完了！從小時候無微不至的溺愛，到突然把他推向難以瞭解的現實，有很多孩子是不容易接受的。

早戀，你就完蛋！

交異性朋友也一樣，有些家長認為小孩子一交男女朋友，天就要塌了，外面的小男生小女生，都是毒蛇猛獸。果然，你沒管得住，他硬是交了異性朋友，功課一落千丈，確實證明異性朋友都是有毒的！

但是當他上了大學，你又突然改變說法，開始關心孩子什麼時候結婚，有沒有找到好對象。問題是，在西方世界，情人節到了，可能爸媽還帶孩子去為異性朋友買禮物呢！他們男生女生從小打成一片，怎也沒幾個中毒啊！

連我的母親都一樣，高中的時候，她在大門邊放一把竹掃帚，說哪個女生來，就打出去。可是高考上午才放榜，我考上了，她下午就要帶我去做西裝，說該交女朋友了，又說她某某朋友比她小十歲，都抱孫子了。

請問，這種教育能不造成價值的錯亂嗎？

孩子心裡會不會想，去年彈琴彈不好還挨打挨罵，今年就不用彈了。十幾年都說交異性朋友危險，突然又解禁，一百八十度大轉彎。從來不讓我進廚房，做半點家事，突然把我送到國外，說我得自己燒飯自己洗衣，自己照顧自己。

被嚇大的孩子

我們的孩子常常是被嚇大的，從剛懂事，就說「別哭了！警察來了！」才讀書，就說「讀不好，你就完了！」

當外面的世界那麼危險、那麼可怕的時候，是不是有些孩子就不敢往外衝了。這時候你非把他們往外推，他們是不是可能回頭咬你一口？

所以我們常說孩子是「把著門檻狠」，不敢跟外人拼，就跟自己爸媽兇，出門見到王媽媽李媽媽都打招呼一副笑臉，在家裡卻從起床就掛著臉，好像父母欠他的。

孩子難道不知道父母祖父母疼他愛他，把他看得比生命還重要嗎？孩子當然知道，所以才有那麼多青少年留言給我，自責他們為什麼明明愛爸爸媽媽，卻當面還是忤逆。

孩子的這種態度，是因為小時候他不需要的時候，大人硬塞給他太多。他大了，捨不得走的時候，大人又非要他走。對這個世界，他有太多恐懼，對父母甚至師長說的，他有太多不解。

心裡著急卻不行動

這個情況下，有些孩子用叛逆表現，有些孩子用畏縮表現，有些孩子硬是衝出去了，也獨立了。也有少數孩子，躲在被窩裡、電腦遊戲裡，不出去，甚至很大了，二十歲、三十歲，都不出去。你非叫他出去，他就咬你一口。而且他們知道應該獨立了，應該工作了，心裡急，卻沒行動，因為膽怯、怕失敗，就更焦慮，甚至憂鬱了！

如果說他們這是得了憂鬱症，請問，除了孩子天生的身心狀態，作父母師長的有沒有責任？

矛盾的教育價值的錯亂

為什麼他們小時候你說外面是天堂，大一點，嚇他們，外面是戰場？為什麼你前一刻說「不要念了！身體重要！」後一刻說「還沒念完嗎！就繼續吧！」

我自己中學時候常去基督教會的主日學，我發現那裡有好多青少年。去的一個原因確實是崇拜上帝，另一個原因是可以看到異性。還有個原因，是許多人希望在教會裡找到生命的方向。

是啊！青少年，開始走向外面世界了！開始要獨立了！開始要面對外面的戰場，離開媽媽爸爸溫暖的懷抱了！就像小狗、小動物，既會一溜煙衝出去，不見了，又會飛也似地衝回來，撲向主人撒嬌。

他們心裡有多大的掙扎啊！「我為什麼要長大？為什麼爸媽要我出去？他們要我成功，如果我不成功怎麼辦？外面的世界是可怕還是可愛？」下一個問題是：「我為什麼來到這個世界？我活著是為什麼？」

於是一個個悲劇就產生了，隨便舉個例子，據BBC中文網二〇一七年二月十三號報導，香港在八天內發生四起中學生墜樓事件。至於一六年三月，則在九天內有超過六起的十一至二十一歲學生自殺。

天哪！香港一個地方，就已經有這麼多青少年輕生的問題，如果您上網查查，大陸、臺灣會不會更嚴重？

沒錯！很可能我們可以推給憂鬱症，說這是文明病，然後用心理治療、藥物治療，但是當我們發現自己的孩子委靡不振、萬事不關心、學習一落千丈，甚至早上起不來的時候，就把一切推給文明病，再不然認為孩子是裝的，打罵一頓就好了嗎？

這是整個社會的問題，是價值觀的問題，是管教的問題，是孩子從小，應該怎麼一步步引導的問題啊！

第38堂

殺敵一萬，自損三千

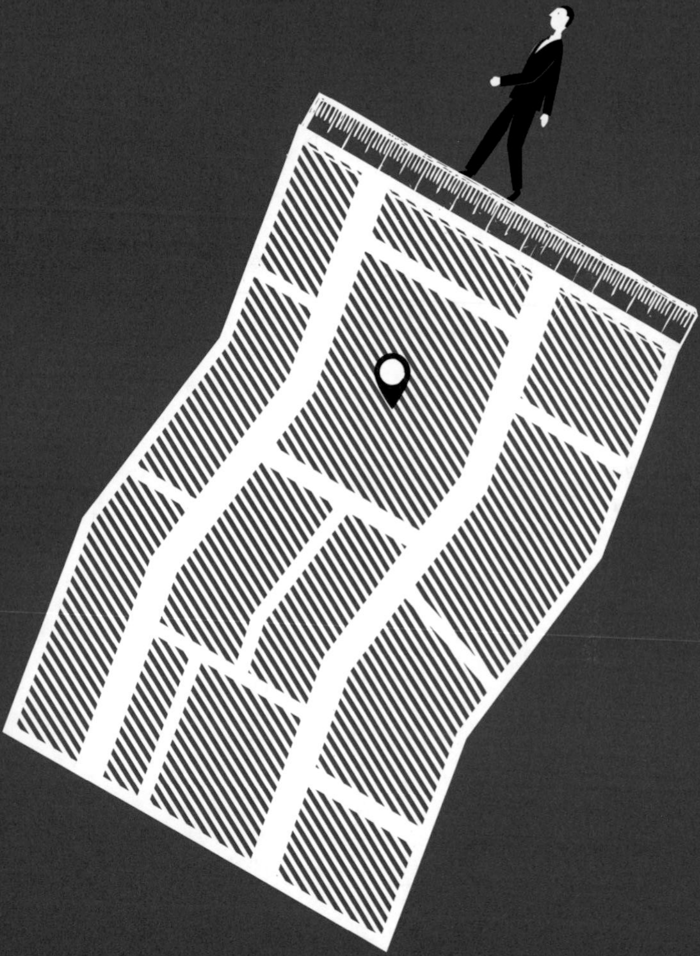

——前些時朝鮮試射飛彈，搞得國際挺緊張，因為他們愈射愈遠，已經可以打到美國東岸了。這時候很多人想，川普不是早就說下大話，可以一下子摧毀金正恩的政權嗎？為什麼說一次、說兩次，還跟日韓搞一堆演習，卻遲遲沒有行動？

論美國的軍力，確實可以摧毀朝鮮政權，問題是他不能不考慮後果。就算反飛彈的系統可以把所有射向美國領土的朝鮮飛彈打下來，日本韓國卻可能受損。尤其是韓國，單單靠朝鮮的傳統武力，首爾恐怕就得死傷百萬。

打仗是最不得已的選擇

今天我為什麼突然談到政治軍事？

因為處世的道理，跟政治軍事一樣。《孫子兵法》早說了：「上兵伐謀，其次伐交，其次伐兵，其下攻城。攻城之法為不得已。」

也可以說兩軍交戰，先要用謀略，以智取；然後談判，想辦法不戰而屈人之兵，談判破裂只好動武出兵。至於攻城，不但會讓軍人死傷，也會造成百姓的傷亡和城市的破壞，是最下策。

所以《孫子兵法》裡也說：「百戰百勝，非善之善者也；不戰而屈人之兵，善之善者也。」百戰百勝不是最棒的，因為一將功成萬骨枯，百戰百勝很可能需要付出慘重的代價。只有不費一兵一卒而令敵人屈服，才是完美的結果。

雖然《孫子兵法》是兩千五百多年前的書，但是即使到今天，大家如果能常想想這當中的一些道理，甚至只是幾句話，仍然會對為人處事大有幫助。

我們常常由於看得近，嚥不下一口氣，而跟敵人纏鬥，結果對雙方都沒好處。可能在一個單位裡，兩人不合，纏鬥幾年，甚至幾十年，不但自己受傷，而且影響工作，結果兩個人都升不上去，到退休都沒什麼成績。

殺敵一萬，自損三千

俗話說得好：「殺敵一萬，自損三千。」哪個纏鬥會不受傷？除非你能一下子就把對方打垮，而且打得他再也爬不起來。否則就算你贏了一時，卻可能擔心一輩子。這種贏，有意思嗎？

從另一個角度想，你出頭，尤其是強出頭，難免影響別人，不可能沒阻力。這時候你要想想自己能不能應付那個阻力、樹立這個敵人。當你什麼都不是，沒背景、沒財力，卻才進入一個單位就表現出你的潛力和野心的時候，很可能有人立刻要把你打趴，以免你將來威脅到他。

除非你已經很有實力，他一下子打不趴你，即使把你打趴，你也很快就能再站起來，甚至做到「他傷你一萬，你損他三千」。這跟目前朝鮮和美國的情況不是很像嗎？如果朝鮮不是已經有核武和洲際飛彈，讓美國人顧忌，美國不是早動手了嗎？更甭說「川金會談」了！

在敵人冷不防的時候冒出頭

我曾經用個比喻。人要出頭就得動作快，當你剛冒出頭的時候，敵人很可能一刀砍過來，削掉你半個頭。如果你冒得快一些，別人一刀砍來，可能正好砍到你的脖子，你就身首異處了。但是，如果你在敵人沒注意的時候，一下子，以很快的速度冒出來，敵人一刀砍過來，可能砍到你的肩膀，搞不好砍斷你一隻臂膀，這時候你用另一隻臂膀就能要他一隻眼睛，甚至一條命。

請問，換作你是他，他用一隻眼睛甚至一條命，只能換你一隻臂膀，他還會下手嗎？

瞭解了這個道理，一個是你冒出頭的速度要快，一個是你要讓敵人不注意你。也可以說，當你新到一個單位的時候，要謹慎，認真地觀察每位同事，瞭解公司的業務情況，知道人與人之間的和諧與矛盾，卻不能早早就露出鋒芒。

新進入一個工作單位和新進入社會一樣，你要觀察、要學習，卻不能躁進。你要勤快、要和善，卻不能露出野心。直到你的實力夠了，再想辦法一下子冒出頭。

不能為敵只好為伍

即使你冒出頭了，還得不斷充實自己。讓我舉個例子，我以前在新聞界工作，有位同事，有才能有衝勁，但是顯然對別人造成潛在的威脅，受到很多人排斥。偏偏這個年輕人又沒背景沒財力，靠他省吃儉用，總算工作三年之後用分期付款買了個房子。

從他買房，那些人更排斥他了，因為他們知道他的分期付款壓力不小，如果丟了工作，立刻會出大問題。我這位同事當然也知道，所以特別表現得低調。又過兩年，他走運，得到個特別的獎助，一下子居然把貸款還完了。辦公室的情況也突然改變了，所有視他為眼中釘的人一百八十度轉變，一個個對他好極了！

為什麼？因為他冒出頭，冒出了整個身體。那些打壓他的人很難對他造成傷害，卻可能影響自己的前途，有些人甚至偷偷地開始跟他攀交，說早就看他不是「池中物」。

果然，他沒多久就被請到別的單位，擔任了要職，一下子爬到以前那票同事上面了。

我常想，如果他早期在單位裡被冷嘲熱諷排斥的時候，自恃有才能，忍不下一口氣，離開了，會怎樣？如果他背著房子貸款，還逞能鬥狠，拍桌子拂袖而去，會怎樣？

從這個故事，大家要知道，我們處世非常重要的是韜光、是忍耐、是用功、是實力夠了再迅速冒出頭！不是爭凶鬥狠，更不是正面的衝突和纏鬥。

製造別人的矛盾，創造自己的機會

纏鬥是最要避免的，如同「鷸蚌相爭」，只能造成漁翁得利。你的對手最高興看到你和別人鷸蚌相爭了，因為你們爭鬥、騰不出手，最不構成威脅。好比很多大國，就算殖民結束，還政於民，他們也喜歡在裡面搞派系，甚至把一個大國分成幾個小國，而且最好彼此有矛盾。這樣他們才能扮演和事佬，在中間撈到好處。而且相爭的國家，把大部分的時間和財力拿去內鬥，對外就沒什麼大威脅了。

纏鬥往往是內鬥。問題是內鬥的人又往往不會反省到：「我們在幹什麼？我們在鬥什麼？這樣長期鬥下去，只能親者痛、仇者快，讓別人看笑話。」

所以，如果你在工作單位裡正經歷內鬥，除非你實力強得多，可以把對手一舉擊潰，最好評量一下，值不值？你們甚至可以好好坐下來討論，說何必呢！多讓一步，別便宜了其他人。

你也可以站開來，從另一個角度看你目前的情況，然後暗暗在別的地方開路，或者充實自己。如我前面舉的例子，當你有實力，敵人自然會向你靠攏，成為你的朋友。最起碼你可以跟敵人平起平坐上談判桌。而且「此處不留爺，自有留爺處」，當你把內鬥省下的精力用在別的地方，說不定能夠更有成就。

第39堂

倒下是為了再起

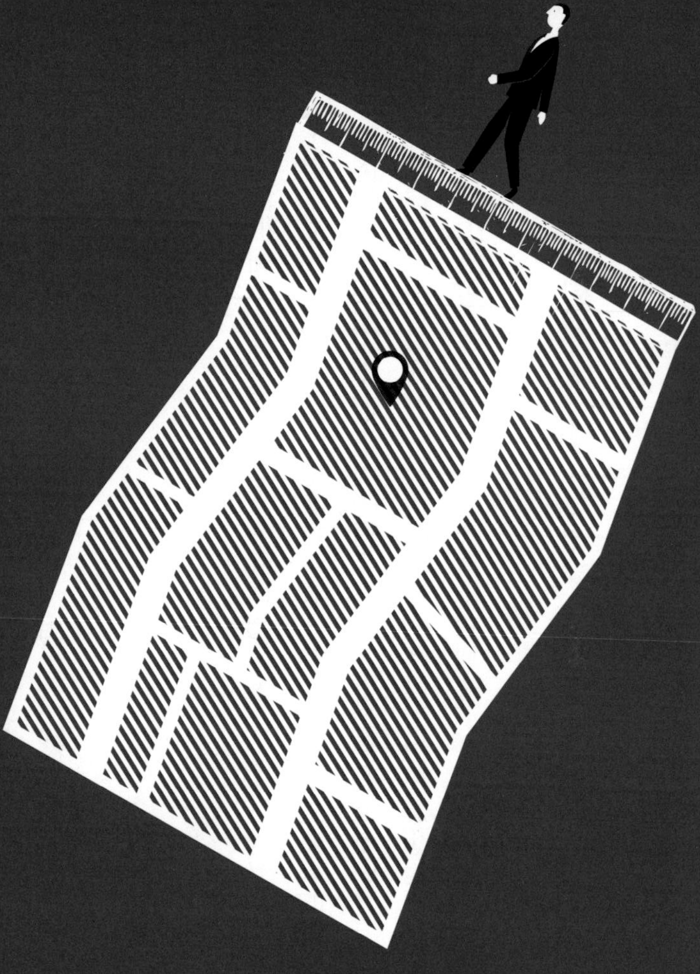

——當我們看拳擊賽的時候，常常有不忍卒睹的情況。就是強弱懸殊，其中一人顯然已經不支，甚至好幾次被打倒在地，但是只要在裁判數到十之前爬起來，表示可以撐得住，比賽就繼續，那個剛爬起來的人也就可能繼續挨打。問題是，有時候處於弱勢的人硬不認輸，連出拳的力氣都沒有了，只能兩手護著頭，任對方拳如雨下地猛打。這時候我們難免想：為什麼他要繼續挨揍，明明已經打不過，何必硬撐在那兒挨更多拳？當然，也可能奇蹟出現，挨打的人鼓其餘勇，突然出拳，居然反敗為勝，把強手打暈。可惜這常常是電影情節。

被KO也是一種戰術

在拳賽裡不想繼續挨揍的方法很簡單，就是倒在地上，別再起來。

沒錯！被KO，很丟人，但是從另一個角度想，這次打不過，為了避免受到更大的傷害，認輸了！倒下了！下一次再從跌倒的地方爬起來，把這次的對手打趴，不是更有面子嗎？

在人生的戰場上，當我們已經完全沒有反抗力，只可能挨揍的時候，也要想想是不是倒地認輸。因為今天認輸，明天還可能東山再起，今天送了命，就真是輸到底了。

什麼是認輸？投降是認輸！

投降確實丟人，但是不投降可能被毀滅，為了國、為了家，為了有一天雪恥，投降是不得已的選擇啊！

日本投降了，沒多久，又神了。

句踐投降了，不但臥薪嘗膽，甚至嘗夫差的糞便。但是他東山再起，復國了！

司馬遷讚美伍子胥，說他能「棄小義、雪大恥，名垂於後世」。又說當伍子胥流落在長江邊的時候，在路上行乞，但是沒有一刻忘記殺父之仇。真可以說是「故隱忍就功名，非烈丈夫孰能致此」？

一個公司的財務已經撐不下去，還硬撐，最後被債主衝進門，把印表機、冷氣機，甚至桌子椅子全搬光了。結果本來還能繼續經營，說不定由虧轉盈東山再起，現在硬是垮了，這公司聰明嗎？如果他能夠及時宣佈破產，重整業務，擬定還債的計畫，會不會聰明得多？

死要面子不聰明

在西方動不動就有人宣佈破產，從那一刻，債主們就只能依法討債，不能把人逼得走投無路。使得這個欠債的家庭能夠保有一定的生活費、車子和生活的空間過下去。

相對的，如果你是一家之主，明明破產了，還硬撐，最後讓人把你一家趕到街上，無家可歸，你是明智的嗎？

明智的人，要知己知彼。要瞭解別人，更要瞭解自己，知道自己什麼時候還能戰鬥，什麼時候必須認輸。

最近，我們看到很多性侵的案子被爆料，有些性侵的人，一被爆料，立刻認錯辭職。當然也可能是他們的雇主立刻把他辭退。

當你看到這消息的時候會不會想，事情還沒調查清楚，他們的反應也太快了吧！

他們笨嗎？不！應該說他們鬼，在實在撐不下去的時候，乾脆自己先倒下，為的是避免繼續挨揍！

是啊！如果那人硬拗，說自己沒有性騷擾，自己多麼老實，結果其他曾經被騷擾的人，原本不想出面，聽他死不認錯，實在火大了，一個個跳出來，事情不是更嚴重了嗎？搞不好，受害的人還集體索償呢！

至於公司，如果不立刻危機處理，人家往你的員工丟石頭，能夠不砸到你公司嗎？明明你的人出了問題，你過去不明察，用錯人，現在還護著他，死不認錯。是不是公司也要倒楣？而且公司這樣做，對那個被開除的人恐怕還有利，因為大家想後者連差事都丟了，夠慘了，就可能不再窮追猛打。

棄車是為了保帥

我曾經看過一個漫畫，一個象徵調查員的挖土機正在往小山洞裡挖，挖到了一些鈔票。而山洞的深處藏了好多人，正拚命把其中一個人往外推，要他出去認錯。因為推的那些人都站在金山銀山上。

他們為什麼要推一個人出去送死？去認罪？因為調查員把那個人和鈔票挖到之後，可能就不繼續往裡挖，於是保全了裡面那些人，和他們不法取得的金山銀山。

有人說一個貪官自殺，能讓一群貪官鬆口氣，也是這個道理！

我絕對沒有意思教大家逃避法律的制裁，只是舉例，什麼叫「棄車保帥」，也可以說什麼叫「停損點」！

設立人生的停損點

「停損點」是股市的名詞。當你炒股票，股市大跌，跌到你事先設定的「停損點」，你就脫手。就算明天可能大漲，你也毫不猶豫地把手上的股票賣掉。因為只有這樣你才能確定不再賠，也才能留得一點股本，改天翻身！

比賽的時候認輸、拳賽時倒下、財務出問題時宣佈破產，都是停損！

各位可能說不太會碰上這問題，那麼我要請問，大家總有在做錯事的時候認錯吧！

認錯也是「停損」的好方法。

想想，如果你做錯了，硬不承認，還要強辯，你的老闆會高興嗎？他會不會因此非把你查到底不可？搞不好像前面「挖山洞」的例子，人家一路挖，挖出你更多的弊端。

相對的，如果你立刻認錯，表示自己會痛改前非，主動交代錯誤。老闆看你痛哭流涕，惻隱之心大發，也就可能不大張旗鼓往下查了？

各位要知道，老闆往下挖，有時候可以發掘出更多的真相，也可能挖出更多的問題，因此牽連更多人，搞不好動搖整個公司。所以，如果出錯的人認錯，上面人常常大事化小，把犯錯的人懲處一番就算了。相反的，如果死不認錯，大家硬對著幹，就只好走著瞧，都不好看了！

為什麼給敵人留一條逃生的路

大事化小，在戰術上是「窮寇莫追」，也是《孫子兵法》裡講的「圍師必闕」。

為什麼把敵人圍起來，還故意留個缺口？為什麼寇賊逃了，你能追卻不追？是存幾分仁心，放對方一馬，也是為了避免雙方更大的傷害。因為狗急跳牆、貓急咬人，當對方已經無處可退，大不了「命一條」，他用他的命跟你拚，除非你力量遠遠超過他，你犯得著跟他拚嗎？

據說連紐約的搶匪在行搶的時候，要對方皮夾，皮夾交了，要對方手機手錶，也交了，看見手上一個戒指，要被搶的人交出來，對方突然猶豫。除非那戒指顯然很值錢，聰明的搶匪常常就一揮手說：算了！

為什麼算了？

因為他發現那個戒指可能有感情上特殊的意義，被搶的人別的能給，戒指不能給，如果他硬要，被搶的人很可能跟他拚命。

不正面打，從後面殺

當然打仗的時候「圍師必闕」，也可能是更狠的一招。

各位想想，如果你把敵人圍得死死的，他們是不是會團結在一起，做困獸之鬥？

相對的，如果你留一條可以逃生的路，他們想的就不是「怎麼硬拚」，而是「如何逃跑」了。

當這些「殘敵」從缺口跑的時候，你再從後面追擊，用你士氣高昂的正面，打敵人落荒而逃的背面，是不是容易得多？

高抬貴手的時候

「圍師必闕」、「窮寇莫追」，在社交上也常是為了給對手留點面子。

我在臺灣看政論節目的時候發現，兩方辯論，辯得面紅耳赤。一方顯然有理，說得另一方無法招架，已經搖搖欲墜，只要追問幾句話就能大勝了。可是就在這時候，強勢的一方常會突然停住，不再往下追。為什麼？因為勝敗大家都看到了，內行人也心知肚明，就給對手留點面子吧！

在人生的戰場上，我們可能輸，為了保留東山再起的一點元氣，該認輸的時候就要認輸。為了顯示你的真誠，犯了錯就要認錯。為了避免把臉撕破，理直不必氣壯，而要理直氣和，顯示風度。也可以給對方留一點餘地，該鬆手的時候鬆手，避免他做困獸之鬥，造成兩敗俱傷。

在人生的戰場，最好能兵不血刃。

給對方留一步，常常也是給自己留一步。祝大家處處能化敵為友，化阻力為助力，創造雙贏的溝通！

第40堂

打電話的技巧

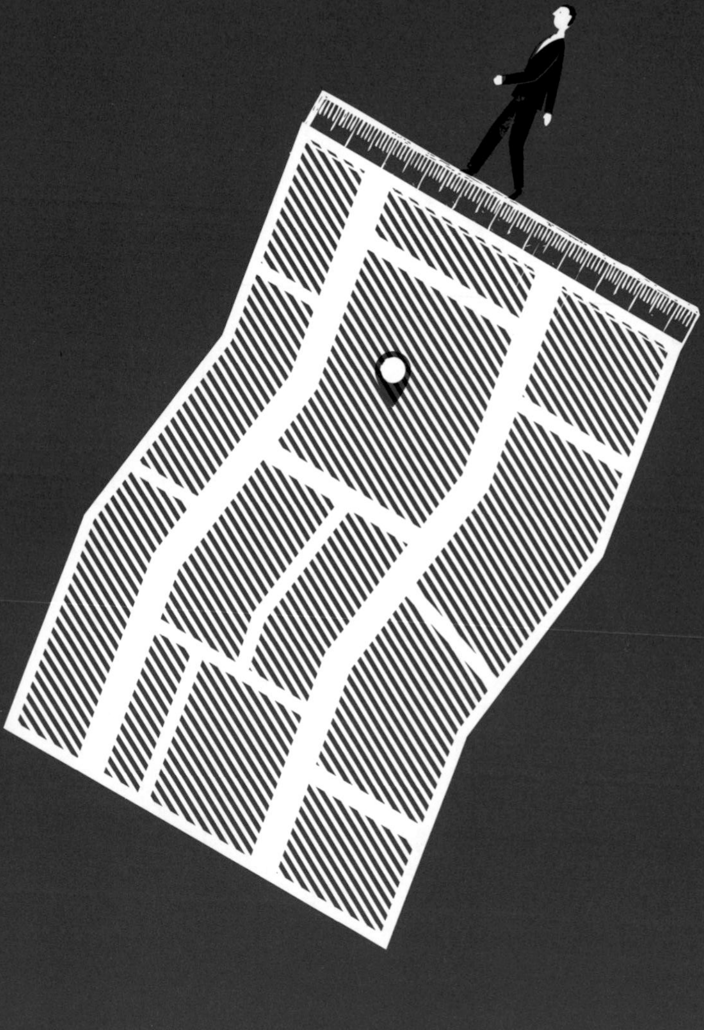

——日本人接電話說「moshimoshi」，韓國人說「yeoboseyo」都是四個音。英語簡單，也要講「哈囉」，兩個音。咱們老中就精簡得太多了，一個字「喂！」

但也就因為只有一個字，各位要知道單單從一個字就能傳達多少東西啊！尤其是打電話的時候，可能完全沒見過這個人，第一印象全憑那瞬間的一個字「喂」，他的「喂」說得很委婉溫柔「wéi」，還是剛硬粗魯「喂！」是不是給你完全不一樣的感覺？甚至你對那一整個單位、一整個企業的印象都可能由此開始。

可不是嗎？多年前我曾經打電話去個航空公司，那接電話的小姐才一個「喂」，我就覺得會不會剛剛出事了。好多企業，處處努力希望給人好印象，卻沒想到接線小姐、總機小姐那一個「喂」，就給人「陰陽怪氣」、「要死不活」，好像已經撐不下去的感覺。

我曾經跟一位企業大老闆說，如果你把廁所弄得很講究，連牆上掛的畫、檯子上插的花都棒，會給人很好的印象，人家會想，連這麼不重要的小節，你都有能力、有心情、有品味去照顧，重要的地方一定更講究了。

同樣道理，如果有總機接電話，千萬要找最美的聲音、最好的態度。一開始你就可能贏了，贏了顧客好的印象，甚至讓對方好奇，小姐這麼美的聲音，應該很漂亮吧！

當然，我說的美是要聲音柔美友善帶喜氣，可不是發賤喲！

一個「喂」能夠送出多少訊號？

「喂」，是我們每個人都要講究的。各位想想，你接電話的時候，是怎麼說「喂」？

有的人很溫柔說「喂——」，這應該多半是女生，當她這樣說的時候，會讓人覺得她很從容。因為不可能她家裡失火、進賊了，她還很溫柔地說：「喂！我家失火了！」

有的人說喂說得很果斷：「喂！」從容而有力，好像很有權威的樣子。你如果這樣說喂，應該會讓人覺得你做事認真。

還有人說喂，會拉長音，好像講「我」「愛」「伊」，如果你是大老闆，這可能顯示你很有派頭。但如果你是小職員，恐怕有人就心裡要問了：「這是誰啊？人五人六的！一個喂要拉那麼長，做事八成會拖！」

還有人恰恰相反，很急促，「喂」！好像他很怯懦，做賊的！再不然欠帳太多，唯恐有人打電話討債。

同樣說「喂」，有人講二聲，還分成兩段發音，好像把「委」「微」兩個音連在一起，通常比較婉轉。相反的，有人發第四聲，「喂！」就硬多了！

單單喂這麼一個字，你也可以用它來作暗示。譬如有人打電話來，你不想跟他多花時間囉嗦，你可以先等電話響幾聲再接，說「喂」，稍微比你平常來得急促。對方常常就會問：「你是不是正忙啊！」於是你正好藉口脫身。

你也可以存心低調。譬如你請病假，發現老闆來電，最好喂說得弱一點。千萬別生龍活虎地喂，或者匆匆忙忙地「喂」，你老闆八成會說：「你真生病嗎？還是在忙？在玩？」

用喜氣的聲音給人好印象

各位或許可以先想想自己怎麼說喂，會不會太硬、太軟、太沒精神、太沒喜氣？喜氣太重要了！

《菜根譚》說得好：「天地不可一日無和氣，人心不可一日無喜神。」各位不妨先想想特高興、特喜氣的事兒，再說「喂」試試看？當你改進了自己說喂的方法，很可能改變人際關係，甚至命運喲！

用一個「喂」字就帶給對方好的印象，這有多麼划算啊！

從你接通電話的那一刻就要小心

因為你常常不知道對方是誰，讓我說個真實故事，我有個朋友，在某公司做個小職員，但是他有一位很有地位的乾爹。

某日一大早乾爹叫他過去幫忙，他打電話到公司說他乾爹叫他有事，要請假。他的長官一聽他要臨時請假就有氣，但是礙於他乾爹的地位，不敢多說，只好冷冷地答應了。

我這朋友掛了電話對他乾爹說：「長官好像不高興耶！」

乾爹講：「沒問題！你如果不安，我來親自給你長官打個電話吧！」立刻撥電話給他長官。

沒想到他長官正火大地跟辦公室其他人抱怨呢！「他X的，某人算什麼東西，居然拿他的牌子壓我……」拿起電話，「喂！」臉立刻綠了。為什麼，因為他一邊說，一邊拿起電話，剛才的話全讓對方聽到了。沒過幾天，那長官就調到另一個部門坐冷板凳了！

很多人都有一邊接電話，一邊繼續跟身邊人聊天的毛病，甚至為了跟旁邊人話沒說完，而把接通的電話拿在手上，等自己說完話才「喂！」

結果前面那些話全被對方聽到了。如果那是議論人的小話，或者業務機密，能不出問題嗎？對方如果聰明，聽你說他壞話，立刻把電話掛了，就更麻煩了。因為你不知道他是誰，你在明處，他在暗處，搞不好正在人家的背後說壞話，得罪人，加三等，改天怎麼死的都不知道。

接電話要小心，只要拿起電話就別再跟旁邊人多說半句。掛電話之前也要注意，就算跟對方說了再見，只要電話沒掛，就得警戒。因為你可以慢慢掛電話，他也可以慢慢掛電話，有些特別有禮貌的人，還會等你真正掛電話之後才掛電話。結果你跟他說再見之後所講的話全被他聽去了，如果你們前面談得「不對頭」，你說再見之後，立刻破口大罵，也就被他聽到了。

辦公室的竊聽器

還有個常見的狀況：

在大辦公室裡，有人接起電話，是找別人的，接電話的說請等一下，我叫他，於是把話筒留在桌上。問題是他可能叫了，人家沒立刻去接，或者他叫一聲，就不管了。結果電話留在桌上，變成竊聽器，一整個辦公室的對白，全「播放」出去了。

免持聽筒要提心

還有個狀況很類似，是現在很多車子裡面有擴音的功能，目的是讓開車的人不必因為拿手機，影響駕駛的安全。但是也會造成一些困擾，我曾經在書裡寫過一個故事：

平常夫妻各自駕車去上班，有一天，太太的車壞了，只好搭先生的車，上路不久，突然來電話，直接擴音：「死鬼！你死到哪裡去了，為什麼還沒到？」

接著就聽見啪一聲：「死在車上了！快來救死鬼吧！」

所以如果你的車有這種功能，只要車上還有別人，為了避免困擾，電話一接通就應該立刻告訴對方：「我正開車，現在是擴音。」

別把你的情緒發在別人身上

打電話也要注意自己的情緒。舉個例子，我有個朋友人在香港，太太在美國，他常常在上班時打電話給地球另一邊的太太。他太太卻對人抱怨，不喜歡接到他的電話，因為她老公上班的時候，辦公室忙，常常語氣很急。而她在美國，香港的白天是她的晚上，心情比較安適。結果一個急躁，一個舒緩，感覺很不好！

知道了這個道理，打電話之前千萬要調整情緒，再不然就得避免在情緒不穩的時候撥電話。即使有急事，非打不可，也要先調整自己，因為沒有人要莫名其妙承擔你的壞情緒。

不要冷不防地亂傳球

許多人打電話還有的毛病，就是會問對方：「某某人正在我旁邊，你要不要跟他說話？」

通常雙方一定是熟人，你這麼說的時候，對方好不講兩句嗎？

如果對方說：「不用了！」那個在旁邊的熟人能不覺得尷尬嗎？

所以這種硬是把旁邊人拉進來的做法是很糟糕的。如果想對方可能希望跟旁邊人聊幾句，你可以換個說法，說「某某人也在」。

對方想順便聊聊，自然會請你轉交電話，否則他只要說「代我問他好」就成了。

還有個狀況，是常有人打聽別人的電話號碼，如果你知道雙方是很熟的朋友，而且經常通電話，現在對方一下子找不著，你當然可以告訴他。

但是碰上你不確定的人，就不能隨便說了，你可以很婉轉地講你現在不方便查，能不能請對方留下電話，你找到之後再打過去。然後你先聯絡他要找的那個人，確定可以給之後再通知，或者請他們直接聯絡。

經常碰上這種情況，那兩個人如果關係不錯，對方事後總會抱怨你把關這麼嚴。但是抱怨歸抱怨，他們暗自都會欣賞你的慎重。

打電話怎麼把握時機，屬於戰略，前面已經談過了。今天講的都是戰術，也就是日常生活應該注意的小細節，希望對大家能夠有些幫助。

•

讓我們回顧過去，有一半我談的都是處世的戰略，也可以說是處世的原則。譬如為自己定位、站穩立場、認清主角、飲水思源、韜光養晦、終身學習、正面思考和職業道德。

另外一半談的是戰術，也可以說是處世技巧，像是託關係送禮物的技巧、談判簽約的技巧、拒絕人和避免纏鬥的技巧，用時間和打電話的技巧。另外我談了現代人的憂鬱症，也透過「解憂劉墉談處世的40堂課：解憂、解惑、解人生，跨世代的人際智慧錦囊 / 劉墉作 . -- 初版 . -- 新北市：臺灣商務，2018.07
336面；17 x 23公分
ISBN 978-957-05-3143-5(平裝)

855 107006275

劉墉談處世的40堂課：解憂、解惑、解人生，跨世代的人際智慧錦囊

作　　者—劉　墉
發 行 人—王春申
總 編 輯—李進文
編輯指導—林明昌
主　　編—張召儀
校　　對—劉　墉　李進文　張召儀
美術設計—江孟達工作室
內頁排版—菩薩蠻電腦科技有限公司

業務經理—陳英哲
業務組長—高玉龍
行銷企劃—葉宜如
出版發行—臺灣商務印書館股份有限公司
23141新北市新店區民權路108-3號5樓（同門市地址）
電話◎(02)8667-3712　傳真◎(02)8667-3709
讀者服務專線◎0800056196
郵撥◎0000165-1
E-mail◎ecptw@cptw.com.tw
網路書店網址◎www.cptw.com.tw
Facebook◎facebook.com.tw/ecptw

局版北市業字第993號
初版十五刷：2018年7月
印刷：沈氏藝術印刷股份有限公司
定價：新台幣360元
法律顧問—何一芃律師事務所